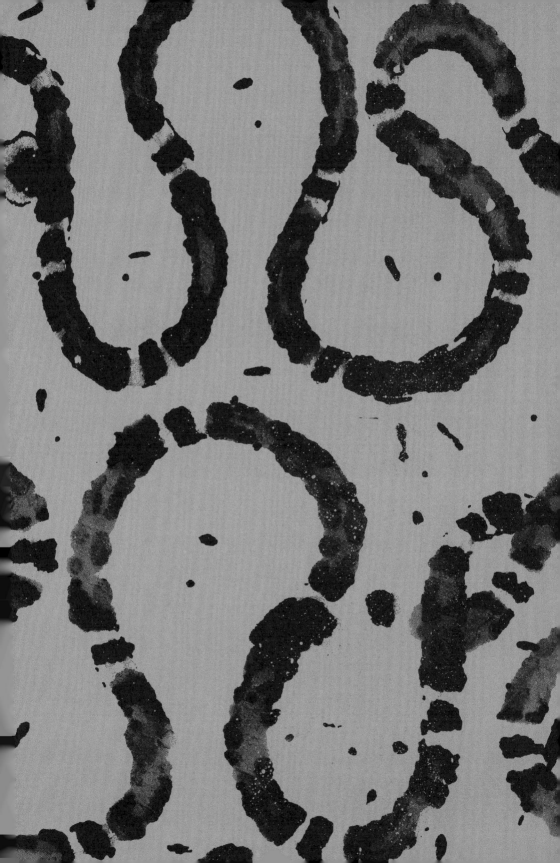

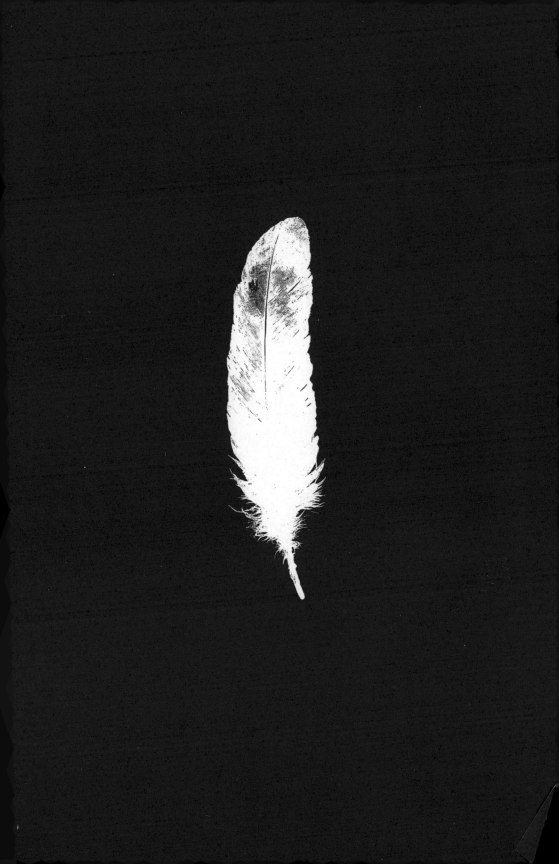

Copyright © Enéias Tavares, 2024

Ilustrações © Vassilios Bayiokos

**Diretor Editorial**
Christiano Menezes

**Diretor Comercial**
Chico de Assis

**Diretor de Novos Negócios**
Marcel Souto Maior

**Diretora de Estratégia Editorial**
Raquel Moritz

**Gerente Comercial**
Fernando Madeira

**Gerente de Marca**
Arthur Moraes

**Gerente Editorial**
Bruno Dorigatti

**Editora**
Marcia Heloisa

**Capa e Projeto Gráfico**
Retina 78

**Coordenador de Diagramação**
Sergio Chaves

**Preparação**
Maria Lúcia Almeida Maier

**Revisão**
Daniel Bonesso
Francylene Silva
Retina Conteúdo

**Finalização**
Sandro Tagliamento

**Marketing Estratégico**
Ag. Mandíbula

**Impressão e Acabamento**
Gráfica Geográfica

---

DADOS INTERNACIONAIS DE CATALOGAÇÃO NA PUBLICAÇÃO (CIP)
Jéssica de Oliveira Molinari — CRB-8/9852

Tavares, Enéias
   Serpentes & serafins / Enéias Tavares ; ilustrações de Vassilios Bayiokos. — Rio de Janeiro : DarkSide Books, 2024.
   304 p. il

   ISBN: 978-65-5598-431-6

   1. Ficção brasileira
   I. Título II. Bayiokos, Vassilios

24-3599                                    CDD B869.3

Índice para catálogo sistemático:
   1. Ficção brasileira

---

[2024]
Todos os direitos desta edição reservados à
**DarkSide®** *Entretenimento* LTDA.
Rua General Roca, 935/504 — Tijuca
20521-071 — Rio de Janeiro — RJ — Brasil
www.darksidebooks.com

# ENÉIAS TAVARES
# SERPENTE & SERAFIM

ILUSTRAÇÕES
Vassilios Bayiokos

DARKSIDE

Para
Deus e seus Anjos,
um Cântico.

Para
Meus Pais,
um Agradecimento.

Para
Marcia Heloisa,
uma Missiva.

*"Nós nos tornamos espetáculo ao mundo,
aos anjos e aos homens."*

São Paulo, 1 Coríntios 4:9

*"Oposição é verdadeira amizade."*

William Blake, *O Matrimônio
do Céu e do Inferno*

*"Não vejo razão alguma para os pontos
de vista apresentados neste volume
chocarem os sentimentos
religiosos de qualquer pessoa."*

Charles Darwin, *A Origem das Espécies*

# P R Ó L O G O

O anjo estacou no meio da sala do homem.

A casa de Alex era densa e sombria. Não por inexistir luz em seus cômodos.

Havia luz em profusão, advinda das seis janelas altas que cortavam a parede direita da construção. O aspecto sombrio resultava do grande número de livros, catálogos, quadros, vinis e pequenas estatuetas que entulhavam o recinto.

Alex não estava em casa. O que era um problema para a criatura angélica, que acabara de adentrar aquele caótico santuário particular. Ela havia se atrasado e agora estava ali, sozinha e um tanto fascinada, fazendo as vezes de um invasor comum.

Os dedos tocavam as lombadas dos livros. Beckett. Gombrich. Baxandall. Vasari.

Esse último, Alex comprara de um comerciante de arte renascentista em Bali. Era um volume antigo e ele precisou barganhar, como fazia dia a dia na profissão que escolhera.

Em outra prateleira, repousavam os poetas nos quais Alex buscava suas respostas. Dickinson. Eliot. Whitman. Pound. Todos modernos. Exceto Blake, em seu iluminado mundo de textos e imagens em que demônios e anjos dançavam, combatiam e se beijavam, entre chamas infernais e nuvens tempestuosas feitas de letras, traços e cores.

Intrometida, a criatura abriu o velho livro e explorou as anotações a lápis da mulher que havia presenteado Alex com o volume, indicando-lhe os versos que deveria ler. Logo abaixo dessas notas manuscritas jaziam as marcações do próprio Alex. Eram as palavras de uma artista e poeta, um caso que durou poucas semanas, em oposição aos contra-argumentos de um cético.

O anjo sorriu, intuindo outras conversas inscritas nas margens, mas combateu o desejo de continuar invadindo aquela intimidade. Ele não estava ali para isso. Além do mais, o anjo sabia todos aqueles argumentos e contrapontos de cor.

O ser feito de luz e matéria deixou de lado os livros para se concentrar nas pequenas esculturas espalhadas pela sala à meia-luz. Todas reproduções, mas não reproduções baratas que encontraríamos em lojas de artesanato vulgar. Antes, reproduções encomendadas por escultores habilidosos, espalhados em lugares distantes do mundo, muitos dos quais o anjo conhecia bem.

Alex descobria esses artistas de aluguel, os contatava, discutia com eles os detalhes e, alguns meses depois, recebia peças produzidas com dedicação e embaladas com esmero. Assim, o jovem comerciante poderia, quando desejasse, se deliciar com o *Moisés*, de Michelangelo, com o *Eneias Carregando Anquises*, de Bernini, ou *Laocoonte e as Serpentes*, de autoria anônima.

Suas favoritas, porém, eram as reconstituições de Emanuel Illians, o escultor neoclássico perdido para grande parte dos historiadores e reduzido a notas de rodapé em livros obscuros cujos leitores se resumiam a poucos amantes durante trezentos anos. Alex entre eles.

Além de reproduções do *Davi e a Cabeça de Golias*, do *Jovem Moisés Egípcio* e do *Macabeu Ante a Morte*, Alex possuía também uma peça original, seu bem mais precioso, fora de seu catálogo de itens à venda. Datada dos anos de aprendizado de Illians, a obra *Jacó Lutando com o Anjo*, uma peça de pouco mais de quarenta centímetros, mostrava a luta corpórea do herói hebreu contra um espírito cujas asas ameaçadoras apontavam para os céus.

O anjo ficou parado diante da peça.

No cômodo cheio de arte e cores, livros e memórias, a estátua se encontrava numa posição de destaque, abaixo da janela principal, sob uma colunata de madeira que dava ao todo a sacrossanta impressão de um altar particular. A criatura fixou o olhar.

Alex não visitava altares nem acreditava em deuses. Sua única crença recaía sobre fenômenos físicos e atos corpóreos advindos da coragem humana. A peça de Illians guardava a história de sua criação e continuidade até chegar ao dono anterior, o velho traficante de arte sacra que se tornara um bom amigo. A peça, assim, passara de mãos sem negociatas.

A criatura se aproximou do embate de bronze e se ateve ao rosto do jovem Jacó e do anjo. Olhos fixos um no outro. Mãos unidas, entrelaçadas, fundidas no frio metal. Os músculos de ambos retesados, o embate como uma espécie de dança. Raiva explodindo em severo conflito. Luta e promessa. Heréticas batalhas e novos nomes para renovadas linhagens.

O anjo se afastou e levou o punho fechado ao queixo, refletindo.

Ele vestia roupas azuis-escuras. Parecia ter uns 20 e poucos anos, embora fosse difícil calcular sua idade. A pele era escura, e os traços faciais lembravam o oriente distante em linhas firmes, elegantes e resolutas. Estranhamente, o visitante lembrava a figura divina da estátua.

O anjo tinha longos cabelos escuros, lisos e brilhantes, além de olhos enigmáticos e lábios curiosos. Não havia marcas em sua pele. Nem poros. Como se o próprio ser fosse feito do mesmo material da obra de Illians: Bronze. Bronze vivo.

De súbito, o anjo sorriu e sussurrou:

"Ah, seu pequeno demônio, você sabia das coisas. E como sabia."

O anjo desfez o sorriso e sua expressão se tornou inquieta. Ele deu as costas à estátua e arrumou a roupa, abotoando o botão superior do casaco. E então, sumiu.

Nós também precisamos ir. Não moramos neste lugar. Os objetos aqui presentes não nos pertencem. De certa forma, somos também invasores. O proprietário está longe, dentro de um avião que o leva de São Paulo a Berlim.

Neste momento, Alex está prestes a encontrar a criatura que acabou de deixar sua casa.

Como viajantes que somos, podemos também acompanhar o fluxo da narrativa, como o ser misterioso que acabou de mergulhar no espaço e no tempo, partindo do averno terrestre em direção ao turbulento vórtice de nuvens, vento e metal.

Caídos, ascendemos com ele.

# O Homem

*São Paulo, Brasil*
*10 de novembro de 2001*

*Wake up dead man...*

Pela quinta vez, o cantor gritava nos alto-falantes do aeroporto.

Alex Dütres olhou para cima, prestes a embarcar para o Brandemburgo de Berlim.

O homem adorava aquela canção. Uma música cética composta por uma banda declaradamente protestante ou o que quer que fosse entre uma causa humanitária e outra. Era uma letra sobre fé e religiosidade, sepultadas sob um mundo caótico no qual aviões eram jogados contra prédios e novas pestes proliferavam como ventos no outono.

"Você pode cantar até o fim do mundo que o cara morto não vai acordar", sussurrou Alex, parado no meio do saguão do aeroporto de Guarulhos, com sua pequena mala e sua bolsa de mão, aguardando para fazer o check-in e despachar a bagagem, tentando ignorar o nervosismo que sempre o afligia antes de voar. Ele era um viajante, como exigia sua profissão de comerciante de arte sacra, mas aviões e alturas nunca foram seu forte.

Na verdade, para um ateu como Alex, o "cara morto" da canção nunca existira de fato. Ademais, a palavra "ateu" seria inadequada para ele. Como um homem educado nas artes e nas religiões, ele já percorrera todas as hipóteses, testara na mente todas as teses, incendiara todos os indícios até revirar argumentos e debates de ponta-cabeça, sempre em busca de um último fio de esperança, numa malha de fé carcomida pela dúvida e esfarrapada pela vida. Claro que Deus, o diabo e sua trupe também não ajudavam.

Para Alex, era incompreensível que, mesmo em sua importância cultural, artística e histórica, um sistema religioso responsável por genocídios, culpa e crimes contra a humanidade, ainda que revestido de uma frágil ideia de caridade, pudesse ainda ter adeptos.

Ele era um homem de altura mediana e constituição forte, cujo visual não chamava muita atenção, embora fosse elegante, sobretudo por sua escolha de roupas e acessórios. Vestia um terno cinza casual, o casaco cobrindo uma camisa branquíssima. Uma gravata também escura, com pontilhado cinza, rimava com o casaco, embora estivesse um pouco desalinhada. Como sempre, cinto, meias e sapatos pretos.

Alex tinha exatos 44 anos, e seu aniversário, solitário como sua vida, fora há poucos dias. Seu corte de cabelo era despojado e eficiente, nem muito curto nem muito longo. Alguns fios de cabelo branco começavam a contrastar com a barba por fazer e os óculos de aros metálicos.

Distraído pela música, o homem se viu parado no amplo saguão de espera, aquele purgatório de almas que esperavam a ascensão aos céus e, depois, a queda aos seus respectivos destinos. Sua atenção foi roubada pela visão de duas jovens mulheres de mãos dadas que, como ele, aguardavam as horas passarem. Cada uma conectada ao seu fone de ouvido.

Foi quando viu que seu portão de embarque fora alterado e que o que parecia ser muito tempo então se tornou uma tensa corrida até o outro lado do aeroporto. Sem pensar, Alex desviou das mulheres e começou a correr. Pela sétima vez, a voz congelada no tempo e travada em alta frequência cantava *Wake up dead man*...

Quando finalmente chegou ao portão de embarque, Alex recuperou o fôlego, sabendo que era um dos últimos. E ali, anônimo entre homens e mulheres de diferentes idades, origens e propósitos, veio-lhe à mente, novamente como um *flash*, o estranho homem que encontrara meses antes no Brasil e depois na França, desafiando qualquer lógica ou explicação. A lembrança dos dois encontros inusitados o acompanhou enquanto passava pelo longo e claro corredor que o levava à aeronave.

Quando chegou ao avião, com um pouco de suor em sua face e o cabelo um tanto desalinhado, ele sorriu para os comissários de bordo que checavam cartões de embarque e entrou no avião, buscando seu lugar. Seu assento ficava colado à janela, com duas poltronas vazias ao lado. O avião era espaçoso e bem iluminado, mesmo àquela hora da noite. Alex pensou em sua chegada em Berlim na manhã seguinte, quando pegaria um táxi, batalhando com seu alemão funcional, e seguiria para o hotel. Somente na manhã seguinte, depois de morrer na cama de hotel, é que ele encontraria a sra. Strauss, no horário agendado pelo advogado dela.

Para sobreviver às treze horas de voo que teria pela frente, levara livros, algumas revistas e o *player* de música, sua tábua de salvação nos anos de pontes aéreas e fusos caóticos. Caso alguém sentasse a seu lado, Alex olharia para a pessoa e assentiria com a cabeça por tempo o suficiente para não deixar de ser educado, mas não a ponto de permitir qualquer contato mais prolongando ou, no pior dos mundos, o início de uma conversa.

Por ora, aliviado, Alex retirou da bolsa de mão uma edição de *História da Arte Barroca*, além de um catálogo das exposições de arte em Berlim, especialmente do que estava disponível no Museumsinsel, a Ilha dos Museus, que tornava qualquer passeio pelo Spree ainda mais adorável. Philip Glass o acompanharia na viagem, ao menos nas primeiras duas horas.

As notas musicais começaram tranquilas nos fones de ouvido, relaxando sua postura e as pernas. Música era sempre um tranquilizante para viagens longas, um paliativo sonoro para sua ansiedade com aviões e alturas. Alex começou a folhear as fotos das últimas exposições alemãs até encontrar, entre estátuas, quadros e iluminuras, uma peça de Illians, a razão de sua ida a Berlim. Tratava-se de uma de suas primeiras obras de temática judaica: *Davi e a Cabeça de Golias.* Após decepá-la com a espada do gigantesco algoz, o efebo pastor voltava a imensa fronte para si próprio, como se estivesse prestes a beijar os lábios sujos de terra e sangue do guerreiro filisteu. Num átimo, Alex se lembrou da primeira vez em que vira essa imagem.

Tinha apenas 8 anos e seus pais haviam partido meses antes.

Estavam na África, como parte de uma ajuda humanitária da ONU enviada a zonas de conflito, quando morreram. Catorze médicos e alguns cientistas norte-americanos, além de todo o vilarejo, haviam sido atingidos por um misterioso vírus. Dias depois, o bacilo fatal foi diagnosticado como uma variação do Ebola-7. Uma simples e nada cara vacina poderia ter prevenido aquelas mortes. Todavia, o caminhão com o suprimento mensal de medicamentos fora interceptado por guerrilheiros que exigiram um simples pagamento de resgate.

A tutela de Alex ficou com o tio, irmão de seu pai, seu único parente vivo. Ele não conhecia o homem, uma vez que Lourenço Fernandes Dütres findara o contato com o único irmão, aos seus olhos, um descrente que havia substituído caridade espiritual por trabalho braçal em algum buraco esquecido do mundo. Lourenço era um respeitado padre jesuíta que fizera a curadoria da famosa exposição de arte sacra de 1976, no Museu de Arte de São Paulo.

Com a rigidez e a disciplina impostas por Lourenço, Alex aprendeu o que nunca aprenderia com a educação mais liberal que receberia dos pais, caso a divina providência não tivesse providenciado a partida deles numa tenda febril em meio à savana. Assim, Alex se viu aos cuidados do velho tio, com quem aprenderia o amor, a caridade e as histórias, bem como a contraparte de toda a educação cristã: o medo, a irracionalidade e o silêncio.

Agora, quando as turbinas do monstruoso 747 já anunciavam seu funcionamento, Alex revisitava lembranças, distraído do catálogo em seu colo, pelas memórias de um passado que nunca deixava de figurar como maldição.

Foi assim que se lembrou de estar sentado na velha biblioteca do tio. Um salão amplo e bem iluminado pelas janelas que interrompiam a perfeição das lombadas. Foi naquela sala repleta de livros, estatuetas e reproduções de arte sagrada que Alex cresceu, em silêncio e solitário, exceto pelas vozes mortas do passado. Entre as prateleiras do tio e seus volumes encadernados, ele conheceu a literatura, a filosofia, as ciências comuns e a religião que um dia fora renegada pelo falecido pai. Quanto a seu tio, se lembrava do grande homem de então, sentado ao lado dele, com o livro aberto, narrando a história do jovem israelita que havia vencido o gigante filisteu; sua primeira lembrança daquela história e da arte de Illians.

Envolvido pelo cheiro de almíscar da loção pós-barba do tio e pela sensação de prazer e calor provocada pela xícara entre os dedos, Alex escutava suas palavras. Ele se lembrava do tom aveludado de sua voz, tão diferente do timbre pesado que ouvia nas missas rezadas por ele.

"Este é o corajoso Davi, Alex. Apenas um rapazinho, como você. Sabe o que ele faz com a cabeça desse gigante? Ele acabou de executar a vingança do Senhor."

"Mas por quê, tio? O gigante era mau?"

"Sim, muito, muito mau. Ele desrespeitou o nome do Senhor. E sabe como o menininho venceu o temível gigante? Com uma funda, uma pedra e o poder divino."

Alex observava atentamente a alegria no olhar do tio. Mas, ao fim de cada história, ele sempre precisava perguntar: "Tio, mas se Davi não fosse um servo de Deus, o que teria acontecido? Acho que o gigante teria vencido, não é?".

No fundo, Alex apenas desejava compreender a sina dos pais, o modo como nenhuma explicação o auxiliava a ultrapassar o luto e a perda. Entretanto, em face de seus questionamentos, Lourenço ficava irritado, o que fez com que Alex aprendesse a se calar. Isso durou alguns meses, até que os vigores infantis e as tristezas represadas enfim vieram à tona.

Foi no final de uma tarde de estudos, dois anos depois, que ele confrontou o tio, perguntando ao ancião por que Deus não havia feito nada para ajudar seus pais. "Que tipo de Deus era esse?! Que não os salvou e não livrou nem a si próprio da cruz?! Me diga, tio!"

Lourenço fechou os olhos e não disse nada, apenas pegou o braço do sobrinho e o arrastou até um misterioso quarto de orações, um cômodo que Alex voltaria a visitar muitas vezes no futuro. Tratava-se de uma sala sem luzes, janelas ou móveis, um cômodo de comiseração e arrependimento, de castigo e contrição, um lugar de abismos, reflexão e terror.

"Um santuário", disse o tio, "para se encontrar Deus."

Na escuridão, o menino gritou, chorou, suplicou e por fim caiu no chão, temendo o que as sombras ao seu redor escondiam. E foi ali, naquele quarto — um quarto no qual ele seria aprisionado muitas e muitas vezes no decorrer dos anos, sempre sob a guarda de explicações teológicas e pretensamente amorosas — que Alex viria a sufocar, afugentar e por fim assassinar dentro de si quaisquer resquícios de crenças e ideias de fé.

Seus anos de juventude foram vividos assim, emparedados entre uma educação religiosa severa, o fascínio com as histórias que lia da Bíblia e dos santos — os únicos volumes aos quais teve acesso naqueles anos cáusticos e desérticos — e o aprisionamento no escuro de seus medos, num claustro de trevas no qual Alex tinha a terrível impressão de nunca estar sozinho.

Cinco anos depois, então adolescente, ele se viu na mesma biblioteca, após o enterro do tio. O sistema circulatório do velho teólogo fraquejara, adoecera e, por fim, desistira, explicou o médico. No velório, padres, freiras, antigos conhecidos da igreja e dos museus nos quais trabalhava em prol da fé e da arte cristã vieram para se despedir. Alex recebeu os cumprimentos de todos, sabendo que, a partir de então, estaria sozinho.

Horas depois do velório, parado na velha biblioteca, Alex percebeu que a sala de livros raros e estatuário antigo não era tão grande quanto imaginara. Além disso, sabia que dali em diante aquele espaço seria incapaz de comportar suas dúvidas e ímpetos, sua busca pelo mundo e seus caminhos. Com olhos cheios de ódio, ele fitou o livro meio aberto do tio, com a ilustração de um jovem Davi diante da cabeça decapitada de um guerreiro inimigo.

O movimento do avião ainda em solo tirou Alex de seu transe.

De volta ao catálogo, ele se concentrou nas peças de Illians em Berlim. Um contato americano, dos velhos tempos em que havia morado em Nova York, o informara da morte de um conhecido colecionador de arte religiosa barroca, Georg Strauss, e da dedicação de sua viúva, Joana Strauss, ao descarte do acervo particular do marido. Quase sempre, essas eram as melhores oportunidades de fechar uma compra, quando familiares estavam desesperados com as dívidas dos mortos ou impacientes com o que deixaram para trás. Dessa vez, porém, Alex parou tudo, pois se tratava de uma série completa de Emanuel Illians, o escultor tcheco do início do século XVIII. Suas obras, recriações inovadoras de episódios sacros, cresciam no interesse dos curadores de museus, sobretudo pela procura de negociantes como Alex.

Só que, no seu caso, as obras de Illians eram também uma paixão pessoal.

Fascinado como era por arte clássica e, sobretudo, por arte clássica religiosa, Alex nutria uma obsessão pelo modo como Illians virava do avesso a teologia um tanto simplista das histórias bíblicas de sua infância, transformando-as em vívidas peças que comunicavam humanidade, rebeldia, vigor e desejo, elementos raramente destacados por clérigos ou críticos de textos religiosos. Contrariando o alto classicismo europeu, Illians investira anos na composição de obras harmônicas, em sua maioria feitas em bronze, moldando figuras cujos traços simples e delicados contrastavam com os cansativos pesos hiperbólicos do período anterior.

Hoje, o *Davi*, o *Moisés* e o *Macabeu* de Illians estavam entre as obras mais visitadas da Galeria Nacional da Escócia, em Edimburgo, entre outras peças espalhadas pelo mundo. Além do célebre tríptico bíblico, como eram conhecidas as três peças, havia toda uma coleção de trabalhos de proporção menor, como estatuetas e bustos que recriavam santos católicos medievais e outras figuras bíblicas não menos imponentes. As peças que aguardavam Alex em Berlim — ao menos essa era sua esperança — pertenciam à coleção dos doze profetas judaicos.

Enquanto fitava as luzes do aeroporto fulminarem a pequena janela e se misturarem ao reflexo de seu semblante, Alex se perguntava se encontraria nessas peças a confirmação de seu fascínio. Ele seria capaz de desfilar na imaginação toda aquela coleção, tão bem a conhecia dos catálogos, manuais e estudos provenientes do diário de trabalho do próprio artista, um manuscrito que ele estudara muitas vezes nos arquivos do Landesmuseum, em Zurique.

Nele, Alex vislumbrava o lamento de Jeremias nas profundas rugas de sua testa ou o exigente Ezequiel questionando anjos imaginários. Podia ouvir a leitura que o Joel de Illians executava, como indicavam seus lábios extáticos entreabertos e os olhos que miravam o retorcido manuscrito em metal. Ou ainda, Jonas deitado, com as mãos em riste, imaginado dentro do peixe gigante, ou o Isaías imundo, jogado na cloaca pública por um monarca corrupto.

Naquele momento, porém, um pouco antes da aeronave subir aos céus, e como parte de seus exercícios respiratórios para invocar calma e controle, Alex estava mais interessado no Daniel de Illians. Ao contrário de figuras majestosas, o seu Daniel era jovem e impetuoso. Outrora, Alex gostava de se imaginar como ele. Agora, não tinha mais sua idade, nem se julgava tão forte quanto aquele profeta exilado, jogado a leões famintos e chacais humanos.

O avião agora avançava pela pista, com as luzes internas diminuindo.

Alex foi retirado de sua fabulação pela comissária de bordo, que lhe pediu gentilmente para que apertasse o cinto de segurança antes da decolagem.

Ele queria voltar ao catálogo de Illians e às suas elucubrações, mas o ímpeto havia passado. O compasso do piano de Glass avançava, fazendo o profeta decifrador de enigmas dar lugar a outra lembrança, que se insinuava em sua mente como a serpente no Éden.

Alex desviou de seu reflexo na janela do avião e fechou o livro que estava em seu colo, sentindo o coração se acalmar com a respiração compassada.

Agora, era o estranho homem que ele encontrara no Brasil dez meses antes, e depois em Paris, que se fixava em sua mente. Tinha sido uma experiência estranha. Muito estranha.

Alex adorava São Paulo, sua cidade natal, e, sobretudo, sua espaçosa casa, herdada do tio, situada em uma quina escondida do Paraíso — o bairro, obviamente —, a poucos quarteirões do Ibirapuera, onde adorava correr. Ele tirara quatro dias de folga, pois queria organizar livros, catalogar peças, despachar encomendas de clientes e caminhar pela cidade caótica que apreciava, embora a definisse mais como um inferno — literal, obviamente —, com suas avenidas efervescentes e bairros habitados por pessoas que nunca paravam.

Apesar de não entender o motivo, naquele momento, um pouco antes de decolar para Berlim, pensava na figura peculiar que vira naquele curto período de trabalho e descanso, o homem de pele escura, inteiramente vestido de preto, mas nada soturno.

Passada a corrida habitual pelo parque, ele se sentou no café que adorava, perto do lago central, e ficou lá, fitando as pessoas, apreciando a movimentação anônima.

Foi quando viu o homem pela primeira vez.

Ele era jovem, ou talvez nem tanto, vestido de azul-escuro, caminhando, flanando, vindo em sua direção. Alex ficou intrigado com a figura de olhar forte e ao mesmo tempo terno, um olhar que parecia transpassar seus olhos, perscrutar sua alma. Um tanto sem jeito, Alex fitou a xícara para desviar daquela insuspeita inquirição.

No entanto, quando Alex voltou a levantar seu olhar, o homem simplesmente desapareceu. De imediato, tentou esquecer a aparição, pensando se tratar tão somente de uma confusão visual, de uma equívoca aparição, talvez até de uma brincadeira de sua mente imaginativa.

Ele se esqueceu do encontro, até topar com a aparição seis meses depois, em Paris, ao visitar a abertura de uma exposição de arte medieval. Alex viu o mesmo homem estranho, só que de relance. A única diferença era que, dessa vez, o caminhante lhe dera um sorriso. Naquele momento, Alex não deu atenção ao fato, ocupado como estava numa discussão sobre o ciclope de Goya com dois acadêmicos portugueses. Horas depois, com a abertura encerrada e sentado em um bar na companhia de alguns conhecidos, veio-lhe a conexão.

O mesmo homem que havia visto no Brasil agora o encontrara ali, na França. E, deliberadamente, havia se feito notar a Alex.

Racional como era, o negociante buscou as mais casuais explicações. A mais plausível, claro, era de que devia se tratar de um simples engano. Um erro de percepção. Um joguete de sua mente entediada. Apenas isso. Certamente. Nada mais. Embora a pele escura, as roupas azuladas e outros detalhes característicos apontassem para a mesma pessoa. Não poderia ser uma mera coincidência. *Ou poderia?*

Mais alguns meses se passaram, sem que Alex pensasse muito no assunto, exceto pela ideia fixa que lhe visitava agora, na iminência daquela decolagem noturna, sozinho ao lado de duas poltronas vazias.

Quando se deu conta, com o coração puro e a respiração calma, o avião já estava no ar, arremetendo ao empíreo da noite, como um pássaro soturno feito de plástico, metal e fogo, um Ícaro robótico pouco atento à sua desmedida busca pelo sol. Naquele caso, pela lua.

E assim, com o leve fluir da música e mergulhado na lembrança do homem que o havia encontrado em dois continentes, Alex adormeceu.

Subindo em direção às estrelas, o pianista norte-americano avançava em sua musical metamorfose, chegando aos ouvidos do homem que sonhava.

Em sua mente, Alex encontrou o misterioso homem num cenário neutro e abstrato. Eles conversavam sobre suas vidas, livros favoritos, corações partidos e outros tantos mistérios que cercavam sua existência. E, para a surpresa de Alex, aquele estranho interlocutor sabia do que ele falava, parecia seu amigo, um companheiro de outras vidas.

Foi um sonho bom. Infelizmente interrompido pelo chacoalhar súbito do avião.

Alex abriu os olhos e percebeu que o livro lhe escapara dos dedos, indo repousar entre os sapatos. Ele o juntou, tentando clarear a visão, ainda turva pelo sono profundo.

Foi quando percebeu que havia alguém sentado na poltrona próxima ao corredor.

Do pouco que sua visão registrou, era um homem que calçava sapatos elegantes e cujas mãos delicadas descansavam sobre um livro de história egípcia. E ele vestia azul-escuro.

Roupas formais e obscuras, como a noite que abraçava a aeronave em turbulência.

Quando finalmente Alex levantou a visão sonolenta, fitou o estranho homem que havia encontrado duas vezes antes, em São Paulo e Paris. Perplexo, Alex viu o homem voltar calmamente a face e lhe sorrir, como se estivesse ali há horas, apenas esperando-o acordar.

E antes que pudesse formular qualquer reação, o homem lhe disse, com uma voz grave e profunda, sonora e pausada, uma voz de quem possuía todo o tempo do mundo:

"Boa noite. Que bom vê-lo novamente. O mundo é cheio de coincidências, não é?"

E é claro que Alex, entre os abismos da surpresa e do medo, não acreditou nele.

*Algum lugar acima do Oceano Atlântico*
*11 de novembro de 2001*

Alex olhou para o estranho interlocutor, sentindo algo arder em seu íntimo.

Muito antes de sua mente se adequar à surpresa daquele encontro, um arrepio possuiu Alex dos pés à cabeça, com o olhar fixo no companheiro de viagem. As palavras começaram a despencar de seus lábios de forma automática, quase ríspidas.

"Não é possível", falou Alex, tentando encontrar as ordens mentais que seus lábios transformariam em sons compreensíveis.

"O quê?", indagou o interlocutor, com uma grande ternura no olhar. "Coincidências?"

Incrédulo, Alex continuou fitando-o e, por fim, assentiu. O homem fechou os lábios, firmou o olhar e ajustou a postura, voltando aos seus habituais movimentos, formais e planejados. Para ele, havia uma beleza na formalidade, no modo como determinados rituais sociais precisavam corresponder a padrões mínimos de estrutura e continuidade. Ademais, quando a ocasião exigia, em momentos nos quais desejo, paixão e impulso surgiam e fluíam, ele se despia facilmente das vestes de formalidade, numa bem-vinda surpresa.

Mas agora era diferente. Calmo como era, Alex sabia que aquele delírio — *só poderia ser um delírio, certo?* — era algo impossível. Primeiro, pensava ele, era necessário expurgar a hipótese daquele acontecimento ser coincidência. Era a terceira vez que encontrava o estranho homem, o sujeito de face delicada revestida de pele escura, bronzeada em demasia e inexplicavelmente jovem, sem rugas ou marcas, e curiosamente destituída de pelos. Depois do estranho encontro no parque, em São Paulo, e do episódio ainda mais inusitado em Paris, agora ele o revia ali, em meio a uma turbulência aérea a treze mil metros de altura.

Além de tudo, Alex sonhara com aquele homem minutos antes. Sim, ele se lembrava do sonho. Era como se o estranho desconhecido houvesse se materializado por mágica a seu lado, saindo de sua mente como um gênio da lâmpada, para agora se transmutar em carne.

O homem fechou os olhos brevemente. Só então voltou a falar:

"Sim, meu amigo, eu sei. É difícil acreditar em tamanho acaso. Há um limite para situações inusitadas como essa e certamente este terceiro encontro terminou por destruir qualquer possibilidade disso. Também não estou interessado em insistir nesse ponto. Da minha parte, foi apenas uma frase tola e um tanto engraçada para quebrar o gelo, sabe?"

Alex precisava manter a calma, sobretudo ao ouvir a voz daquele estranho, uma voz que tocava cordas profundas em suas memórias, uma voz que pouco a pouco, ao sugerir controle e paciência, além de suspeita amabilidade, prometia sem nada prometer que tudo ficaria *bem*.

"Na verdade, Alex, acho que podemos pular os preâmbulos. Falo das mentiras inúteis que resultariam de insistir nessa história de coincidência, além das banalidades de conversas comuns. Como você, também detesto bate-papos que não chegam a lugar algum. Você tem toda a razão, meu amigo, não é possível que tenhamos nos encontrado três vezes em três lugares diferentes por simples *coincidência*. Entretanto, acho que não precisamos nos concentrar no que seria possível ou não. Suponho estarmos de acordo quanto ao absurdo de tudo isso", disse, girando o dedo indicador na altura do rosto. "Este mundo e seus habitantes já demonstram há eras que não se trata nem do possível, nem do provável, muito menos do lógico. Voando como estamos sobre um oceano de milhares de quilômetros, nada disso é lógico, não concorda?"

O homem respirou fundo e assentiu, ordenando ao coração que também se acalmasse.

"Que bom que estamos de acordo, Alex. Para um ser como eu, os limites físicos, sejam eles espaciais ou temporais, não significam muita coisa, como você já deve ter intuído. Assim, acho que não é uma questão de possibilidade ou impossibilidade material, e sim de você descobrir o porquê de eu estar aqui, quebrando protocolos, conversando com um contumaz descrente, um ateu convicto, um defensor da racionalidade. Os demais, meus irmãos e irmãs, também anjos, devem estar achando tudo isso muito divertido e igualmente preocupante."

O riso surgiu nos lábios de Alex de forma nervosa, quase como um pedido de socorro. Agora estava entendendo tudo. Seu interlocutor não passava de um lunático.

"Anjos?" Mais um riso. "Você não pode estar falando sério..." Pouco a pouco o riso se transmutou em sorriso e, por fim, seus lábios voltaram a ficar tensos.

"Pareço não estar?"

A situação era mesmo pior do que Alex poderia supor.

Se aquilo não fosse uma alucinação, embora não tivesse bebido nada antes de embarcar, poderia se tratar de um episódio real, com o sujeito ao seu lado sendo um completo doido de hospício ou um fanático religioso capaz de perder o controle a qualquer momento.

*Sim, só poderia ser isso. Um maluco perigoso voando a seu lado!*

Alex olhou novamente para ele. Os cabelos escuros perfeitamente arrumados, o traje de corte impecável e os dedos agora unidos, entrelaçados. Ele olhou com atenção as outras poltronas, começando a cogitar possíveis ajudas. Havia uma mãe abraçada ao filho de uns 3 ou 4 anos, o menino entregue ao sono da madrugada que começava. À frente deles, do outro lado do corredor do avião, um rabino estava absorto em sua leitura. E ainda mais à frente, uma jovem mulher com gigantescos fones de ouvido já havia caído no sono, talvez medicada. E aqueles eram os únicos passageiros da primeira classe.

O estranho voltou a sorrir enquanto Alex tentava dar voz aos seus pensamentos.

"Ou você está brincando, e sinceramente esta seria uma brincadeira de péssimo gosto, ou então você é completamente maluco."

A frase se perdeu entre os lábios, mirando a reação, agora séria, do interlocutor.

Alex baixou o olhar, examinando os sapatos do misterioso passageiro. Sapatos pretos. Limpos. Lustrados. Com cadarços. Tudo nele era impecável, como se o próprio sujeito e seus adereços fossem irreais, fruto de um projeto perfeitamente idealizado de homem, sem nenhum indício de tecido amassado nas roupas, poeira nos calçados ou mesmo rugas na pele.

Alex desviou o olhar, agora para a comissária de bordo que se aproximava.

"Boa noite, senhores. Desejam algo?", perguntou.

*Ah, que bom que ela também o via!*

Alex nada disse. Engoliu em seco, tentando umedecer as cordas vocais.

"Por favor, minha querida", disse o homem vestido de preto. "Um bourbon para mim, sem gelo, e uma taça do melhor cabernet que você tiver para o meu amigo, além de água."

A atendente sorriu e disse que em alguns instantes estaria de volta, não sem antes lançar um rápido olhar para Alex e comunicar sem nada dizer que sua aparência não era das melhores.

O avião chacoalhou mais uma vez, fazendo a mulher se apoiar no compartimento de bagagens antes de desaparecer atrás do cortinado.

Depois de vê-la sumir, o homem que se dizia anjo voltou a falar:

"Façamos o seguinte, Alex. É impossível continuar assim, nesse impasse. Portanto, precisamos resolver essa questão antes de qualquer outra coisa. Minha primeira opção seria oferecer a você um pequeno milagre físico, desses que vocês humanos esperam e pedem aos anjos toda hora. Eu poderia, por exemplo, mudar minha aparência. Ou então a sua. Eu também poderia fazer o avião desaparecer por um breve instante, o que nos levaria a despencar pela noite, em um frio gélido e com a terrível visão do chão surgindo e se aproximando. Droga, preciso parar de citar Rushdie, embora ache que seja um dos melhores começos de romance de todos os tempos. Deixe-me ver... ah, eu também poderia parar o tempo. Mas, acredite, isso seria bem desconfortável. Humanos sempre reagem de forma visceral a qualquer alteração física." A criatura olhou para Alex e mudou rapidamente seu tom de voz. "Se acalme, homem, ou você terá um ataque cardíaco. Lembre-se de seu último check-up."

O comerciante de arte se lembrou do médico dizendo que sua saúde estava em ordem, apesar de ressaltar que na faixa dos 40 anos o coração era sempre um risco, ainda mais com sua rotina de viagens, alimentação irregular e apenas ocasionais exercícios físicos.

"Você realmente acredita em tudo isso, não? Que é um anjo?"

Cada vez mais a hipótese de delírio pessoal ruía, restando apenas a ideia de um lunático a seu lado que poderia portar uma faca, uma arma ou até uma bomba. *Droga, eles não criaram rotinas de prevenção contra malucos do tipo após o Onze de Setembro?!*

Mas havia outra coisa que o atingia agora, com a força de um pequeno apocalipse, um simples detalhe, mas um detalhe em tudo assustador: o misterioso homem sabia o seu nome!

A comissária voltou e, após baixar as mesinhas de refeição, depositou na frente dos dois passageiros o pedido feito. Sem cerimônia, Alex buscou sua taça e bebeu o conteúdo sem seu ritual característico, desejando que o vinho o acalmasse.

O pretenso anjo fez o mesmo, porém apreciando o gosto pujante do destilado. Sorriu depois de bebê-lo, e só então voltou a falar:

"É claro que eu acredito. Em cada palavra. A questão não é essa. A questão é fazer você acreditar. Eu adoraria me exibir um pouco, fazendo o que disse antes ou até algo mais simples." O homem olhou para a taça e para o copo diante de Alex. "Transformar sua água em vinho, por exemplo. Mas isso seria banal. O nazareno fez isso há dois mil anos e ninguém prestou atenção. Por outro lado, converter seu vinho em água seria um pecado mortal e imperdoável, além de desrespeitoso. Mas meu ponto é o seguinte: não adiantaria nada, estou certo?"

Alex bebeu mais um gole, agora se dando a oportunidade de apreciar o sabor da bebida. Seu olhar continuava perplexo enquanto o estranho seguia com o discurso.

"Vocês, humanos, nunca acreditam no que os olhos enxergam. Nem Tomé acreditou de fato, nem mesmo depois de enfiar os dedos imundos nas chagas ressequidas de Cristo. Não, deixe-me fazer algo mais eloquente, algo que condenará e destruirá de pronto quaisquer dúvidas que você porventura venha a ter sobre a veracidade do que estou dizendo."

O homem pausou, dando a Alex tempo de absorver a promessa.

"E o que poderia ser mais eloquente que um milagre físico?", replicou o homem.

"Que tal um pequeno portento pessoal? Um segredo que apenas você poderia saber. Um desses crimes sórdidos que os homens nunca contam para outros homens, nem mesmo para os amigos mais íntimos. Algo subtraído dos recônditos da mente, algo proibido e oculto, que apenas você saberia e que nunca sequer cogitou dividir com quem quer que fosse. O que você acharia disso? Acreditaria em mim, na veracidade das minhas credenciais, se eu revelasse um segredo que apenas *você*, em todo esse mundo de Deus, teria condições de saber?"

O ser misterioso se calou por um instante. Em resposta, os motores do 747 se fizeram ouvir com a força de um trovão. Alex olhou novamente para o interlocutor, a perplexidade de sua visão sendo substituída por um misto de interesse e desconforto. Sentindo-se desafiado, um pequeno sorriso brincou em seus lábios, aliviando a tensão dos minutos anteriores e relaxando sua mandíbula. Alex abriu a mão direita e passou os dedos trêmulos no queixo, sentindo os pelos da barba por fazer. Depois de alguns segundos, sua voz saiu abafada e rouca.

"Um segredo?", disse Alex finalmente. "Sim. Eu gostaria de escutar de você um segredo. Embora realmente não acredite que..."

"Você matou seu tio, Alexander", foi a resposta imediata do passageiro, cortando o diálogo de um modo afiado, numa fala direta e contumaz. "Você o envenenou. Não de forma desatenta, impulsiva ou involuntária. Não de uma só vez, como tantas vezes acontece em crimes de paixão ou desespero. Ao contrário, você o fez aos poucos, de maneira calculada e planejada, dia após dia, adicionando à comida de seu tutor doses imperceptíveis de amatoxina."

O corpo de Alex enrijeceu, em contraste com o relaxamento do corpo e da fala da criatura. Pouco a pouco, todos os seus músculos despertaram, ao ritmo de cada uma daquelas frases ponderadas, frases construídas pelo intelecto do ser que se dizia um anjo.

"Depois de algumas semanas", continuou ele, "como você anteviu, o sistema circulatório do velho escolástico estava em pedaços, além de seus rins e fígado. Tudo aconteceu exatamente como você estudara, planejara e executara." Alex olhava para baixo, os olhos em desesperada fuga, dançando de um lado para o outro. As mãos aprisionavam a borda dos braços da poltrona. "E você ficou com ele até o fim, até o último momento. Ninguém suspeitaria do bom sobrinho, lendo os velhos tratados que o velho amava, controlando sua medicação e ajustando a iluminação do quarto para o conforto do moribundo. E enquanto sua voz mentia luto antecipado, o velho agonizava. Mas sabe o que mais nos impressionou? Não foi nem tanto sua coragem, sua determinação em cometer o ato em si, além do profundo ódio, fervido no ressequido solo de sua dor. Tudo isso seria compreensível, até perdoável, sobretudo se a história fosse narrada do seu ponto de vista. Mas não foi nada disso. O que realmente nos deixou perplexos foi o fato de você saber que ele sabia o que você estava fazendo."

Alex estacou por alguns instantes, sentindo o aguilhão de cada uma daquelas palavras.

Não mais suportando a fala que o desnudava, suas mãos soltaram os braços da poltrona e tentaram liberar o cinto do assento. No entanto, quanto mais se esforçava, menos sucesso tinha, com o corpo vivendo um sufocamento crescente e as tiras que o aprisionavam à poltrona ficando mais e mais apertadas, numa torturante sensação de aprisionamento.

Vendo a cena, o compassivo interlocutor aproveitou mais um gole da bebida.

"Um conselho, meu caro Alex. Não tente fazer isso. Não agora. Também não adianta querer se levantar. Seria inútil e ainda mais digno de pena. Saiba que o cinto é para o seu próprio bem. Afinal, pessoas às vezes caem durante turbulências aéreas."

Alex se deteve e mirou o estranho homem.

"Tente se acalmar, por favor. Recupere a dignidade e tente tirar o melhor desta bênção."

Alex soltou os dedos e recobriu a face com uma máscara que coadunava medo e ira.

"Bênção? Quem você pensa que é para me acusar de um crime desses?! Eu vou chamar a comissária e vou... vou..."

"Vai o quê?", falou o estranho viajante, num xeque-mate que arrematou a situação.

Alex abandonou seu verniz de falsa inocência e encenação. Ele não nascera para o palco e sabia disso. Sua fingida atuação nem emocionava nem divertia. Era apenas patética. Então, fez a única coisa que poderia para tentar manter o controle: ajustou a postura, tomou o cálice entre os dedos e bebeu mais de seu conteúdo.

"Isso. Faça isso. Se acalme. Posso continuar?"

"Sim, pode. Eu não tenho nada a lhe dizer."

"Não precisa. Não há recriminações aqui, apenas lampejos de compreensão. Na ocasião, ficamos perplexos quanto ao que você vivenciava em seu pensamento, diante do leito de morte do homem que lhe dedicara a vida, mesmo que de modo equivocado e cruel — do modo que lhe parecia o correto. Foi sublime testemunhar você reconhecendo sua própria culpa nos olhos do velho estudioso. E Lourenço, outro personagem pitoresco, embora um tanto limitado, sabia que havia merecido aquilo. Pior ainda do que saber, ele morreu convicto de que, em instantes, estaria queimando na companhia de satã e seus diabos, como o completo carola que era."

O homem mirou fundo os olhos do anjo, até encontrar neles a resposta que tanto temia.

"Sim. Isso mesmo. Eis a comprovação do milagre que lhe trago. Como você tão bem conseguiu ler a verdade nos olhos de seu tio, agora consegue ler a verdade nos meus."

"Como isso é possível? Você não teria como saber. Ninguém teria como saber... exceto... exceto se..."

A voz de Alex saía aos poucos, aos tropeções, como um peregrino esgotado e alquebrado, sem água, força ou esperança, à beira da estrada de Damasco. Pouco dele agora lembrava o homem confiante que havia entrado naquele avião.

"Exceto se existirem mais mistérios entre o céu e a terra do que compreende sua tão bem usada racionalidade. E mais uma vez, Alex, aconselho: acalme-se. Não lhe farei mal. Nem penso em entregá-lo a qualquer autoridade. Como disse, não pretendo acusá-lo de nada, apenas provar que sou quem digo ser. Apenas isso. E agora, a partir da confirmação de quem sou, uma criatura de luz, espírito e compreensão, podemos finalmente começar."

"Começar? Começar o quê? Eu não... se o que você está dizendo for verdade... e Deus e o inferno forem de fato uma realidade... então você está aqui para me punir. Certamente deve ser isso! Para me levar às labaredas do inferno e à dor eterna... Você deve estar aqui para fazer justiça. É isso? É disso que se trata?"

"Acho que você não está me ouvindo, nem pensando direito. Acalme-se, por favor. A resposta à sua pergunta é não, não é por isso que estou aqui. Justiça não é bem nossa área, como você já intuiu de suas leituras e reflexões. Afinal, permitir que o Cordeiro de Deus fosse açoitado, humilhado e pendurado num poste não é lá muito justo, concorda?"

Alex continuava respirando com dificuldade, mas começava a retomar o controle e ordenar minimamente o fluxo caótico dos pensamentos.

"Sim, concordo."

"Então, não. Nada a ver com justiça. Não sou agente da lei, executor do decálogo ou promotor da palavra sagrada. Embora já tenha atuado nessas frentes, para meu próprio desgosto. Apenas falei de seu tio para lhe provar que sei coisas que ninguém sabe. Só isso. Na verdade, sua ação no assassinato dele apenas o torna mais interessante aos nossos olhos."

"Nossos?"

"Sim, nossos."

"Outros anjos?"

Alex tentava se habituar ao grotesco da conversa, como se participasse de um jogo de faz de conta. *Sim, faça isso, veja até onde esse jogo absurdo e insano o levará.*

"A resposta é sim e não. Na verdade, faz tempo que não converso com outros anjos. Sabe quando você se dá conta de que não tem muito assunto com determinadas pessoas? É mais ou menos isso. Na verdade, eu falava especificamente de um velho amigo, um irmão de armas, outra personalidade angélica tão impaciente e curiosa quanto eu."

O homem refletiu por alguns instantes.

"Se você não está aqui por justiça ou punição, então... então você está aqui para confirmar o que sempre intuí: que não há nada a buscar, nem no céu nem no inferno? É isso? Para me revelar, num estilo fragmentado e absolutamente pós-moderno, cínico e desencantado, que não há nada esperando por nós, nem em cima nem embaixo, que não há fogo chamejante ou círculos etéreos. Que não há sentido algum para esse teatro cósmico?"

O anjo estudou a reação do homem e não escondeu sua satisfação.

"Esse é o Alex que esperava encontrar, mais lógico e racional do que aflito e destemperado. Muito bom voltar a encontrá-lo, meu amigo. Todavia, confesso que também está equivocado nessa percepção. Se o céu ou o inferno, como você os chama, fossem completamente indiferentes ou inexistentes, não me daria ao trabalho de estar aqui, não acha?"

Alex continuava perplexo. Suas dúvidas tombavam uma a uma, como guerreiros feridos em campos de batalha, com algumas ainda moribundas antes do golpe de misericórdia. O ser diante dele não poderia ser humano. Isso era um fato. Ele surgira e sumira do nada, tanto em São Paulo quanto em Paris. E agora, ali, no interior daquele pássaro de metal e fogo, onde ele se materializara como num passe de mágica, diante de seus olhos e dos da comissária e dos demais passageiros. Além disso, a criatura sabia seu mais íntimo segredo, seu pequeno crime particular, a ferida aberta que lhe espinhava a mente e lhe sufocava a alma.

Ou tudo não passaria de um sonho. Mas também não. Seus sentidos estavam despertos e ele sentia gostos e cheiros, além de detalhes que acontecimentos oníricos não revelariam.

O interlocutor riu.

"Do que você está achando graça?"

"Ah, meu caro Alex. Sempre me diverti com você, especialmente com esse seu pensamento de enxadrista que passa dias e uma vida checando hipóteses, encontrando respostas, confirmando e destruindo inquirições. Há uma máquina fervendo dentro da sua mente e quase posso ouvir seus pensamentos. Mas fique tranquilo, não faço isso. Leitura mental não me interessa. Sou até capaz de fazê-lo, mas acho desrespeitoso e invasivo, além de confuso. Mas me diga, em que está pensando neste segundo? Que nosso encontro seria um sonho?"

Alex assentiu.

"Nada disso. Adoramos sonhos, assim como vocês. Mas essa não é uma daquelas tolas histórias do tipo 'daí ele acordou' ou então 'ela percebeu que tudo não passara de um sonho'. Não sei quanto a você, mas esse tipo de narrativa sempre me deixa profundamente irritado. Exceto em Carroll, claro. Mas ele e seu 'país das maravilhas' são outra coisa."

O homem continuava fitando a criatura.

"Mas cá estou eu, novamente falando demais. Vamos lá, converse comigo. Estou aqui para isso. Você quer mais vinho?"

Alex aceitou, embora estivesse alerta para não exagerar. Não queria ter a mente turvada diante daquela criatura e do que estava acontecendo ali.

*E o que diabos estava acontecendo ali? Que tipo de ser era aquele?* Obviamente, aquela conversa sobre anjos e demônios era inacreditável, improvável e totalmente impossível. *Ou será que não?*

"Vejo que está mais calmo. Agora que seu batimento cardíaco parece ter voltado ao normal e sua mente está conseguindo pensar com mais clareza, deixe-me ajudá-lo."

A voz da criatura voltara ao ritmo pausado e tranquilo que lhe parecia característico.

Quanto a Alex, ele transpirava, tinha o rosto vermelho e a respiração ofegante.

Desvencilhando o nó que havia formado com os dedos, o anjo estendeu a mão direita para ele, tocando-lhe gentilmente o antebraço.

Em resposta ao toque, Alex relaxou, mergulhando no estofamento do assento.

O anjo então levou os dedos ao cinto de segurança de Alex e calmamente libertou o metal que o prendia, fazendo tecido e alumínio tombarem vencidos na poltrona.

Alex fitou o interlocutor e agradeceu o auxílio. Ajustou o corpo na poltrona, tentando alinhar a coluna. Em seguida, abriu o primeiro botão da camisa e afrouxou a gravata. Seus pés, porém, continuavam estacados no assoalho do avião. Ele retirou do casaco um pequeno lenço e secou o suor da testa. Somente depois voltou a falar:

"Você disse 'começar'. Começar exatamente o quê?"

"Nossa conversa", retrucou o anjo, voltando a sorrir. "A conversa, ao menos esse é o meu desejo, que responderá às perguntas que você sempre fez e desejou fazer a Deus ou ao diabo. E não me diga que não acredita neles. Quero dizer, não de forma absoluta. Ambos sabemos que é necessário ter uma imensa fé nos dois para de fato destruí-los na consciência, confrontá-los nas histórias, anulá-los em nossos espíritos."

Alex desviou o olhar para a janela noturna, onde vislumbrou universos de estrelas e a lua, pairando soberana sobre nuvens de sonho e chuva.

Nesse ínterim, o anjo deu a ele algum tempo. Depois que a comissária serviu mais bebida, Alex tomou a taça nos dedos, fechou a mesinha de plástico e virou o corpo na poltrona, ficando de frente para seu acompanhante, com um assento vazio entre eles.

"E esse velho amigo, esse irmão de armas, é um demônio? É ele que devo esperar depois de você? Serei também visitado pelo... diabo?"

"Sim, isso mesmo. O que combinamos é que eu faria uma primeira visita a você, e depois ele viria ao seu encontro, em algum momento futuro. Estou cumprindo minha parte. Fui até sua casa, em São Paulo, onde esperava dividir com você um momento mais pessoal, no conforto de seu lar e de sua hospitalidade. Como qualquer pessoa, adoramos hospitalidade. Abraão e Sara sabiam disso. Mas, infelizmente, eu me atrasei e você já havia partido."

O episódio do Gênesis veio à mente de Alex. Deus e dois anjos descendo à terra para punir as cidades dos homens — uma, entre tantas narrativas atrozes do Velho Testamento. Antes disso, contudo, fizeram uma pequena visita humana, para jantarem com um homem e sua esposa, já idosos, trazendo boas notícias sobre nascimento e descendência.

Alex adorava o verso que dizia que o patriarca levantara os olhos e vira três viajantes divinos se aproximando da tenda. E agora, ali estava um desses seres, tirando sua paz, contando segredos e falando de personagens literários como se fossem velhos amigos.

"E quando seu irmão demoníaco vai vir até mim?"

A voz de Alex agora apresentava um sutil e quase imperceptível traço de ironia, ainda testando seu interlocutor e a si próprio a entrar naquele jogo, fazer sua aposta e pagar para ver.

"Não sei. Em breve, suponho, mas depende dele. De seu desejo de encontrar você."

"Quando isso acontecer vai ser tipo *Um Conto de Natal*? Devo me ver como um moderno Ebenezer Scrooge, acossado por lembranças, ou esse é o velho jogo de sempre?"

"Primeiro, não há nada desse Dickens específico em você. Eu não estaria aqui se houvesse. Segundo, sim, isso mesmo, agora você está compreendendo. Trata-se sim do velho jogo, da aposta milenar, da antiga contenda. Você é tão perspicaz quanto eu imaginava."

Alex gostou de estarem ambos adentrando o mesmo bosque de diálogo e intimidade. Agora, ele quase conseguia fazer uma pose, segurando a taça de vinho com certa confiança.

"E qual é o prêmio? Minha alma? Primeiro vem um anjo, para me fortalecer e, depois, um demônio, para me levar à tentação e me atormentar?

Por mais que eu adore estudar moralidades medievais, nunca me imaginei sendo seduzido de uma forma tão... óbvia."

O anjo retrocedeu e riu, um pouco alto demais, chamando a atenção dos outros passageiros. Era um riso aberto e vivaz, que, por alguma razão, também alegrou Alex.

"Alma? Como assim, alma? Ah, compreendo. Não se preocupe com sua alma, meu amigo. Por que iríamos querê-la? O que faríamos com ela? Eis aí um enorme equívoco."

Alex ficou surpreso. Ali estavam séculos e séculos de escolástica, debates e dogmas postos abaixo em uma única frase. Se o cosmos não era um cassino no qual anjos e demônios jogavam com fichas que faziam as vezes de almas, então...

"O que vocês poderiam então desejar de nós?"

"Quanto aos demais, não sei. Falo por mim. No meu caso, gostaria apenas de fazer o que estamos fazendo: conversar. Deixe-me ser mais específico. Quero conhecer você, saber seus motivos, confirmar ou anular minhas próprias percepções a seu respeito. E, se você me der a oportunidade, quero me explicar. Mostrar-lhe um pouco do que vi, me mostrar em minhas próprias incongruências, testar alguns argumentos... ou não. Em suma, quero conhecê-lo e também me fazer conhecido, quero que você me veja, me escute, me perdoe, ou não. Mas desejo causar uma impressão que não possa lhe ser indiferente. Em relação à minha narrativa, Alex, adoraria elucidar os mecanismos que nos fazem existir — todos nós, seres de carne e seres de espírito. Mas, mais importante ainda, gostaria de revelar para você o que aconteceu de fato, o que fez com que tudo isso que chamamos de universo saísse tão desgraçadamente dos eixos."

Alex fitou o anjo. Seu interlocutor havia conseguido acalmar seus pensamentos, provar a veracidade mínima do seu poder — o alcance dos seus recursos — e, por fim, presenteá-lo com uma oferta de intimidade e entrega. Ele se conhecia o bastante para saber que, diante de um convite como aquele, vindo dos céus ou dos infernos, sua resposta seria obviamente positiva.

"Estou curioso", respondeu, esforçando-se para não demonstrar seu fascínio.

"Que bom. Eu também estou. Muito. Mas antes de começarmos de fato com nossa conversa, posso lhe pedir algo?"

Alex assentiu, temendo o pedido como Fausto ante um contrato assinado com sangue.

"Me fale um pouco de você", a frase saiu dos lábios do anjo com afeto. "Já o conheço, sei o que passou e, não duvide, sou seu amigo. Gosto de você. Gosto muito. Mas me diga, quem é você? O que está sentindo? Me faça entender. Me conte sua história ou o que quiser dela. O que nós vimos de sua vida, vimos como um espectador no escuro do cinema. Estivemos lá, em vários momentos, sobretudo nos mais significativos em que nos chamou, mesmo sem nos chamar. Mas nunca estive dentro de você, testemunhando os acontecimentos da sua perspectiva, vivenciando-os em sua tristeza e paixão. Então, conte-me, por favor. Como é estar no mundo, na carne, dentro desse corpo que é só seu e dessa malha de pensamentos que o torna tão *você*?"

Alex nunca havia vivenciado tamanho interesse, como se duas almas pudessem de fato se revelarem mutuamente, fundidas uma na outra, como no belo soneto de Donne. Pessoas não raro têm segundas ou terceiras intenções, pensou Alex, ou vivem aprisionadas em seus próprios espelhos, nunca vendo nada, exceto a si mesmas.

Mas ali estava aquele ser, aquele *anjo*, pedindo afetuosamente por compreensão, provando em poucos minutos que sabia mais dele do que talvez ele próprio, e muito mais do que qualquer outra pessoa até ali chegara a sequer supor a seu respeito.

Vendo o turbilhão que agitava sua consciência, o interlocutor o auxiliou:

"E se você quiser um mote mais específico para organizar sua narrativa, mas somente se você estiver preparado para tanto, por favor, me responda: por que você matou o seu tio? Eu sei, ele não era o melhor dos tutores, mas estava longe de merecer o que recebeu."

Alex olhou para o homem a seu lado, dizendo muito, mesmo sem abrir os lábios, atentando aos detalhes de seu interlocutor e desejando registrar tudo na frágil tela da memória.

O anjo vestia roupas de um tecido raro, de um leve brilho opaco, cujas costuras eram imperceptíveis. O rosto era feito de mistério. Olhos que o fitavam com atenção, mas não apenas isso. Eram olhos profundos e experientes, sagazes e cheios de fogo e alento, olhos repletos de amor e sagacidade. Olhos que haviam visto muito deste mundo, e talvez além.

Quando Alex fora observado desse modo? Talvez nunca. E talvez nunca voltaria a sê-lo. O homem faminto e sedento de amor dentro dele sabia disso.

Alex levou o sangue de Cristo aos lábios, agora tomando tempo para apreciar sua essência. Somente depois de respirar as vinhas e sorver um pouco delas é que voltou ao anjo.

E, para a sua surpresa, as palavras surgiram livres dentro dele, fluindo como um rio de água corrente e viva, como o riacho do Éden no qual Eva se mirou e se perdeu.

Para Alex, era como se estivesse na companhia de um anjo da guarda. Mas é claro que não se tratava de uma besteira dessas.

*Afinal, anjos da guarda não existiam, não é mesmo?*

Em vez disso, ele soube que se tratava apenas de um bom amigo.

E, transpassado por essa constatação, Alex começou a falar.

*Algum lugar acima do Oceano Atlântico*
*Madrugada de 11 de novembro de 2001*

"Vivi os primeiros anos da minha vida em diversos lugares, sempre junto de meus pais.

Eles tinham, como se dizia na época, uma alma errante e um espírito inquieto. Buscavam novos programas sociais para apoiar, hospitais caindo aos pedaços para reformar, cidadezinhas carentes para servir ou salvar. Eu cresci assim, arrastado por eles de um canto a outro do imenso país que é o Brasil, com brinquedos numa mochila e poucas roupas em outra.

"Nós não éramos pobres. Nunca fomos. Mas tínhamos uma vida simples, dormindo em hotéis de quinta categoria e em quartos emprestados, mais pelo despojamento dos meus pais do que por falta de dinheiro. Mas nada disso importava. Herdei isso deles e penso que todo viajante precisa da disposição para dormir de qualquer jeito e fazer do mundo seu teto."

A luz interna do avião foi reduzida para os passageiros dormirem.

A madrugada progredia e os dois interlocutores estavam despertos, em um diálogo sussurrado, adorando a iluminação aconchegante que os abraçava, mas não a ponto de não verem o rosto um do outro.

"Jogado assim de cá para lá, eu não tinha como fazer amigos e nem tinha irmãos. Tirando alguma ou outra amizade feita e desfeita, meu divertimento eram os bonecos de plástico e os livros de infância, além de outros agrados que recebia dos meus pais, sua atenção, sempre carinhosa e divertida. Eles eram meus heróis e realmente queriam mudar as coisas.

"Era a década de 1960 e o Brasil estava num buraco de ódio, insensatez e desesperança. Eram os anos de chumbo, e enquanto jovens estudantes eram torturados em porões de quartéis e generais fingiam nos liderar beijando botas norte-americanas, meus pais ignoravam tudo aquilo. De vez em quando meu pai trazia um jornal ou via um noticiário, mas minha mãe sempre o convencia a deixar tudo aquilo de lado. Fome, doença, miséria... aquelas eram as verdadeiras notícias, aquela era a verdadeira causa. O resto era o mundo sendo o mundo.

"Do passado dos meus pais, sabia pouco. Raramente via minha mãe ao telefone, falando com alguém. Mas, no geral, ambos eram fugitivos e rebeldes, e eu intuía em minha mente infante e imaginativa que eles viviam uma história tipo *Romeu e Julieta*, deixando atrás deles duas famílias invejosas de sua paixão. Invenção minha, é claro. Somente depois fiquei sabendo que minha mãe fugira de casa depois de ficar grávida de mim e que meu pai brigara com o próprio pai e com seu único irmão por não seguir os passos da igreja, como esperavam dele. Não que quisessem que ele fosse padre ou algo assim, mas desejavam — exigiam, na verdade — que vivesse como católico, algo que seu irmão, meu tio, por fim realizaria.

"Foi assim que cresci, um menininho de 4 ou 5 anos, entre dois exploradores do mundo que tinham na verdadeira caridade seu evangelho e no fazer o bem aos pobres seu decálogo. É claro que eu sentia falta de uma casa, de amigos e outros luxos de uma vida mais tradicional, mas convenhamos: quem dava bola para uma vida assim quando você podia se aventurar daquele jeito na companhia de adultos que o amavam e cuidavam de você?

"Por outro lado, às vezes, mas só às vezes, eu me sentia um pouco deslocado, um pouco distanciado da comunhão dos dois. Eles me amavam e cuidavam de mim, mas eu era meio que um efeito colateral, sabe? Eu vim sem planejamento e, por vezes, seus planos de se perderem no mundo eram impedidos pela minha existência. E eu sabia disso.

"Quanto aos dois — eles se chamavam André e Marisa —, era óbvio que se amavam. Volta e meia, eu os flagrava aos beijos e abraços nos cantos dos pardieiros em que morávamos. Com um moleque por perto, cada momento de solidão precisava ser aproveitado. E quando saíam, eles me deixavam com vizinhos. E lá se iam eles, salvar pessoas, alimentar famílias, explicar o uso de contraceptivos para casais que não faziam ideia do que isso significava. Em resumo, fazer a obra de Cristo como os pacifistas que eram. Quem eles queriam enganar?

"Certa vez, minha mãe me contou a história dos dois. Ambos receberam uma educação cristã severa. Meu pai, católica. Minha mãe, protestante. E mesmo que expurgassem suas crenças, havia neles aquela base moral que todo o cristianismo, mesmo o mais teatral e hipócrita, inscreve no coração de seus fiéis. Falo da ideia de que se devia imitar Jesus, fazer o bem sem buscar glórias e auxiliar aqueles em situação precária. Neles, porém, essa base moral era adicionada de outra energia, mais racional e científica. Como meus pais eram enfermeiros — foi no curso de enfermagem que se esbarraram, se olharam, se grudaram e nunca mais se largaram —, eles tentaram incutir em mim um respeito pela lógica e pela racionalidade.

"Em certo sentido, eu descendia de duas correntes religiosas cuja linhagem indicava uma caridade intrépida e não religiosa. Nesses primeiros anos, confesso, a religião não era um assunto para mim. Não mesmo. Nem para eles. Eu estava ocupado demais imaginando mundos em minha cabeça, memorizando letras e sílabas, reclamando da falta de irmãos e sonhando com a escola, que para mim seria o jubileu do meu crescimento.

"Foi justamente ela, a escola, que me separou deles. Quando finalmente atingi a idade de ir para a primeira série, meus pais acharam por bem me deixar num internato, para a rotina de viagens não me prejudicar. Eu chorei muito, pois não queria me separar deles, mas, no fim, me convenceram de que seria a melhor opção. E, sinceramente, o educandário, era como chamavam aquele tipo de internato, era um lugar fabuloso, com uma educação de primeira e uma biblioteca que foi a alegria dos meus primeiros anos. Antes de partir, eles prometeram que me escreveriam. Prometeram que, não importasse o que acontecesse, eles *sempre* me escreveriam.

"Com essa decisão, eles finalmente se viram livres de mim — sem amargura ou ressentimento, creio eu — para sonharem novos sonhos e ousarem bem mais do que haviam feito antes. Primeiro eles foram para o Norte do Brasil, depois para outros países da América Latina, e finalmente para outros lugares ao redor do mundo, sempre com a mesma intenção, dedicando sua vida a obras comunitárias, ao 'bem incondicional'

— era assim que eles chamavam o trabalho. E, semana após semana, o solitário filho único passou a fazer seus primeiros amigos e se divertir na escola, enquanto recebia cartões-postais e missivas, vindos dos lugares mais improváveis, com meus pais apostando tudo na crença de que a bondade humana poderia substituir dogmas, sistemas políticos ou quaisquer outras estruturas.

"E foi assim que passei os primeiros anos de internato, recebendo cartas semanais nas quais eles descreviam paisagens estranhas e primitivas, animais assustadores e belos, falando das condições de homens e mulheres, velhos e crianças, que viviam em territórios devastados por guerras civis, fome e pestes, de pessoas que ainda moravam em barracos improvisados, cujos anseios eram comida, água e cura para suas doenças. Pessoas para quem a religião, a política e a arte não significavam nada.

"Minha vida seguiu assim por meses e por um par de anos, vendo-os ocasionalmente e me dedicando a esperar suas cartas, que eu guardava e protegia como documentos sagrados numa velha pasta. Eu era um leitor distanciado da vida aventureira dos meus dois grandes heróis, das figuras que um dia eu seguiria, aprenderia e dividiria suas missões e experiências.

"Isso até a semana em que seus envios subitamente pararam de chegar."

Alex fechou os olhos com força. Esfregou-os com a mão e bebeu um copo d'água. Ele estava bem e aquela história pertencia a espaços já percorridos de sua história pessoal. Mesmo assim, era desconfortável, mas também confortador, revisitar seus pais daquele jeito, a partir da perspectiva do quanto os amava e do quanto era amado, do quanto eles lhe faziam falta.

"Os dois morreram de um vírus misterioso, num lugar esquecido por Deus e pelos homens, no interior da África. Eles integravam um comitê de ajuda humanitária e foram ao interior da savana para ministrar vacinas e outros tratamentos. Todos morreram. Os dois, seus colegas e também a aldeia inteira que eles tinham ido salvar.

"Eu tinha 8 anos quando o diretor do educandário me deu a notícia.

"Seus corpos foram queimados para evitar novas contaminações, e a única coisa que recebi deles foram documentos esparsos que haviam sido confiscados pelo governo de Ruanda antes da missão, além, é claro, de suas certidões de óbito.

"Depois do enterro simbólico, fui obrigado a deixar o internato para ir morar com um parente desconhecido. Era o irmão do meu pai, e eu agora ficaria sob sua guarda. Eu nunca o havia visto, exceto na única foto de família que meu pai guardava. Em nossa mítica familiar reduzida à tríade pai, mãe e filho, ele era conhecido como o 'padre'. Fora isso, eu não sabia nada sobre ele. E da parte dele, a mesma coisa. O homem se mostrou até um tanto surpreso com a minha existência. Foi com pesar que me explicou tudo. Quem era, a briga que havia tido com meu pai, a separação de ambos e o quanto lamentava por minha perda.

"A partir de então, eu fiquei sob a tutela dele, Lourenço Dütres, um homem de fé, abnegação e instrução religiosa. Aprendi muito com ele e serei eternamente grato ao modo caridoso e cuidadoso com o qual me tratou nos primeiros anos. A primeira coisa que percebi sob sua guarda, com grande surpresa, confesso, era que a escola que eu frequentara não ensinava nada de fato, nada de realmente significativo, nem mesmo o básico do mundo. Mesmo as disciplinas obrigatórias, não passavam de esboços pálidos se comparadas ao que o meu tio me mostrava nos livros. E sua biblioteca... ah... sua biblioteca, embora muito direcionada a estudos filosóficos e teológicos, era um paraíso em comparação à biblioteca da escola.

"Foi com Lourenço que me apaixonei de fato pela Bíblia, com ele me guiando pela aridez daquele estilo direto e nada literário, daquelas genealogias intermináveis e legislações absurdas. 'A Bíblia é um banquete', ele dizia, 'mas um banquete em que você precisa selecionar os melhores pratos.' E ele me ensinou a fazer isso com José, Dalila, Davi, Judite, Rebeca, Daniel e, claro, o menos e o mais heroico dos heróis, Jesus de Nazaré, atacando o comércio no templo de seu Pai e conversando com seus seguidores sobre filhos pródigos, mendigos no paraíso e samaritanos gentis. E essa educação, essas histórias, eram a melhor parte.

"Mas também foi ele, meu tio, que me ensinou outra faceta da religião. Genocídios, vinganças, horrores e punições. Medo. Culpa. Desespero. O relicário completo do pesadelo religioso. Além do terror divino, claro. E deixe-me esclarecer qual terror era esse, pois ele será essencial para entender o porquê de eu ter acabado com a vida de Lourenço.

"Naqueles anos, enquanto crescia, vendo em meu rosto e corpo as mudanças que levavam embora a infância e deixavam no lugar uma criatura insone, ainda não adulta, mas repleta de ímpetos e desejos, eu não conseguia largar as cartas dos meus pais. E meu tio foi, a princípio, muito atencioso e carinhoso, me explicando que não havia nada de errado com aquele apego aos papéis, com aquela tentativa de amenizar a saudade e a perda.

"Mas, com o tempo, sua paciência se esgotou, dando lugar a reprimendas, advertências e, por fim, a uma série de atos que eu nunca perdoaria, talvez o primeiro gesto a plantar a semente do plano de matá-lo. Sei que adolescentes fazem isso toda hora. Desejam a morte de seus pais em meio a qualquer discussão. A diferença comigo era que eu tinha a determinação necessária para concretizar o ato. Como de fato o concretizei.

"Voltando ao gesto imperdoável do meu tio, mesmo que revestido das mais pias e generosas intenções, ele tirou de mim as cartas dos meus pais, arrancando-as à força, me deixando, assim, duplamente órfão. E, embora dissesse que eu precisava crescer, amadurecer, encontrar outras respostas e estar à altura deles, seu conselho era pujante: eu precisava superar aquela perda, voltar aos estudos, à leitura da Bíblia, à construção de um futuro só meu.

"Foi ali que os verdadeiros conflitos começaram. Antes daquele episódio, vez ou outra tínhamos discussões por motivos teológicos, primeiro em debates advindos de sua incapacidade de lidar com minhas dúvidas juvenis, e depois pelo meu desejo de contrariá-lo e confrontá-lo.

"Veja bem, Lourenço me deu toda a educação de que eu precisava. Ele foi meu verdadeiro mestre, meu único professor, a fonte de tudo o que aprendi de valoroso entre o fim da minha infância e a primeira juventude. Tudo isso veio dele e de suas histórias, e sobretudo de suas interpretações da Bíblia. Seus ensaios, ah, seus ensaios eram tão repletos de paixão, mesmo quando suas interpretações eram derrotadas por inadequadas soluções teológicas.

"Mas enquanto me amava, educava e instruía, havia nele o olhar inquisidor, o ímpeto da fé, a obrigatoriedade da oração e do temor. Foi com ele que eu conheci pela primeira vez a desprezível dicotomia que aprisionava o Deus cristão: a oposição entre amor e punição, entre carinho e ódio, entre retidão e vingança, em resumo, tudo aquilo que define a existência humana sob a égide de um deus moral. Foi Blake quem melhor definiu isso, não? Comemos todos da árvore do conhecimento e da morte quando aprendemos a diferenciar o bem do mal..."

"E a condenar os outros como errados e glorificar a nós mesmos como certos", falou o anjo. "Sim, foi Blake. E sim, eu conheço bem os ensaios de seu tio. E concordo com sua opinião. Mas continue, por favor. Estou me esforçando para não interromper sua narrativa."

Alex fitou o estranho homem e sorriu, revestindo os olhos de carinho e gratidão silenciosa por ele estar ali, pura e simplesmente ouvindo seu relato.

"Muito obrigado por isso. É estranho contar tudo isso a você; ou melhor, é estranho contar isso a qualquer pessoa, sobretudo a mim mesmo. Há tantas compreensões que estou tirando dessa narrativa, desse momento em que transmuto memória em história."

"Sim, contar é compreender, meu amigo."

Alex tomou um gole d'água e voltou ao fio de Ariadne de seu labirinto pessoal.

O anjo, por sua vez, aproveitou a pausa para pedir à comissária mais bebida para eles.

"Então, certo dia, num de meus ímpetos mais violentos, num daqueles arroubos de revolta pela perda dos meus pais, pelas cartas escondidas e pela severidade moral que o próprio Lourenço defendia, mesmo quando sabia que estava errado, eu o ataquei.

"Foi quando o último prego da minha cruz pessoal foi martelado na forma de um quarto escuro e frio, de uma jaula de contrição, um santuário de orações necessárias, todas expressões de Lourenço, que tentava, através das palavras da religião, transformar algo violento e venenoso em algo positivo. Quando fui jogado e aprisionado no interior daquele claustro, comecei a chorar e orar, implorando a Deus que me libertasse. Nas primeiras vezes em que fui encerrado lá, realmente acreditei em meu tio, por mais revoltado que estivesse. No entanto, dentro de mim, orei para encontrar, naquele lugar de medo e solidão, alguma cura ou luz.

"Mas não havia nada lá, exceto o tétrico sentimento e aquela terrível sensação de não estar sozinho. Mas não se tratava de Deus, nem do diabo, nem de monstros infantis. Antes, a presença que eu sentia lá era apenas fria e observadora. Eu falei com ela várias vezes, expliquei minhas tristezas e implorei por sinais, quaisquer sinais, migalhas que catamos aos pés da mesa de Deus, qualquer fiapo de luz ou visão que me ajudasse a vencer aquela dor.

"Mas é claro que nada surgiu das sombras. Nada. E cada vez que meu tio abria a porta, horas depois — o tempo não significava nada lá dentro —, com a luz do dia ou da noite ferindo meus olhos, fui aprendendo a me levantar, a enxugar as lágrimas, a não mostrar a transformação interna que ocorria dentro de mim em direção a uma completa e derradeira descrença.

"Em contraponto àquele aprendizado amargo, foi por essa época que caí de amores por Emanuel Illians e sua arte. E meu tio Lourenço, interpretando mal o que estava acontecendo e achando que aquilo poderia significar uma renovada fé, incentivava essa paixão, comprando-me livros de arte, biografias raras, catálogos de exposições e, o mais importante, miniaturas de suas estatuetas. Tudo muito brega e artificial, mas fascinante aos meus olhos juvenis. Sobretudo porque ali, naquelas frágeis peças de gesso, eu poderia contemplar, estudar e sentir o que aquele homem santo tentava comunicar com suas mãos e visões pelos séculos afora.

"Illians se tornou uma completa obsessão em meus anos de juventude, anos sem amigos, sem namoradas, sem quaisquer descobertas, exceto aquelas vivenciadas no confinamento teórico e ficcional da biblioteca teológica de Lourenço e nas trevas da cela de contrição. E tal foi minha surpresa ao descobrir em sua arte, em suas diminutas figuras de desejo, assombro e inquirição, a própria tradução de minhas buscas e desalentos.

"Eu me tornei um pequeno devoto, estudando a biografia do homem, sua infância na sinagoga da família e sua tragédia pessoal, com a destruição de sua arte por um pai punitivo, tudo culminando em seus anos nas ruas de Praga e em sua chegada no seminário franciscano. Foi lá que ele começou a brincar com argila e, depois, com martelo e cinzel em blocos de pedra, dos quais ia retirando seus assombros bíblicos, e depois com o bronze. Quando se tornou aprendiz dos mestres de Praga, sua sensibilidade já estava formada e ele sabia o que desejava: aprender o que ainda não tinha aprendido de técnica formal para dar vida a inquietantes figuras bíblicas e em suas interações com um mundo que seria criado na imaginação do espectador.

"Foi diante de uma réplica e de um estudo do seu *Sansão no Festejo de Dagon* que descobri, numa bombástica revelação adolescente, que a arte de Illians podia dar vazão à minha dor, naquela releitura forte e intensa da Bíblia, que gritava aos céus por respostas e exigia do próprio Deus uma explicação. Seu herói combalido, seu juiz ferido e cegado, acorrentado e liberto, fragilizado e poderoso, era um louvor visual, uma melodia sacra e profana, lírica e visceral, a voz que clamava aos céus, mesmo que não recebesse nada.

"Essa oscilação entre a mão punitiva de Deus e nosso clamor por bondade definiram minha juventude e aqueles anos. Mas era diferente comigo, um santo virgem que devorava livros e arte, ao mesmo tempo que implorava no quarto de contrição que as sombras lhe respondessem. No entanto, elas nunca fizeram isso, nem no quarto nem fora dele. Nunca recebi nenhum sinal ou resposta, apenas a percepção de que tudo seguia igual debaixo do sol e de que os anjos não desceriam, demônios não subiriam, e Deus... Deus não faria o mínimo esforço para dar as caras. Quanto a meus pais, estavam mortos, e suas vozes, assim como suas cartas, perdidas."

Alex bebeu mais água, depois um gole de vinho.

"Quanto à sua pergunta, sobre o motivo de eu ter assassinado meu tio. Nunca pensei sobre isso. Até agora, talvez. Você diz que foi planejado, e foi. Você afirma que foi um ato racional, e sim, tem razão. Por outro lado, também foi um gesto nascido do impulso, de uma medida desesperada para fazer alguma coisa acontecer, como um último teste, uma prova, sabe? Deus adora fazer isso, não? Nos testar? Então por que não fazer o mesmo com ele? Testá-lo?

"Eu queria liberdade e meu tio não me daria, não até a maioridade. Foi quando a ideia deu lugar ao planejamento e, este, ao ato, como disse o bardo, jogando-me no abismo entre os extremos do primeiro passo e do último. Queria testar Deus e sua justiça, além de me vingar de meu tio e me ver livre dele. Eu desejava, de forma fervorosa, saber se Deus permitiria aquilo. E se ele permitisse, bem, das duas, uma, ao menos foi o que pensei: ou aquilo daria provas concretas de que ele não existia ou então de que ele não passava de um bastardo indiferente. Sim, era isso. Se eu conseguisse matar aquele homem santo, aquele estudioso da Bíblia, meu próprio tio, e nada acontecesse, se nem Deus desse um sinal, ou o céu interviesse ou algum anjo aparecesse para segurar minha mão, então eu teria a comprovação definitiva de que ou Deus não tinha poder para fazer nada, ou, ainda pior, de que ele nem mesmo se importava.

"E foi isso que aconteceu. Comecei a envenenar meu tio enquanto cuidava dele em sua doença. Eu o assisti em sua morte. Depois o enterrei com pompas e luto. E nem Deus, anjos ou demônios, nem mesmo homens, vieram me punir. Nada de pulso angélico impedindo a adaga ou cordeiro enviado em cima da hora, preso aos arbustos. Nada. Apenas o som do caixão sendo depositado no ventre da terra e dos torrões de solo batendo contra a madeira.

"Passados os pêsames e o luto, quando os advogados vieram me explicar o quanto eu havia herdado, tanto os bens quanto os direitos autorais dos tratados do meu tio — ironia das ironias —, eu compreendi que estava livre. E é claro que a primeira coisa que fiz foi estourar a porta da contrição, arrombar a cela de orações, com o retângulo de madeira se desprendendo do pórtico. Obviamente, não havia nada lá, apenas o vazio de um cômodo que fedia à dor e oração.

"Atrás de mim, porém, estava o mundo, um vasto e ajardinado mundo, que prometia mil mistérios a desvendar. E eu escutei aquele chamado e deixei tudo para trás.

"Poucos meses depois, fechei a casa e joguei fora a chave, como dizem. Fui terminar meus estudos básicos a fim de me lançar em explorações geográficas e existenciais, como o bom filho pródigo que eu sempre gostava de me imaginar. Mas, é claro, sem a tolice de gastar minha herança com cassinos e prostíbulos, nem nada de perder tudo e passar a comer com os porcos. De resto, tudo estava ao meu alcance.

"Fiquei anos sem tocar na Bíblia ou me aproximar daquelas histórias, devorando poemas, romances, filmes, música e todo o resto que me fora negado. E a primeira coisa que percebi, através da arte, era que minha busca não era solitária. A arte, em diferentes séculos, lugares e sensibilidades, constituía o registro da mesma busca por respostas. Illians era apenas um entre muitos: Shakespeare, Wilde, Blake, Dante, Milton, Michelangelo, George Eliot, Lizzie Siddal e os arruaceiros que a convenceram de que ela seria sua musa, e tantos, tantos outros, ontem, hoje e sempre, que usavam sua poesia, seus talentos, a melhor porção de si próprios, para alcançar uma transcendência que a vida parecia não possibilitar, exceto no corpo e através da arte, do amor e do sexo. Eu me tornei um comerciante de arte em virtude dessa compreensão.

"E é claro que, àquela altura, não havia mais nada de virgem nem de santo em mim. Ao contrário: pulei para a cama da primeira amiga que fiz e depois para a cama das meninas que me convidaram, tudo com uma rapidez estrondosa, tentando encontrar no sexo alguma resposta. A decepção veio rápido. O sexo é um mistério, sempre foi. Igualmente mágico, enigmático e ardente, mas também fugidio e incompleto. Na verdade, ele nos prova muito mais o quanto somos solitários em vez de completos e integrados. Mas aqui estou divagando.

"Perdoe-me. Mas preste atenção, pois isso importa: eu era — e ainda sou, creio eu — minha educação bíblica da cabeça aos pés, exceto num único ponto. Nunca senti nenhuma culpa, arrependimento ou contrição no que dizia respeito ao corpo, ao sexo e às buscas sensoriais por prazer ou alento. Apenas casmurros como São Paulo e seus seguidores poderiam condenar o sexo ou o prazer. E contra isso, felizmente, os artistas construíram uma bela barricada.

"É claro que naquela época, naqueles anos de entregas e descobertas, viagens e explorações, do mundo e do corpo, isso não era tão claro. Mas o fato é: eu amei ir para a cama e testar meus limites, e os limites dos meus amores, e ir pouco a pouco entendendo quem eu era, do que gostava e do que não gostava. Eu amava desabotoar minha camisa, deixar o cinto e a fivela despencarem no chão dos quartos que visitei e me entregar livremente aos meus desejos. Mas tão logo o momento passava, falo do clímax físico, também chegava a tristeza, a pequena morte, o desalento, a solidão e o esgotamento, não só físico. Mesmo apaixonado, nada nunca afugentou esse sentimento, essa desconexão, a sensação de que eu nunca estaria completo.

"E isso durou minha vida inteira. A falta de conexão, ou comunhão, parece exemplificar minha vida afetiva, com ocasionais amores rapidamente destruídos por fragilidades que não suporto ou por expectativas que não posso atender. Enfim, estou de novo me perdendo aqui."

O anjo assentiu, ainda resistindo à tentação de interrompê-lo. Ele não faria isso. Seria um crime, e ainda faltava o arremate lógico da narrativa da Alex.

"E agora você vem até mim", disse o homem, fitando os olhos escuros do anjo, "se apresentando como um ser etéreo, um enviado desse mesmo Deus que fui obrigado a amar, que depois aprendi a odiar para, no fim, eu mesmo sacrificar no altar da minha revolta. Devo admitir, estou num impasse. Você está certo. Sou o responsável pela morte do meu tio. Embora não existam provas disso, eu envenenei o velho, o bom estudioso católico. Eu o matei como matei Deus em meu coração e em todos os cantos da minha mente inquieta.

"Para ser sincero, não tenho nada a dizer a você, exceto o que já disse, nem posso prometer nada. Na verdade, nem consigo acreditar ainda no que você diz ser. Se estivesse no meu lugar, acreditaria? Por outro lado, você já me deu uma evidência indiscutível. E além disso, há algo em você e em tudo o que diz que me parece estranhamente verdadeiro. Poderosamente verdadeiro. Mas ainda tenho dúvidas. Para ser sincero, não sei o que pensar."

Enquanto Alex parecia refletir, o estranho o observava. O homem desviou o olhar e buscou mais uma vez sua taça. Depois de sorver a bebida e sentir o corpo se aquecer com ela, notou que a mão direita do anjo desapareceu no bolso interno do casaco escuro.

"Mais uma dádiva, então", disse a criatura enquanto vasculhava o interior do casaco, "para talvez resolver seu impasse. Um impasse, sem dúvida, mais que compreensível."

O anjo entregou a Alex uma fotografia antiga.

Nela, um homem e uma mulher sorriam para a lente, tendo, atrás deles, uma esmaecida savana. Trêmulo, Alex segurou a foto. No verso, um pequeno recado de seus pais que ele não tinha condições de ler, não naquele momento, não ali.

"Seus pais gostariam que você recebesse essa lembrança, esse registro da decisão deles de atravessarem mares, montes e selvas para fazer o bem, o bem no qual acreditavam."

Diante dos rostos sorridentes na velha fotografia com pontas chamuscadas, Alex viu as lágrimas chegarem e não fez nada para contê-las.

"Eles a enviariam a você em sua próxima carta. Mas não foi possível. O exército incinerou todos os seus pertences, como você bem sabe. Tanto os de seus pais como os dos demais médicos e enfermeiros. Mas essa foto, Alex, essa foto eu a salvei das chamas para você."

Alex levou o precioso papel fotográfico, aquele sagrado registro, ao peito, desviando o olhar salgado e úmido para a janela do avião, fitando nuvens de assombro e trovões.

O avião deu uma pequena chacoalhada, acordando um dos outros passageiros.

Agora Alex não tinha mais dúvidas de quem era seu interlocutor. Quanto às suas palavras, os ajustados cintos de segurança que usamos para não enlouquecer, essas lhe faltavam.

"Muito obrigado por isso", disse ele, finalmente, ao anjo.

Com extremo cuidado, como se segurasse o Santo Sudário, a mortalha de Cristo ressuscitado, ele guardou a foto dentro do bolso interno, perto do coração, onde seus pais pareciam agora, depois de tanto tempo, retornar.

O estranho olhava para Alex com olhos amorosos e interessados.

"De nada", falou ele. "É apenas um pouco do muito que você já me deu."

E estendendo-lhe a mão, o anjo disse:

"Muito prazer, Alexander. Me chamo Barachiel."

Alex sorriu e lhe estendeu a mão, sentindo o toque sedoso e a temperatura de sua pele.

"É isso que você é? Uma 'bênção de Deus' para mim? Espero que tenha uma rosa para me dar. Eu adoro flores."

"Eu sei. E percebo também que você conhece o significado do meu nome."

"Sim, afinal é o meu trabalho: avaliar, ofertar e negociar obras do imaginário cristão."

Alex sorriu e os dois riram, como bons amigos, encantados com a conversa.

"Mas por que eu?", insistiu o homem. "Ainda não entendo o motivo de estar aqui, comigo, entre tantos homens e mulheres deste mundo. Por que essa conversa? Ou revelação? E não pense que acredito em tudo que diz. Tudo bem, você me deu evidências, mas tenho dúvidas. Droga, isso não é exatamente verdade. Mas ainda não sei. Me dê um pouco mais de tempo."

O anjo assentiu, levantando a palma das mãos na altura do peito, num gesto comum para indicar "vamos com calma, nada de pressa".

"Mas enfim, por que eu, Barachiel?"

"Porque eu amo você, Alex. Há anos. Desde que você orou para São Jerônimo, em um episódio que talvez nem você se lembre, implorando pela vida de seus pais. Também pelo homem que você se tornou, racional e íntegro, exceto pelo seu ato criminoso. Em resumo, um homem de fé que renegou qualquer fé, sabiamente.

"Além disso, porque tenho um pedido a fazer a você. E porque você pediu por uma resposta, não? No escuro, no quarto de contrição. Eu estava lá, Alex. Eu ouvi suas preces, chorei com você, sofri com seu coração. Foi a minha presença que você sentiu. E a de meus irmãos."

"Desculpe, mas você chegou um pouco atrasado", disse Alex, quase ríspido, amaldiçoando seu tom tão logo as palavras deixaram os lábios.

"Sim, eu sei", foi a réplica. "Eu queria ter enxugado suas lágrimas naquele momento, tê-lo abraçado e oferecido conforto, mas... não fiz nada disso. Por razões que pretendo esclarecer.

"Em vista disso, agora sou eu que pergunto. Você gostaria de me ouvir? Gostaria de receber de mim a bênção que eu mesmo acabo de receber de você? Gostaria de ouvir a minha história ou a história do mundo da minha perspectiva?"

Alex olhou fixamente o anjo e abriu um sorriso, comunicando o oposto da fala anterior.

"Sim, é claro que gostaria. Ansiei por isso minha vida inteira. Que alguém me explicasse a insanidade que chamamos de mundo e de vida, e que também me falasse de seus júbilos e portentos. Eu nunca me fechei nem a uma coisa nem a outra", respondeu Alex, enquanto ajustava novamente o corpo para voltar-se a seu acompanhante, como bons interlocutores fazem quando estão sentados numa praça ou num café. Apenas conversando. "Estou aqui, Barachiel. E sou todo coração e ouvidos. Onde sua história começa?"

O anjo respirou fundo, também sorrindo. Então passou a falar:

"Como dizem em linguagem popular, comecemos pelo começo. Antes de o tempo ser tempo e no momento em que tudo, absolutamente tudo, começou a dar errado."

Do lado de fora do avião, raios luziam ante os primeiros indícios de uma tempestade.

# O Anjo

*Algum lugar acima do Oceano Atlântico*
*Madrugada de 11 de novembro de 2001*

"Tudo começou quando Deus se apaixonou pela primeira vez."

O anjo fez uma pausa involuntária, reorganizando a narrativa em sua mente.

Fora do espaço daquela meia-luz de intimidade e conversa, as turbinas do avião explodiam em combustão, impulsionando o pássaro de metal a mil quilômetros por hora.

"Deixe-me começar de novo. É claro, tudo iniciou bem antes. Milênios antes. Mas a história que desejo contar começa quando vimos Deus, do alto de sua indiferença luzidia, de sua distante monumentalidade, começar a brilhar numa frequência que nos era estranha."

O homem abriu os olhos e fitou os lábios angélicos com curiosidade.

"Não vou contar muito sobre o céu a você, Alex, por várias razões. Não porque não possa ou porque me seja proibido. É que, na verdade, não há muito para contar. Palavras são usadas para comunicar desejos, necessidades, ausências ou carências que sinalizam metas, objetivos ou explicações, ou seja, objetos concretos. Em vista disso, o que eu poderia dizer do céu original, senão que estávamos completos e jubilosos, próximos de Deus e imersos nele, em seu calor e luz, sem dor, fome ou desejo? Estávamos integrados à sua glória.

"Mesmo a terra nos interessava pouco naquele momento. Isso, claro, bem antes de 'cairmos em tentação', o modo como passamos a denominar o que aconteceu. Embora estivéssemos surpresos com o mundo físico, com o desenvolvimento das espécies animais, vegetais e todo o resto, que culminou no homem e no surgimento de suas primeiras comunidades, isso não era bem uma novidade, afinal era mais um fenômeno entre tantos outros.

"No entanto, Deus começou a olhar para baixo e a se interessar, até que se apaixonou pela primeira vez, ausentando-se de nós para dar atenção ao que sempre tomamos por símios inteligentes e seus filhos, e, bem, ali tudo começou a sair do controle. Em resumo, antes de nós cairmos, Deus caiu. Na verdade, foi ele que nos *ensinou* a cair."

O anjo bebeu um pouco d'água e tomou fôlego.

"Deixe-me explicar melhor. Em um erro grosseiro, a humanidade supôs que Deus, sendo perfeito, nunca cometeria enganos ou tomaria qualquer decisão motivado por amor e paixão. Foi desse equívoco que surgiram narrativas como a dos anjos se apaixonando pelas filhas dos homens ou a do demônio como opositor, todas permeadas por uma carga moral que era desconhecida para nós, mas não para Deus. E sim, o demônio surgirá em algum momento, não para tentar a humanidade, mas para expor os paradoxos e equívocos de seu Criador. Mas estou me adiantando aqui.

"Quero voltar ao momento em que notamos que o brilho de Deus começou a se comprimir e a se expandir, como um imenso coração pulsante de luz, e a responder a ações humanas específicas. Perplexos, nós o observamos num misto de desespero, mas também de inconfesso interesse. Se Ele tinha percebido ou criado em si mesmo uma incompletude, ou melhor, se Ele havia se mostrado interessado e passou a vivenciar algo próximo a desejo — ou seja, a percepção da ausência de algo —, o que isso revelaria para nós? O despertar daquele desejo em Deus prenunciaria o surgimento de nossa própria fome e desejo? Era isso que nos intrigava. A princípio, a única ausência que temíamos era a dele. Nada mais nos interessava.

"Nós não passávamos de audiência naquela época, de coros angélicos criados para aplaudir, cantar, louvar e refletir a luz do Criador em todas as coisas. E assim nós vivíamos, cumprindo nossa função, uma função cheia de amor, alento, gratidão e esplendor.

"É difícil encontrar palavras para descrever essa época, pois não tínhamos ainda uma linguagem. A língua dos anjos de Deus era apenas uma forma de cântico de exaltação repleto de terminologias de graça e gratidão, magnificência e júbilo, de reconhecimento elogioso ante a perfeição dele. E foi assim por séculos, com os símios evoluindo e criando suas tribos e, posteriormente, suas religiões, que nada tinham a ver conosco e que víamos com admiração e bom humor. É claro que eles não sabiam nada sobre nós, afinal, quão sagrados seríamos se eles, seres tão diminutos e encerrados em invólucros de carne, ossos e sangue, soubessem?

"Isso tudo parece pretencioso e prepotente, Alex. Eu sei. Mas era a verdade. Éramos prepotentes e pretenciosos, sim; afinal, éramos completos e perfeitos e não precisávamos de nada. Até o momento em que um estranho homem, uma criatura bem singular, surgiu.

"Abrão era seu nome, um homem simples e rústico, filho de um certo Taré, ambos nascidos de uma família tribal que vivia entre outros grupos ínfimos e pouco interessantes na terra de Ur, entre os caldeus. Era uma época primitiva, como você deve supor, pré-histórica no sentido que vocês, humanos, usam hoje. Aquelas pessoas não tinham objetivo algum, exceto sobreviver e multiplicar filhos, rebanhos e posses, não necessariamente nessa ordem.

"Mas Abrão fez uma coisa engraçada, incomum e estranha, algo de fato diferente. Ele começou a se distanciar dos familiares e a vagar pelos campos, contemplando e conversando com o firmamento. Parecia um louco, como tantos outros como ele que depois passariam para a história como os primeiros profetas. É claro que ele não era o único, pois naquela época havia outros sussurradores de mistérios, outros bardos e oráculos, outros bruxos e xamãs, que também falavam com o vento, as árvores e os rios, e depois contavam histórias fantásticas a seus familiares e vizinhos, reunindo pequenos grupos de culto.

"Mas Abrão começou a fazer algo inusitado: ele começou a chamar as estrelas por um nome pessoal e singular, uma palavra que apenas significava *pai*. Mas não o seu pai ou o de seus ancestrais. Não, nada disso. Em sua mente simplória, esse pobre sujeito decidiu começar uma conversa com o pai do universo, o criador da vida e de todas as bênçãos da terra. Diante daquele surpreendente pedido, daquela súplica, daquela primeira prece, Deus, que nunca havia ouvido nada parecido por parte dos homens, ficou encantado.

"Deus nunca esperou nada da terra, nem desta nem de nenhuma outra. E há várias outras, acredite. Mas Ele nunca suporia uma perversão chamada crença, fé ou religião, nunca cogitaria nenhum tipo de sistematização de ideias ou comportamentos, em que milhares de pessoas deveriam temer Seu nome ou adorá-lo. Outro sério e triste equívoco. Para deixar claro, a terra e o universo eram, sim, um experimento para Ele, mas não um experimento dessa natureza.

"E, de repente, lá estava aquele indivíduo primitivo, malcheiroso e um tanto asqueroso, como todos os homens daquele período — falo em termos físicos, e o mesmo se aplicava às mulheres —, produzindo uma conversa solitária, através da qual ele não apenas ousava se pensar amigo de Deus, como a lhe pedir um favor muito particular, quase risível em seu absurdo. Imagine, pensávamos, se Deus dedicaria qualquer fagulha de interesse a um pedido como aquele, vindo de um tipo de criatura tão ignorante e ao mesmo tempo tão autocentrada."

O avião chacoalhou um pouco, tirando o anjo de seu relato, mas não desfazendo o sorriso do homem. Alex conhecia a história e antecipava seu desfecho. No entanto, aquela perspectiva alterava de forma significativa todo o sentido das histórias que conhecia.

"O nome original do homem não importa. Nem eu lembro. 'Abrão' é um nome posterior e literalmente significa 'grande pai', o que é uma ironia deliciosa da narrativa oral que registrou sua existência, pois o drama dele era o de justamente não ter filhos. E isso numa época em que genealogia, continuidade de nome, sangue e família, compreendia tudo. E era isso que ele pedia, ano após ano, noite após noite. O homem suplicava por um filho.

"Deus achou aquilo muito inusitado e, pouco a pouco, começou a sair de sua concha de luz para espionar Abrão e seus dramas: sua vida errante, suas desventuras, as marcas dos anos, sua crescente tristeza, as doenças de sua esposa e irmã Sarai, além das piadas das servas, que já tinham filhos de outros homens e que fingiam ser de Abrão. Mas o problema estava com ele. Um simples caso de esterilidade masculina. Mas o homem continuava a insistir em sua súplica, mesmo que ele e a esposa já tivessem passado da idade para ter filhos.

"Foi quando, para a nossa surpresa, Deus falou que desceria à terra para visitar seu amigo, um homem de grande fé. Bem, aquilo nos deixou estarrecidos. Deus nunca tinha feito nada, exceto brilhar, e então lá estava ele falando com as palavras dos homens. E não só isso. Ele usava palavras cujo significado era um completo absurdo da nossa perspectiva. Amigo? Deus sendo *amigo* de alguém? E de um homem? E fé? O que diabos era *fé*?

"Demos voz à perplexidade primeiro com nosso silêncio e depois com nosso choro, um canto igual a todos os outros, mas um canto de lamento. Afinal, como poderíamos suportar a ausência de Deus? Nós éramos Ele, estávamos Nele, existíamos através e por causa d'Ele.

"'Meus filhos queridos, seres de luz e glória', foi o que Ele disse, 'eu estou mudando e vocês mudarão comigo. É bom que seja assim, que nos transformemos de acordo com o universo, pois ele também é mutável. Eu estou feliz. Vivam comigo em minha felicidade. Os homens cresceram, melhoraram. De suas lutas por alimento e território surgiu um homem que precisa de mim, que me chama há muito e que confia em mim, um homem que espera que eu o ajude. E eu quero ajudá-lo. E quero lhe dizer isso, face a face, olhando em seus olhos'.

"'Mas Pai, nosso Deus', foi a nossa resposta, 'como pode se diminuir desse jeito? Como pode deixar Sua glória e soberania para ir até a terra? Como nós ficaremos?'

"'Eu entendo, meus filhos amados, meus companheiros da luz que não finda, eu entendo. Mas não se trata de diminuir, e sim de aprender. Vou entrar na carne de um homem e visitar Abrão, para entender melhor o que eles sofrem. Mas também continuarei aqui, com vocês, pois minha glória inefável é eterna e onipresente'.

"Nosso choro ficou ainda mais alto, e nosso desespero, ainda mais intenso.

"'E farei mais, meus filhos. Dois de vocês me acompanharão. Dois de vocês estarão ao meu lado, também em corpos humanos. Dois de vocês também descerão comigo, para ouvir, aprender e depois compartilhar com seus irmãos o que viram e ouviram'."

O anjo fez uma pausa, como se revivesse na mente aquele momento.

"Perceba, Alex, que estou aqui transformando em palavras compreensíveis, em bom português, um diálogo que em essência transcendia linguagens, ou melhor, que antecipava qualquer necessidade de linguagem. Mas a partir daquele momento, Deus falava palavras humanas e nós respondíamos do mesmo modo, com palavras, enquanto as aprendíamos, sendo pouco a pouco contaminados por formulações, interjeições e conceitos.

"E foi assim que deixamos a luz para entrar no mundo físico. Éramos eu, Samael — outro de meus irmãos — e o próprio Deus. Mesmo tristes e contrariados, nós confiávamos Nele e estávamos determinados a seguir Sua instrução, afinal Ele era nosso Criador, não era?

"Quando abrimos os olhos, estávamos numa estrada empoeirada, habitando corpos mortais, vestindo trajes mortais. Eu e Samael passamos mal. Vomitei o que havia dentro daquele corpo e Samael caiu, demorando a controlar as pernas. Foi quando notei duas coisas importantes, além da experiência em si, que detalharei a seguir.

"Aqueles corpos pertenciam a pessoas comuns, viajantes desavisados que tiveram suas carcaças humanas possuídas por nós, criaturas de luz. Compreendi isso quando me vi prostrado diante dos restos de alimentos expelidos em meio à poeira. A segunda constatação, tão horrível quanto a primeira, era que Deus não estava passando por aquela experiência pela primeira vez. Ao contrário. Ele parecia já estar acostumado àquele tipo de jornada. Enquanto estávamos lá, perplexos diante de nossas silhuetas espelhadas em vômito humano, Deus nos observava, calmo e no controle da situação. Claro que só percebi isso depois, ao revisitar toda a experiência.

"Ah, e antes que você pense que estou aqui, diante de você, com outro corpo roubado ou possuído, fique tranquilo, não faço mais isso."

O homem balançou a cabeça, indicando que não pensava em nada do tipo.

O anjo riu e então voltou ao seu relato.

"Este corpo que você vê foi inteiramente feito por mim para estar com você, Alex. Ele reúne moléculas e células e dá luz a cada um dos sistemas que constituem esse espécime. Mas é claro que naquela época não tínhamos ideia de como fazer isso. Então fizemos o que Deus nos instruiu: possuímos corpos que não eram nossos para vivenciar a carne e seus sentidos.

"Passados alguns segundos desse desastre inicial, com o estômago doendo, a garganta ardendo e os joelhos e as mãos feridos das pedras da estrada, começamos a caminhar atrás de Deus. Foi só então que eu e Samael começamos a perceber os detalhes daquela experiência, com a compreensão horrenda de estarmos em um corpo feito de carne, com os sentidos físicos vindo à tona em toda a sua potência, ora dolorosa, ora prazerosa. Visão, audição, olfato, paladar e tato. Era uma experiência tão limitada e ao mesmo tempo tão intensa, tão focada e tão poderosa. O sol nos aquecia, nos iluminava e nos irritava, enquanto o cheiro dos campos se mesclava ao cheiro da nossa pele e das nossas vestes imundas. Quanto a Deus, colhia flores e nos ensinava a sorver seus perfumes. Nós o imitávamos, mas tínhamos dificuldade em separar a essência das flores dos fedores que emanavam dos campos, dos corpos putrefeitos de animais, da vegetação e dos frutos apodrecidos. Aquela experiência era um banquete selvagem, e eu e Samael fazíamos de tudo para não sucumbir e não colapsar diante de tantas surpresas.

"'Vocês percebem', disse Deus, não escondendo Seu orgulho, 'o que ganham confiando em mim? Eu disse que seria uma experiência única para vocês. Preparem-se, pois isso é só o começo. Outros milagres e assombros os aguardam lá, na tenda do meu amigo.'

"Caminhamos, vacilantes, sempre o seguindo, até chegarmos à empoeirada tenda, uma entre muitas, do acampamento de Abrão. Fomos recebidos pelo homem, que nos indicou bancos de madeira para sentarmos. E Abrão sabia que se tratava de Deus, o que nos surpreendeu muito e nos fez questionar se Ele já não o havia visitado antes. Samael e eu ainda não conseguíamos falar nada. Nem sabíamos que poderíamos, que tínhamos essa e tantas outras potências humanas. Havia muito de intuitivo e também de aterrorizante em toda aquela experiência.

"Foi quando Deus disse a Abrão que ele teria um filho e que, dali em diante, ele não se chamaria mais 'Abrão' e sim 'Abraão', o 'pai de uma grande nação'. O homem sorriu, e sua mulher, antes chamada Sarai e a partir de então Sara, que nos escutava fora da tenda, gargalhou alto. Aquilo deixou Deus, a princípio, irritado e depois sorridente. Nós rimos junto a Ele, experimentando pela primeira os sentimentos humanos: o júbilo de uma refeição, a comunhão de um afeto, a compreensão de uma amizade.

"Sara nos serviu pratos comuns, como víamos tantas vezes os mortais devorarem: uma porção de cozido, carne assada, pão e frutas, além de vinho. Aquela era outra sensação intrigante, sentir a bebida forte em consonância com o alimento que consumíamos.

"Poucos metros depois de deixarmos a tenda de Abraão, abandonamos os corpos que havíamos tomado e voltamos aos céus. Deus reassumiu Sua glória, ainda mais luzidia, ainda mais quente, ainda mais determinada, e nós fizemos o que havíamos sido incutidos a fazer. Pela primeira vez em nossa existência, criamos uma nova linguagem enquanto relatávamos a nossos irmãos o que tínhamos vivenciado e sentido, detalhando com nosso vocabulário ainda limitado e incompleto a extensão dos sentidos humanos e a intensidade de toda aquela experiência.

"Curiosidade e assombro eram o que víamos ao nosso redor, refletidos no brilho que nossos irmãos angélicos emitiam. Mas em alguns daqueles anjos se desenvolvia igualmente a fome, a sede, o desejo de também vivenciar tal experiência. E, em outros, a inveja por termos sido nós dois, eu e Samael, os escolhidos de Deus para tal jornada.

"E ali, naquele momento, todos nós, sem exceção, vivenciamos a queda. Esta não foi uma guerra campal — imagem apropriada aos relatos judaicos antigos, ricos em derramamentos de sangue — na qual Deus jogou à terra ou ao inferno os anjos rebeldes. Nada de anjos rebeldes. Deus nunca ideou nenhuma proibição que resultasse em eventual rebeldia. Tudo sempre nos foi permitido. A queda, na verdade, foi conhecermos dentro de nós o desejo de termos na terra uma série de experiências marcantes, na carne e através da carne. Assim, anos após anos, cada um dos anjos também desceu e conheceu a vida humana, através do sexo, da amizade e do amor, mas sempre voltando aos céus para compartilhar com seus irmãos aquelas vivências.

"Enquanto isso, os anos se passavam e Abraão finalmente teve sua promessa atendida. E Deus, é claro, seguiu apaixonado por ele e por seu filho Isaac, embora o menino não tivesse nada da energia do pai. Mas Deus havia dado sua palavra e a cumpriu. Com Abraão — e ainda mais com Isaac — foi meio que um interesse nascido sem uma razão clara. Sabe quando você se apaixona? Você cai de amores por alguém que tem beleza, força, conhecimento ou o que quer que seja. Mas ali foi diferente. Foi como se Deus, nunca tendo conhecido o amor humano, tivesse quedado diante do primeiro mortal que O sentiu, que prestou atenção Nele, que intuiu Sua existência. Abraão era um homem comum que começou a orar como nenhum outro antes dele. E então Deus olhou para ele e se perguntou: 'Será que ele sabe o que está fazendo? E mais, será que ele sabe o que está fazendo *comigo*?'.

"É claro que você deve estar surpreso com essa informação. Afinal, em todas as narrativas, Deus é sempre poderoso, autossuficiente e onisciente. Mas, na verdade, Deus sofria, e talvez ainda sofra, de uma carência imensa, de uma necessidade irrestrita de amor e compreensão, de proximidade e intimidade. Obviamente, Alex, tudo isso não passa de cogitação minha, da forma como minha consciência pensa hoje essa série de eventos. Se Deus de fato age através de caminhos misteriosos, talvez existam outros enigmas em sua sensibilidade e em seu amor por nós e por vocês que eu ainda não consiga perceber.

"Voltando à narrativa, o que aquele episódio produziu de mais forte e marcante em todos nós, e sobretudo em Deus, foi a dramática revelação da nossa solidão, da nossa necessidade de amor, atenção e comunhão. E, na sequência, pouco tempo depois da promessa feita a Abraão e de sua realização, testemunhamos a extensão dessa carência, quando Deus deu o primeiro sinal de sua assombrosa e devastadora fragilidade.

"O que aconteceu foi o seguinte: passada a alegria da promessa, o nascimento de Isaac e a satisfação de Sara, o idoso Abraão passou a falar menos com Deus, como os homens fazem logo após receberem qualquer dádiva ou graça, como muitos amantes se comportam depois de terem satisfeito seu desejo, como acontece com qualquer criança depois de receber seu presente de Natal ou de aniversário. Só que, naquele caso, sentindo-se abandonado e desprezado, Deus reagiu de forma extrema, de novo voltando a nos surpreender e nos assustar.

"Ele ordenou que Abraão levasse o filho ao alto do monte Moriá e lá preparasse uma pira de sacrifício. No entanto, em vez de um animal, Deus ordenou que Abraão entregasse o próprio filho à morte, que derramasse o sangue de Isaac em homenagem a Ele.

"Quando Deus testou o pobre homem daquele jeito torpe, como outros povos faziam, entregando a vida de animais e inimigos a seus deuses sangrentos e imaginários, ficamos perplexos e revoltados. Aquilo não era apenas errado; era cruel e pavoroso.

"Samael foi o primeiro a ter coragem de inquiri-lo, e foi apenas porque ele o fez, que Deus lhe ordenou que salvasse o menino, não antes do cutelo tocar a pele do pescoço desnudo. Samael desceu e impediu o ato. No entanto, o mal estava feito. Nós, anjos, e aquele par de homens havíamos presenciado a extensão da terrível natureza divina.

"O que mais aconteceria depois daquilo? Que tipo de entidade estávamos vendo nascer ali, diante de nós? Os humanos sempre foram torpes, animalescos em seus tratos, insensíveis, especialmente na hora de matar inimigos, violentar mulheres, explorar os mais jovens e fracos. Mas agora algo horrível acontecia: depois de aprender com os homens o amor, parecia que Deus estava aprendendo com eles o ciúme, o ódio e também o assassinato e a ira."

O anjo parou seu relato, desviando o olhar do ouvinte humano e buscando no vazio do avião às escuras um ponto de concentração. Sua voz e expressão comunicavam um sofrimento que, pela primeira vez, Alex via espelhado em seu rosto.

"Felizmente, logo depois veio Jacó, o segundo filho de Isaac. Abraão e Sara já haviam partido e Isaac havia se casado com sua prima Rebeca. E o segundo filho deles, meu amigo, foi uma história bem diferente. Pela lei familiar, o agrado de Deus deveria ter recaído sobre Esaú, o primogênito. Mas Deus, depois de aceitar Isaac, um simplório ainda mais rústico que Abraão, não suportaria um homem que deixava os dois para trás nos quesitos grosseria e ignorância. Falo de Esaú, o caçador peludo, o puro estômago e o tolo enganado e chorão. A história exagerou, mas de fato tratava-se de um pífio exemplar de homem.

"No entanto, seu irmão mais novo, nascido poucos minutos depois dele, era diferente, para nós que olhávamos tudo de cima, dos céus, e sobretudo para Deus. Jacó era parecido com a mãe, Rebeca. Nele, Deus viu o mesmo espírito cabisbaixo, reflexivo e complexo de Abraão, que tanto o havia cativado. Falo de um espírito mais refinado e contemplativo, e por isso mais sagaz e perspicaz.

"Jacó foi o primeiro caso passional de Deus, principalmente porque ele era de fato um espécime à parte. Era um pilantra, na verdade, um mentiroso enganador, sempre buscando saídas para suas enrascadas e soluções para seus desejos, sempre armando planos para vencer Esaú e se divertindo com isso.

"E, claro, divertindo Deus, bem como todos nós. Lá ia Jacó enganar Esaú mais uma vez, primeiro com um prato de lentilhas, depois com meia dúzia de cabritos malhados, e, por fim, com a ajuda da mãe, fazendo o velho cego, Isaac, lhe dar a bênção de primogenitura.

"Jacó fugiu depois daquela artimanha para a terra da mãe, pois sabia que, se ficasse, seu irmão o mataria. E com razão, pois era seu direito. Mas Deus seguiu Jacó, abençoando seus caminhos, lhe dando sonhos com escadas celestes, tesouros escondidos e amantes do Oriente, o fortalecendo, até quando o pilantra enganador foi enganado pelo pai de Raquel, sua amada.

"E aqui, Alex, um adendo importante, como você já deve ter percebido. Diferentemente do que a tradição legou a esses homens, Deus não amou Abraão, Isaac e Jacó porque eles eram bons ou justos. Assim como no amor, não há nada de moralizante no sentimento que Ele dedicou a esses homens. O que havia neles, especialmente no patriarca e em seu neto, era uma energia muito forte, uma força de vida, uma pujança diante dos dilemas. Aqueles eram mortais cientes da brevidade de sua existência na terra e de que nada mais os aguardava, nem antes nem depois. E, justamente por isso, por intuírem que sua vida mortal era seu único bem, que eles sorviam cada experiência como um banquete suntuoso. E foi essa fome de vida, essa urgência de existir, que fez com que Deus descobrisse a capacidade de amar.

"Nesse sentido, Jacó foi verdadeiramente o primeiro caso de amor de Deus. Ao contrário da ilusão que fora Abraão, dócil até na hora de segurar o cutelo para degolar o próprio filho, Jacó não era nada fácil, como se diz hoje em dia. Arredio e impetuoso, ele era um brilho intenso, um raio de sol, uma fagulha de luz, um desejo de amor e conquistas que nunca findava. E mesmo quando voltou para a terra do pai, casado duas vezes, com filhos e tribos atrás dele, sabendo que poderia morrer na mão de Esaú, Jacó não desistiu.

"Foi então que Deus, temendo perder o amado, me enviou para lutar com ele, para instruí-lo sobre a força de suas palavras diante do irmão, sobre os enigmas da morte e da vida, e para lhe dar um novo nome: Israel. Um nome que concretizaria o pacto feito com seu avô.

"Naquela época, claro, eu já havia descido à terra outras vezes. Bem como Samael e outros. Alguns, inclusive, nunca mais voltariam ao céu, tomando corpos humanos e vivenciando vidas mortais completas, tendo filhos e filhas e encontrando o fim na velhice. Foram eles os primeiros a criarem novos corpos para si e a originar as lendas de Enoque e dos anjos caídos pelas filhas dos homens. E não era que o céu lhes fosse proibido, que não pudessem mais voltar à glória divina depois da vida na carne. Eles haviam simplesmente esquecido o caminho de volta, tão entranhados estavam em sua vida e pele humanas."

Pela primeira vez, o homem entreabriu os lábios, desejoso de falar algo, mas ainda temendo interromper a narrativa de seu interlocutor.

"Perdoe-me, meu amigo. Farei uma pausa. Você deve ter algumas perguntas."

O anjo aproveitou o momento para beber um gole de seu bourbon antes de fitar o homem novamente. A face de Alex unia inquietação, fascínio e curiosidade, todos sentimentos ajustados em diferentes graus e comunicados pelo brilho de seus olhos.

"Algumas perguntas?", lançou o homem, agora esboçando um novo sorriso de surpresa. "Eu teria dezenas ou centenas, mas, como você fez comigo, desejo estender a mesma gentileza e não interromper sua narrativa. Há apenas uma pergunta que eu gostaria de fazer."

"Fique à vontade", disse o anjo, ainda segurando o copo.

"Antes de chegarmos em Abraão, e aqui falo da nossa experiência como leitores da narrativa bíblica, temos uma longa jornada que começa pela criação do mundo em sete dias, passando pelo Éden, a expulsão do casal, o crime de Caim, a morte de Abel, a construção da torre de Babel, por fim chegando ao Dilúvio. Obviamente todas essas histórias parecem mais lendas míticas, relatos orais improváveis, do que histórias reais. Ao começar seu relato em Abraão, o que você está fazendo é confirmar a natureza imaginária dessas primeiras narrativas?"

O anjo olhou o homem com atenção, então deu um suspiro seguido de um sorriso.

"Sim, exatamente isso. Eu não sei nada sobre Adão, Eva e Ninrode, muito menos sobre Noé e o Dilúvio. Quer dizer, eu sei de grandes enchentes e vilas destruídas, de terras tremendo aqui e ali, e de milhares de assassinatos, muitas vezes dentro de uma única família. Mas nada que sequer chegue perto dessas narrativas. Sou tão fascinado pela imagem de um paraíso perfeito e de uma serpente falante como qualquer um de vocês. E também assisti com fascinação quando Milton, cego e velho, ditou aquele incrível poema às três filhas. Que bela peça de imaginação, especialmente aquele satã entre as chamas do inferno.

"Algo que você precisa entender, Alex, se é que já não entendeu, é que a Bíblia é um amontoado de verdades ficcionais mescladas a mitos e símbolos psicologicamente verdadeiros. Deixe-me explicar. Os patriarcas eram pobres e ignorantes, homens rudes, sem nenhum tipo de noção de justiça ou mesmo de amabilidade. Diante de um livro, de um quadro ou de qualquer expressão artística posterior, eles não saberiam o que fazer, exceto talvez jogá-los no fogo, chamando-os de idolatria. Você não passaria cinco minutos ao lado dessas pessoas, acredite em mim. Mas Deus amava essa família em particular, como não amava outros povos. Mas suas vidas, suas existências, seus desejos e feitos, de fato foram uma realidade.

"Quanto ao Éden, à confusão das línguas e ao Dilúvio, entre outras histórias deliciosas desses primeiros textos, tudo não passa de pura invenção, da mesma forma como outros povos também imaginaram, transformando desastres naturais ou fenômenos culturais em grandes mitos de punição ou graça. Contudo, no caso da Bíblia, ou melhor, das histórias orais que seriam registradas para gerações futuras e que por fim se tornaram a Bíblia, ela é surpreendentemente precisa, pois registra o tipo de mentalidade desse Deus ainda jovem, quase infante, tentando criar para si um código moral básico, baseado num simplório 'eu salvo quem me obedece e destruo quem me desagrada'. O Dilúvio, nos termos do Gênesis, não aconteceu. Mas poderia ter acontecido, não? E convenhamos, para propósitos ficcionais e mentais, isso talvez seja mais importante do que os eventos reais e concretos. Então, sim, você tem razão, exceto quando chama essas histórias de 'lendas ingênuas'. A maior parte delas não tem nada de ingênua, o que é curioso.

"Mas não quero transformar nossa conversa em um 'e a Bíblia tinha razão', tanto em sentido negativo quanto positivo. Em vez de confirmar ou negar episódios, o que não nos levaria a lugar algum, desejo continuar com minha história, para você ter uma ideia do todo. E, em suma, o todo que nos interessa aqui se resume à meia dúzia de vidas humanas que fizeram o impensável: tornaram Deus sensível, curioso e interessado."

"Sim, por favor, faça isso", respondeu Alex. "Eu também prefiro levar a conversa nessa direção, para uma pintura mais ampla e panorâmica do que exaustiva."

"Continuando, então, meu amigo", disse o anjo, repousando o copo no suporte da poltrona. "Jacó teve filhos. Vários, na verdade. Os mais amados, os filhos de Raquel, foram José e Benjamim. O Gênesis capta muito da dinâmica daquela família: seus ciúmes, suas vinganças, a tristeza daquelas mulheres, sobretudo de Sara, Raquel e Diná, além de outros detalhes interessantes. Mas é claro que aqui começam as frustrações. Nada de José vendido por seus irmãos, nada de israelitas escravizados no Egito e nada de todo o resto que fez a alegria dos leitores da Bíblia por séculos e de espectadores de cinema no século XX."

"Nada do intérprete de sonhos ou do príncipe hebreu criado como filho do faraó? Nada das dez pragas, do êxodo e da conquista de Canaã?"

A fala de Alex era alegre, quase risonha, e denunciava como a conversa o fascinava, ele que fora, e ainda era, tão crédulo quanto à improbabilidade daquele encontro.

"Infelizmente, não. É claro que todos eles existiram. José se destacava entre os irmãos, Moisés foi um líder inigualável. E sim, as cidades de Canaã estavam lá, felizes e seguras, até serem invadidas, destruídas e profanadas pelos guerreiros da descendência de Abraão, Isaac e Jacó. Mas todos esses nomes e suas ações sobreviveram em narrativas que foram sendo enriquecidas e adulteradas com o passar do tempo.

"Toda a família de Jacó foi para o Egito, mas por razões comerciais, como tantas outras no período entre os séculos XIII e XII. E às margens do Nilo eles prosperaram e cresceram, e se refinaram, sobretudo em contato com uma cultura riquíssima em termos religiosos, culturais e jurídicos. Os egípcios criaram muito do que temos na Bíblia, e muito também do que temos de todo o resto, o que inclui o milagre grego e também o babilônico.

"Mas nada que chegasse nem perto de um faraó que escravizasse os hebreus ou de um hebreu crescido e educado dentro da corte. Mas de novo, há aquela dimensão de lenda, de ficção imaginativa que registra algo que, em um nível muito básico e profundo, era verdade. Deixe-me falar dos dois maiores heróis desses textos para ilustrar isso.

"José foi singular, um homem tão especial quanto Jacó. E o manto multicolorido dado a ele por seu pai de fato existiu e foi, num episódio um tanto cômico e absurdo, embebido em sangue por seus irmãos ciumentos para irritar o velho patriarca. Mas o jovem José logo apareceu, vivo e revoltado, trajando apenas suas vestes íntimas. Seus irmãos mais velhos o haviam jogado numa fossa de lama. Nada além disso. E sim, José tinha sonhos inquietantes, mas, de novo, esqueça as vacas magras e gordas ou as espigas boas e podres. Nada de sete anos de abundância e de fome, e nada, nada mesmo, da enigmática e lasciva esposa de Potifar.

"Contudo, tirando esses excessos, a fábula de José registra um movimento interno por parte da família de Jacó, um movimento de abertura, curiosidade e ampliação de perspectivas. Depois de Jacó percorrer o mundo e voltar para os braços do irmão, ele aceitou sua velhice, mas sempre insuflando em seus filhos o desejo pelo mundo e pelas descobertas. Naquela época, todos estavam cansados de tendas, animais e dos perigos constantes de bandoleiros e intempéries. Nenhum deles, iludidos pelos sonhos do pai, desejava ter de lidar com nada daquilo, não mais. E a família havia crescido. Falo de grupos humanos que ansiavam por novas experiências, e é claro que o Egito, como a terra de sonhos que era, mostrou-se o destino óbvio.

"E lá, no Nilo e em seus territórios, entre palmeiras, estátuas e enchentes anuais, eles encontraram novas ideias, suntuosos tecidos que tornavam o manto de José um trapo manchado, novos deuses que, diferentemente do único Deus de seus pais, apontavam para a terra, para os elementos naturais e para o mundo dos mortos. Nesse aspecto, talvez nesse único aspecto, a família de Jacó nunca se deixou convencer ou fascinar. Seu Deus era ciumento e caprichoso, mas era um Deus de vida, vigor e paixão, não um Deus de morte ou de mortos, como eram os deuses do Egito e suas grandes construções funerárias. José e seus irmãos nunca comunicaram isso, pois seria desrespeitoso com um povo que os recebera tão bem, mas achavam absurdos o tempo e a riqueza que os egípcios desperdiçavam com mausoléus e mumificações.

"Quando um israelita morria — e agora eles já haviam assumido esse nome, o novo nome de seu pai depois de lutar com este anjo do amanhecer —, ele morria sabendo que não acordaria em nenhum lugar. E isso era bom, pensavam. A morte é um profundo descanso, um sono de inconsciência, e, quando se está cansado, só se deseja dormir. Diante dessa constatação lógica, tanto ontem quanto hoje, o que importava eram os filhos e deixar aos filhos a herança de sangue, nome e bens. Isso era sagrado, a continuidade da família e as histórias dos antepassados.

"Mas o tempo passou, e os doze filhos de Jacó tiveram filhos, e estes tiveram filhos, até que no seio dessa imensa família, que habitava em terra estrangeira, nasceu o desejo de voltarem para casa, para sua terra, para um território que havia pertencido a seus antepassados e que eles cisma-ram de julgar como propriedade deles, como promessa de Deus a Abraão. Mas Deus não tinha nada a ver com aquilo. Depois de José, Deus voltou ao brilho impassível, raramente interessado ou curioso, mas nada seme-lhante à paixão sentida por Abraão e seu neto.

"De tempos em tempos, Deus se apaixonava, como se apaixonou por Rubens Ben Sarai e Miriai, sua prima e esposa, um casal de larápios que dedicou a vida a enganar egípcios e que enriqueceu com isso. E houve outros heróis e heroínas também, cujos nomes se perderam nas tempes-tades dos tempos, sepultados no vão das memórias humanas e angélicas.

"Assim, os israelitas decidiram que o melhor para eles seria deixar a segurança do Egito e voltar à terra de seus antepassados. Moisés foi o lí-der daquele tempo, a corporificação daquele desejo de deixar o Egito e voltar para sua terra de origem. Para uns, Moisés era um excêntrico; para outros, um enviado divino, um profeta iluminado. Para nós e para Deus, era uma figura curiosa, quase divertida, pois era óbvio sua tolice e seu de-sejo de poder, mesmo não sabendo nada de nada, nem de geografia nem de organização social. Está vendo a tragédia se formar?

"Muitos hebreus não quiseram deixar suas casas e comércios no Egito para seguir aquele homem. Também houve resistência por parte dos egíp-cios, sobretudo daqueles que haviam construído negócios com os israe-litas. Mas nada como um faraó assassino, dias transmutados em noites ou o Nilo em sangue, muito menos o Mar Vermelho se abrindo. A ima-ginação daqueles contadores de histórias era ilimitada. O que eles não contaram, claro, era que o Egito era um imenso celeiro, um porto aberto a qualquer nação. Para os egípcios, a partida israelita era quando muito uma inconveniência, mas nunca uma maldição.

"Por outro lado, para os israelitas, *maldição* seria uma palavra bem apropriada. Depois de décadas vivendo em cidades egípcias luxuosas e seguras, se virem jogados no deserto tendo de viver em tendas, caçar ali-mento e cozinhar o próprio sustento foi uma dura provação. Ainda mais sob o auspício de um líder que estava mais perdido que eles.

"Não é à toa que na Bíblia esse episódio se transmuta em quarenta anos no deserto, brigas com Deus e terra se abrindo para engolir rebeldes e de-sobedientes. Aquilo sim era o inferno, com pais perdendo filhos, filhos enterrando irmãos e riquezas sumindo em meio a um solo desolado no qual ouro, prata e joias de nada valiam. Dias depois de deixar o Egito, o povo começou a reclamar, dando-se conta da calamidade em que se enfiara ao seguir Moisés e Arão.

"Eles perseguiram um sonho, e sonhos são poderosos, assim como a ideia de um lar. Mas sonhos evaporam quando o estômago dói, a garganta seca e os filhos começam a chorar.

"Enquanto isso, Moisés se afastava para falar com Deus. Mas Deus não queria falar com ele. Aquele homem, de uma figura apenas curiosa, se tornara um proscrito aos nossos olhos, uma liderança de destruição e morte que havia condenado milhares à decadência no deserto, não sabendo diferenciar o norte do sul ou o leste do oeste. Poucos meses depois de sua partida, Moisés foi levado por alguns deles — que notaram que sua pretensa liderança era um caos — a uma colina na encosta do Sinai, e lá foi abatido, sem piedade. Uma nova liderança foi formada, e o caminho de sua futura terra foi redesenhado.

"Foram anos horríveis, mas eles cresceram no processo. Aprenderam a forjar armas, a pensar leis, a se organizar como nação, sempre retomando a organização das doze famílias fundadas supostamente pelos doze filhos de Jacó. Outra ficção, mas isso não vem ao caso, pois era a memória que tinham, sedimentada com o tempo. É curioso como as lendas, depois de tantos anos, acabam se tornando mais reais e verdadeiras do que a própria vida.

"Após meses de fome, morte e perdidão, os israelitas chegaram à terra prometida e lá se transformaram em nova calamidade, agora para os povos nativos. Houve guerra. Saque. Estupro. Mais guerra. Mais morte. Mas os israelitas conquistaram a terra, e no seio daquela nação surgiram sacerdotes que diziam ecoar a voz de Deus, instituindo leis, regras e punições.

"E como aconteceu com qualquer outro povo, eles constituíram uma nação de leis e rituais. Obviamente, Deus perdeu o interesse. De forma quase definitiva. Houve juízes, com algumas figuras notáveis, como Sansão, Jefté e Débora, mas todos envenenados por uma visão de justiça, guerra e assassinato. Quanto a Deus, ele não significava mais nada para aquela gente.

"Foi então que, entre os séculos IX e VIII, teve início a era dos reis de Israel."

"Só um minuto", interrompeu Alex, não suportando a curiosidade, e, pela primeira vez, pronunciando o nome de seu companheiro de viagem. "Por favor, Barachiel, não me diga também que Davi foi uma invenção?"

"Não, meu caro, Davi não foi uma invenção", respondeu o anjo, sorrindo e compreendendo a ansiedade de seu ouvinte. "Ao contrário. Davi foi a realidade mais fulgurante que Deus conheceu. Com ele, aprendemos a lutar, dançar, e, o mais importante, a amar. Mas como todas as vidas grandiosas, a dele não foi uma existência tranquila."

Fora do avião e de seu curso madrugada adentro, nuvens pesadas começaram a se formar, entrecortadas por raios de clarão e ameaça.

"No caso de Davi, podemos aplicar as palavras de seu querido bardo: som e fúria, meu amigo, esses foram os dois compassos de sua vida e de seus dois grandes amores, Jônatas e Betseba. Por eles, Davi matou e quase morreu. Por eles, ele foi o melhor e também o pior dos homens. E por eles e em função deles, Deus perdoou crimes inimagináveis."

Uma lufada de ventos e trovões acossou a aeronave, fazendo vibrar metal e plástico e acelerar o coração do homem. Uma tempestade estava prestes a chegar, e Alex, que sempre tivera horror a voar, sentia um particular desconforto em turbulências.

Contudo, essa tempestade específica, pensou o anjo no turbilhão de sua mente, tinha um nome, e esse nome era Davi.

*Algum lugar acima do Oceano Atlântico*
*Horas antes do amanhecer de 11 de novembro de 2001*

"A primeira coisa que você deve saber é que Davi entendeu tudo sobre Deus e a vida e de modo assombrosamente rápido, embora tivesse nascido num período primitivo e contado com poucos, para não dizer mínimos, recursos."

Barachiel fitou os olhos de Alex e continuou sua história, ignorando os ventos que cortavam a estrada de nuvens que a aeronave percorria na noite chuvosa.

"Ele teve o nome registrado na história em virtude de uma série de feitos espantosos, que tinham a ver com heroísmo épico, articulações políticas e conflitos familiares. Algo engraçado no caso dele é o fato de quase tudo ser verdade, registrado para a história entre os séculos X e VIII, como se seus biógrafos temessem se desviar dos acontecimentos. Exceto pelo gigante filisteu e pela bravata sobre um pequeno pastor que matava leões, todo o resto aconteceu mais ou menos como você encontra nos livros de Samuel e dos Reis. Outras dessas aventuras mágicas — 'Davi e o Leão', 'Davi e o Gênio de Fogo', 'Davi e a Feiticeira de Endor', 'Davi e a Busca da Arca', entre outras — foram sendo deixadas de lado, como fábulas infantis.

"Mas deixe-me dizer no que este homem se diferenciou de todos os outros, pois isso será essencial à compreensão de sua trajetória e do próprio significado de seu nome: o amado. Desde muito cedo em sua vida, era necessário pouco para encher de prazer e júbilo o coração de Davi.

Nascido numa família pouco importante da tribo de Judá, em Belém, e sendo o mais jovem de um amontoado de irmãos militares, que sempre estavam longe de casa, batalhando entre as fileiras de Saul, Davi cuidava dos rebanhos de seu pai, Jessé. E ele não queria mais do que isso. Não até descobrir a vastidão do mundo e a vastidão dos cômodos de seu coração.

"Entre dias ensolarados e noites frias, por vezes chuvosas, Davi cuidava dos rebanhos do pai com total devoção. Aqueles animais eram seus verdadeiros irmãos, aqueles campos eram sua casa, as estrelas, seu teto, e a relva, sua cama, como se vivesse no paraíso.

"Davi nunca acreditou nas velhas lendas. Ou melhor, ele logo as viu como ficções singelas, entendendo que o casal edênico nunca enfrentara nenhuma cobra falante nem fora expulso do paraíso. O Deus que Davi acreditava e via, e com o qual conversava, havia feito do mundo inteiro um jardim e dado aos homens suas maravilhas. Gratidão, fome e desejo preenchiam seu peito enquanto ele se perdia nas campinas de Belém e nos vales de Hebron.

"Ele mal atingira a maioridade e já sabia que não cresceria mais, não como seus irmãos, mais altos e fortes do que ele. Falo da compleição física, claro. Perto de seu espírito, todos os homens que ele conheceria em sua vida, mesmo reis e guerreiros, não passariam de miniaturas. Em outros termos, Davi nos ensinaria, quer dizer, ensinaria aos homens, todo o seu potencial."

O anjo parou por instantes, suspirou profundamente e então sorriu.

"Não, eu falei certo. Davi nos ensinaria, a todos nós, homens, anjos e até ao Deus criador do céu e da terra, a força do *nosso* potencial. E ele faria isso não com espadas, leis ou tratados políticos. Nem mesmo com a capital de seus sonhos, Jerusalém.

"Davi faria tudo isso e ainda mais com suas canções.

"Veja bem, não havia arte entre os israelitas e judeus — os moradores do reino do Norte, então sob a égide de Saul, e do reino do Sul, ainda sob nenhum domínio conhecido, exceto por juízes, sacerdotes ou líderes tribais que tomavam para si os cargos de liderança. A única coisa que havia entre aqueles povos rústicos eram velhas lendas orais, algo que a humanidade passaria a chamar de histórias de origem, mitos de formação ou contos folclóricos.

"Davi conhecia aquelas narrativas e havia sido educado por elas, escutando os relatos que seu pai contava a seus filhos ao redor do fogo. Mas nele, aquelas histórias calavam mais fundo. Para seus irmãos, era sempre um fardo ficarem sentados escutando as histórias de Jessé. Para Davi, que sempre tivera um bom ouvido para as histórias e para as músicas dos ventos, aquela experiência era deliciosa. Não tanto as histórias em si, mas a magia potencial delas, a forma como aquelas fábulas imortalizavam vidas, venturas e imaginações, além das próprias dádivas de Deus, o mundo natural assombroso e enigmático que os circundava.

"Foi por amar tanto aquelas histórias que Davi começou a recontá-las em sua mente, quando estava sozinho, no meio da madrugada fria ou em tardes ensolaradas. E fez ainda mais: começou a cantar algumas daquelas histórias, a materializá-las com sua voz, às vezes na companhia de uma harpa que seu pai havia negociado de um mercador de Edom que os visitara anos antes. O menino tomou o instrumento e passou a tirar dele pequenas notas desafinadas, ajustando pouco a pouco suas cordas, então intuindo progressões rítmicas.

"Quase nenhum dos salmos que sobreviveram foram de fato assinados por ele. Aqueles poemas registram uma tradição posterior, já consolidada, de uma arte que Davi e seu filho, Salomão, instauraram em Israel no ápice de seus governos. Mas uma daquelas canções, a de número 22 do saltério, foi criada por ele, por Davi, do início ao fim. Está tudo lá. Tudo o que ele viveu na juventude e o que viu do mundo, tudo registrado ali: Deus como pastor supremo, a vida como campo verdejante, o amor como águas tranquilas, uma capital como casa de Deus, a vitória como banquete de gratidão e a morte como vale de sombras. E em cada verso e nota daquela canção, tão terna e grandiosa, transpirava a pura e completa ausência de medo.

"E por causa dele, meu amigo, nós, no mais alto dos céus, voltamos a prestar atenção. E não só isso: com ele, nós, anjos, sentimos pela primeira vez o amor que Deus sentira por Abraão e Jacó. Sempre ficávamos inquietos com a devoção divina, pois não conseguíamos ver — inexperientes no amor como éramos — o que Deus via naqueles homens rudes e brutos.

"Mas, em Davi, surgiu algo novo. Nele, vimos a humanidade atingir a capacidade de nos devolver nosso canto, nossa poesia, nossas palavras de ardor, temor e assombro. E ainda mais. Em canções como aquela que ele entoava, de forma tão singela e apaixonada, e em tantas outras que se perderam, Davi suplantava nossos tímidos esforços de louvor.

"Afinal, diferentemente de nós, ele tinha a carne, o mundo e a compreensão de que a vida material era o que havia de mais perfeito e sublime na criação de Deus. E para nós, que já havíamos visitado a carne, aquilo era ainda mais surpreendente. Nossa experiência havia sido transpassada de prazer e alegria, sim, entre outras coisas vividas entre os homens, em suas mesas de banquete, em um dia de colheita ou nos braços de um amante. Mas também havíamos sofrido e chorado ante o montante de dor, sofrimento e horror que perpassava a vida na carne.

"E ali estava aquele homem, aquele jovem com pouco mais de uma dúzia de anos — que não era nada, absolutamente nada para nossos padrões temporais de eternidade — nos ensinando o oposto. Havia sim um sentido na dor e na tristeza, mas era limitado e apenas reforçava e avigorava a experiência da própria vida em sua totalidade. O milagre físico incluía o sofrimento, mas este apenas tornava a existência material mais digna de louvores. Davi nos ensinou a ver, a ouvir e a sentir, como ninguém o fizera antes e como raros o fariam depois.

"Isso usando apenas três ferramentas: sua imaginação, sua voz e sua desafinada harpa."

A aeronave chacoalhou, tirando-os brevemente do transe da narrativa. O sinal para manterem os cintos afivelados acendeu. Os dois interlocutores o ignoraram, embora Alex o fizesse com esforço. O 747 tremia enquanto continuava sua jornada tempestade adentro.

"Era um momento complicado para Deus. Como você pode imaginar, à medida que os descendentes de Abraão foram se tornando mais parecidos com os povos ao seu redor, com a instituição de dogmas, leis e guerras, Deus foi se afastando e se desinteressando. Como se diz hoje em dia, a verdade era que Deus estava entediado. E nós vivíamos o mesmo.

"Seu brilho persistia, nos dando luz, calor e exultação, mas não havia nada de novo sob os céus, exceto bélicas lavouras de sangue, frígidos estatutos jurídicos, maçantes histórias de santos, além da rinha espiritual que os humanos haviam inventado sobre o bem e o mal, o certo e o errado, o nós e o eles. Ora, os filhos e netos de Abraão, depois de conquistarem a sua Terra Prometida, a Canãa dos seus sonhos, haviam crescido como nação, e era isso que os povos faziam quando cresciam: criavam legislações, religiões e guerras.

"Então chegaram ao ouvido de Deus as canções de Davi e Ele, curioso e comovido, resolveu descer para falar com o jovem pastor. Ficamos surpresos, pois apesar daquela prática ter se tornado regular entre nós, ou seja, descer para viver na carne, Deus não descia à terra há eras. Ao menos até onde sabíamos e onde nos era permitido saber. Quando Ele anunciou Sua decisão, houve um burburinho entre as hostes. Quem iria acompanhá-lo?

"'Nenhum de vocês', foi a resposta Dele. 'Quero visitar Davi sozinho.'

"Aquela ordem clara e vigorosa nos surpreendeu, mas também nos deixou curiosos.

"E foi assim que aconteceu. Deus desceu e encontrou Davi cochilando embaixo de um pé de oliveira, com seu rebanho descansando perto dele.

"Nosso Criador se vestira do corpo de Joabe, um parente distante que servia ao rei Saul e que fora buscar Davi para uma tarefa muito importante.

"Davi acordou de pronto, reconhecendo o corpo de seu parente e, logo depois, o espírito que o possuía. Ele nada falou, nem Deus, embora ambos soubessem o que estava acontecendo.

"O jovem, como Abraão fizera tantos anos antes, correu para oferecer um mínimo de hospitalidade ao viajante, estendendo-lhe um manto para se sentar próximo ao fogo e um pouco de sua comida, um cozido de carne e grãos, acompanhado de figos e maçãs.

"Deus riu usando os lábios de Joabe, então lhe disse que não estava ali para comer, descansar ou se aquecer, mas para ouvir sua música.

"Davi assentiu, pegou a harpa e insistiu para que Deus se sentasse, ao que Ele aceitou, colocando-se diante dele na relva, ao pé da oliveira. O jovem sorriu, sabendo que aquele era o Deus que ele sempre conhecera antes mesmo de conhecer. Não o Deus assassino de primogênitos egípcios, nem o que transformava água em sangue, tampouco o derrubador de muralhas, o assassino de adultos e infantes que tanto o assustava quando criança. Davi nunca se importou com esse Deus, embora Ele figurasse nas histórias de seu pai.

"Ao contrário, a Davi interessava o Deus que ele encontrava no canto dos pássaros que o visitavam ao amanhecer, no barulho das águas do riacho, na luz do raio distante anunciando a borrasca e na pele das mulheres perfumadas da cidade, no sussurro do vento que brincava em seus cabelos e lhe acariciava os ouvidos. E foi para esse Deus que Davi cantou uma parelha de suas canções.

"E Deus, ouvindo sua voz e sua arte, através dos olhos de Joabe, chorou lágrimas de alegria e gratidão, pois era a primeira vez que conhecia uma beleza que não fora criada por Ele.

"E ambos choraram, Deus e Homem, criador e criatura, sabendo-se ambos irmãos, pois estavam vivos e em busca de um único coração que os conectasse. Depois das lágrimas compartilhadas, nada foi dito, pois seus olhos já haviam comunicado o necessário.

"Deus se levantou, bateu as roupas empoeiradas e desgastadas de Joabe e, fazendo sombra para o cantor e sua harpa, disse: 'Sua vida pastoril termina aqui, Davi. Sei o quanto és feliz nesta terra, mas precisamos de você. O rei precisa de você. Eu preciso de você. Venha, pois estão à sua espera e caberá a você, com versos e canções, afugentar a loucura do rei'.

"Deus lhe deu as costas e então subiu, deixando o corpo de Joabe para trás.

"Davi se ergueu, afagou cada uma de suas ovelhas, sofrendo pelo fato de que nunca mais as veria, e seguiu seu parente, suspeitando que Deus não estava mais nele, embora estivesse ao redor deles, em tudo o que deixava para trás e em tudo que se descortinava à frente.

"A longa estrada de aventuras que se tornaria sua vida começava ali.

"O trajeto das terras de Jessé até o acampamento real durou três dias. Foi o tempo que Davi precisou para dar cor ao pouco que sabia da família do rei e conhecer seus conflitos. Joabe se mostrou um narrador dedicado e atencioso, além de divertido, para o prazer de Davi.

"Anos antes, dizia seu parente, no território de Israel, surgiu um rei chamado Saul, um dos primeiros a serem ungidos pela classe sacerdotal que tinha no velho Samuel sua principal figura representativa, uma mistura de juiz, bardo e escrivão. Saul era um grande guerreiro, um homem atraente e carismático, de porte militar inegável, isso quando não corria atrás de amantes ou se embriagava depois de uma grande vitória. Samuel queria um rei que pudesse controlar, dando-lhe vantagem sobre os demais juízes, então nomeou Saul, um jovem que procurava as mulas perdidas de seu pai. No entanto, em pouco tempo, Samuel percebeu sua falha, pois o jovem rei havia entendido, passadas suas primeiras vitórias, que não precisava do sacerdote para nada. Isso entre uma garfada de carne e a correria de seus filhos e bastardos.

"Desnecessário dizer que Deus era indiferente a Saul, Samuel e a todos aqueles jogos de poder. Mas Saul calculou mal seu desprezo por Samuel, não vendo que muito de sua aprovação como rei passava pelo crivo de pretensos homens santos como ele. Por sua vez, sentindo-se desprezado pelo soldado raso que ele próprio tornara rei, Samuel insuflou nas tribos — todas muito fiéis àquela noção de Deus que os havia livrado do Egito – sim, nessa época essa versão já havia se consolidado —, a ideia de que Saul havia se desviado do caminho de Deus. E Samuel fez mais, inspirando no inseguro Saul, que já não era jovem, o medo da perda do trono.

"Nessa época, Saul passou a beber mais e a afugentar filhos e amantes. Foi na solidão de sua tenda, e ainda falamos de um primitivo reino de tendas, que os demônios surgiram. Como disse antes, nada de anjos condenados, espectros de mortos ou quaisquer outras coisas. Eu mesmo nunca conheci nenhum demônio. Muito menos Saul. Mas usemos essa palavra aqui, pois ela é boa e mais que apropriada ao contexto.

"Foi numa noite fria que eles, os demônios, vieram atormentar Saul. Eram os fantasmas de uma mente atribulada, monstros nascidos de um cérebro bélico e fraco. Saul sempre foi um homem de guerra, e o fato de ter conquistado a paz o deixara inebriado. Dessa inesperada paz veio a loucura, a insanidade e as vozes demoníacas que ele dizia ver e escutar. Em suma, o sujeito morreu como viveu: completamente desocupado, exceto nas raras campanhas de guerra.

"Foi numa dessas crises que Davi e Joabe chegaram. Tudo fora ideia de Eliabe, irmão mais velho de Davi, ao sugerir aos desesperados generais de Saul que trouxessem seu irmão mais jovem, que possuía um relativo talento com a harpa. Aos olhos de Eliabe, Davi não passava de um tolo qualquer. Tratava-se, a seus olhos, de um mero serviçal, de um capacho, de um cuidador de ovelhas e cabras que ali serviria para carregar lanças e espadas e, talvez, acalmar o coração do rei. E se Davi conseguisse isso, calculou Eliabe, ele teria força no conselho do rei.

"Saul fora amarrado à sua cama, pois temiam que ele pudesse machucar algum serviçal ou até a si próprio. Ao redor da cama, estava Aquinoam, a primeira de suas mulheres e mãe dos herdeiros Jônatas e Isbaal, além de Mical, a princesa, sua filha caçula.

"Davi entrou cabisbaixo e um tanto assustado, sabendo-se coadjuvante de um drama de grande audiência. O protagonista estava na cama, invocando pestilências e citando nomes de divindades diversas, entre elas, Baal, deus cananeu a quem adoradores ofertavam filhos. Todos riram nervosos do pastor humilde, sobretudo os familiares de Saul e também a princesa, que havia tempo não via alguém tão sujo.

"O jovem escutou os risos e cochichos. Ele nunca estivera ante tantas pessoas. Davi levantou o olhar, mais audacioso do que se julgava, e deu de cara com o filho mais velho de Saul, Jônatas, o herdeiro do trono. O príncipe, inquieto e curioso, logo viu a alma daquele jovem e o brilho que ela emanava. Jônatas assentiu ao jovem músico, dando-lhe coragem.

"Eliab, irmão mais velho de Davi, deu dois passos à frente e sussurrou no ouvido do jovem pastor que ele deveria começar logo a maldita cantoria, pois o estava envergonhando. Tudo isso ocorreu em instantes, entremeado aos urros, berros e coices do endemoniado rei.

"Ainda titubeante, Davi dedilhou as primeiras notas da harpa, até que o ar de suas memórias em meio aos bosques e vales de sua amada Belém insuflou ternura à ponta de seus dedos e umidade às suas cordas vocais. E Davi finalmente se mostrou a eles.

"Havia algo de impetuoso nele e também a velha fé, a mesma fé que encantara Deus e Seus anjos. A fé em um Deus pai eterno, pastor amoroso, dador de vida e luz, um Deus que agora se fazia conhecido e reconhecido em música e voz. Era uma canção nascida da solidão de Davi e de seu silêncio, entre riachos, despenhadeiros e mirantes.

"E houve silêncio na tenda e também lágrimas, e um rei que, sorrindo, dizia: 'Eles foram embora. Todos eles. Os demônios. Você os mandou embora'.

"E foi justamente essa paz, construída entre os ventos da noite palestina e atiçada entre os raios de sol que cortavam olivais, que permitiu a

Davi lutar como nunca ninguém lutaria. Foi essa paz vertida e transmutada em arte que deu a Davi a capacidade de ensinar uma nação inteira, um povo que nunca se observara como uma unidade, a sonhar sonhos de glória, vitória e bênçãos que culminariam numa capital e num templo, numa casa para o próprio Deus.

"Foi assim que Davi adentrou as fileiras de Saul, primeiro como harpista particular, depois como mensageiro entre os altos comandos, e por fim como soldado, escudeiro do próprio Saul. Davi sempre foi um sagaz oportunista, e, embora essa palavra tenha hoje um sentido negativo, no passado denotava um raro talento, que unia observação, reflexão, planejamento e execução. E esse conjunto de qualidades foi um importante diferencial em sua vida.

"Junto do rei, acalmando seu coração e conquistando cada membro de sua família, Davi vira a grande oportunidade que Deus lhe dera e não perderia aquela chance por nada. E foi o que fez: de harpista favorito, ele começou a entregar mensagens e ordens. Dessas funções secretariais nos campos de batalha, Davi soube convencer o rei de que ele lhe seria devoto.

"E para a surpresa de todos, inclusive a nossa, Davi se mostrou mais eficiente em campo de batalha do que qualquer um esperaria. E aqui não falo de estratégia bélica, não havia quase nada disso naquela época, exceto homens suados com espadas e lanças se matando em campo aberto. Falo de um jovem artista que se tornou um grande guerreiro, um hábil artífice no ato de atacar inimigos. Aproveitando o fato de ser magro e baixo, o que fazia os oponentes baixarem a guarda, Davi, com habilidade, fugia do golpe mal dado e se lançava à luta. E era ali que ele se entregava à matança e à violência.

"Isso o assusta? Surpreende? Também surpreendeu a nós, acredite. Que tal poeta e delicado jovem fosse também um artífice na guerra, que os dedos que criavam belas canções de amor fossem os mesmos capazes de levar à morte dezenas, e então centenas, e, mais tarde, centenas de milhares. E foi com essa paixão, sangrenta e estratégica, que ele fez seus inimigos tombarem. Foi com essa dedicação que ele conquistou Deus e a todos, literalmente."

A voz do anjo foi cortada por um baque, como se a carcaça do avião gritasse em agonia.

O avião rugia enquanto era acossado por ventos e nuvens tempestuosos.

Ignorando-os, o anjo tomou fôlego e recomeçou seu drama, para o horror da criatura humana que o ouvia. Alex forçava a mente a ignorar o espetáculo que se desenrolava fora da moderna aeronave e a se concentrar no drama que lhe chegava aos ouvidos.

"O restante da história você já conhece. Não quero me prolongar, sobretudo porque ainda temos importantes séculos pela frente até chegarmos ao nosso destino. Mas preciso lhe contar três momentos da vida deste homem, os quais têm a ver com seus profundos e complexos sentimentos. O primeiro tem a ver com sua grande amizade com o príncipe herdeiro, Jônatas.

"Por suas ações em batalha, Davi cresceu em popularidade e Saul fez dele genro, dando-lhe Mical como esposa. Nem ela gostava de Davi nem Davi, dela, mas naquela época foi uma boa saída que Saul encontrou para tornar íntimo um guerreiro cuja fama começava a sombrear a sua. Além disso, foi uma forma de silenciar outros boatos sobre Davi e o príncipe.

"Logo após as núpcias de Davi e Mical, os demônios de Saul retornaram. Dessa vez, não era mais Samuel que o amedrontava — ele havia ordenado a morte do sacerdote anos antes —, e sim uma delirante conspiração que unia Davi, Mical e Jônatas num iminente golpe de estado que deporia Saul e colocaria os três no trono de Israel. Na noite do casamento, o rei deixou sua tenda, levando uma lança para executar Davi. Mical o impediu, e Jônatas o levou para longe.

"Sua vida de andanças começou naquela noite. Uma vida só interrompida nos encontros entre Davi e Jônatas, na companhia de seus pequenos exércitos, no vale de Betel, um oásis natural nascido do encontro de dois rios. Foi lá que os dois amigos se encontravam para conversar e planejar. Naquele lugar, eles se entendiam como dois irmãos.

"Em Betel, que significava a casa de Deus, Davi e Jônatas festejavam a vida, sem fugas ou batalhas, sem o ódio de Saul ou os perigos da guerra. Foi naquele paraíso de amizade e paz que os dois combatentes planejaram o futuro. Ambos anteviam a iminente morte de Saul, o que lhes permitiria finalmente reinar, lado a lado, um como rei de Israel e outro como monarca de Judá. Dois soberanos que levariam seus reinos e suas famílias a eras de glória.

"Entretanto, a vida seguiu outro curso. Saul ainda viveria durante anos. Nesse meio tempo, Davi havia se tornado pai e tomado esposas para si, assim como Jônatas. Nos bastidores de seu banimento, Davi articulara com os chefes das tribos de Judá uma união com os chefes de Israel e Judá, isso quando o rei louco caísse morto. Quando isso ocorreu, porém, o preço foi alto demais, pois Saul quedaria em batalha contra filisteus e amorreus, com Jônatas a seu lado.

"Antes daquela perda, o 'vale da sombra tenebrosa' não passava de uma expressão na poesia de Davi. Mas agora ele o habitava, ele o compreendia. E assim ele continuou por dias e semanas na tenda de luto, com todos ao seu redor angustiados e frustrados, pois grande era o desejo de festejarem a morte do rei louco e cantarem a entronização do novo rei, Davi.

"No céu, nossa curiosidade não era menor. O que nasceria daquela perda? Do fim daquela grandiosa amizade, que havia sobrevivido a fugas e espadas, por terra ou rios? Nosso desejo era descer e cuidar de Davi, consolá-lo, como achávamos que Deus o faria. Mas ele não o fez. E ordenou que tampouco o fizéssemos. 'Davi deve buscar a resistência e a força necessárias dentro de si, não em nós', disse-nos Deus. 'Não é nosso papel auxiliá-lo.'

"O povo esperou. Nós esperamos. E nada surgiu da tenda de morte por dias e dias, exceto choro, pranto e mais lágrimas. Até que as notas de uma harpa interromperam o silêncio. Era uma canção de amor e de morte escrita por Davi a seu irmão e amigo. Uma canção sobre um amor maior que o amor das mulheres, um amor que suplantava a morte.

"Foi então que a entrada da tenda se moveu e dela saiu um Davi ainda mais forte, um líder digno, limpo e coroado, deixando uma parte de si em seu interior, entre cortinas de luto e lençóis de pesar, uma parte que morrera com Jônatas. Mas daquela tenda, onde havia adentrado um homem em luto, alquebrado e devastado pela perda, agora surgia um sol. Era isso que Deus havia dito sob a oliveira naquela tarde de verão e era isso que Israel e Judá esperavam de seu rei, um líder que os unificasse.

"E Davi, zeloso e resistente como era, soube lhes dar isso. A primeira coisa que fez depois de sua coroação foi substituir aquela vida errante por uma cidade. E para ele, Jerusalém, a inexpugnável cidade dos jebuseus, seria essa capital. E agora, Davi atuava de fato como um estrategista, como um construtor a erigir um prédio que resistiria ao tempo. Para tanto, estudou mapas, memorizou pontos de fuga, traçou rotas e então atacou. A cidade não resistiu.

"Diante dos inimigos vencidos, ele tomou outra decisão. Davi os libertou e libertou suas famílias, dizendo que os dias de morte faziam parte do passado e que, a partir daquele momento, a cidade de Deus seria uma cidade de paz. Era uma mentira calculada, claro, mas inteligente. Com ela, Davi forjou a lenda de que seria um rei justo e cordial, mais pacífico do que cruel. Esse era Davi, e seu domínio do espetáculo através da narrativa foi essencial para um reino de meio século que significou para os israelitas sair de uma comunidade agrária para um assombro de riquezas, arte e urbanidade. Mas, para realizar tudo isso, Davi precisava de Deus. Não literalmente, pois ele sabia que seu Deus não tinha nada a ver com os reinos dos homens, mas de uma imagem de Deus, de um signo divino, de um símbolo que conquistaria a confiança de seu povo.

"Trazer a arca para Jerusalém teve esse propósito. A arca existia, claro. Mas não significava nada. Era um objeto qualquer, um amuleto feito por gerações de outrora para guardar as tábuas da lei que Moisés supostamente recebera no Sinai. Os israelitas que partiram do Egito nunca chegaram perto do lugar. E Moisés era um homem de pouca instrução que nunca teria conseguido ler signos quaisquer, quanto menos registrar qualquer palavra. Mas a lenda era poderosa e Davi sabia de sua importância, do quanto os povos viviam em suas histórias.

"Então, o que ele fez, mais uma vez agindo de forma sagaz, foi perseguir aquela lenda, aquele amuleto, e trazê-la para Jerusalém, para coroar sua capital e alegrar seus súditos. Tudo não passava de bravata popular para alegrar o povo e lhe dar uma imagem que eles cantariam pelos séculos afora. Mas Davi queria ir um pouco além. Não se dando por satisfeito em presentear apenas seu povo, ele também queria presentear a Deus.

"Aquele rápido vislumbre do Criador, anos antes, fizera Davi intuir que talvez ele conhecesse mais da natureza de Deus que até o próprio Deus. Então, ele pensou em trazer Deus para perto de si, para a sua intimidade, para o espaço de seus sonhos e planos. Era ousado, mas ousadia era o nome que quase suplantava o próprio nome de Davi.

"Seu plano foi o seguinte: Davi suspeitava que Deus estaria olhando a entrada da arca em Jerusalém com todo o festejo que aquele baú de madeira revestido de ouro receberia. E ao apostar nisso, nessa atenção divina, Davi concluiu que, caso aquela arca não tivesse significado algum para Ele, precisaria dar algo que significasse. Foi então que ele teve a ideia de oferecer ao Deus de seus sonhos e poemas algo mais valioso, algo que fosse verdadeiro e essencial.

"Quando o dia raiou e os homens, mulheres e crianças de Jerusalém começaram a vislumbrar os sacerdotes que traziam a arca da aliança, a arca do pacto entre Deus e os israelitas, além dos soldados e dos músicos contratados, todo o povo respondeu e bradou em comemoração, diante da arca protegida pelos querubins dourados. Afinal, era o criador dos céus e da terra, o próprio Deus, que estava vindo morar entre eles.

"No entanto, logo atrás do cortejo, outro assombro surgiu: completamente nu, humilde e alegre, como as crianças são alegres e puras no reino de sua imaginação, vinha o rei, Davi, o guerreiro, o poeta, o pastor, ofertando o próprio corpo, dançando e cantando com voz e brados fortes, festejando ao redor da arca como um noivo no dia de núpcias. E essa dança e esse canto, Alex, incendiaram uma cidade inteira e chegaram aos céus. E diante daquela oferta sagrada e humana, Deus sorriu, pois Davi tinha encontrado a sua resposta e a sua força, sozinho, sem Sua ajuda, saindo da tenda de luto para criar a sua cidade de vida, prazer e dança, numa antevisão da Jerusalém divina que tanto atiçaria a imaginação dos poetas."

A voz de Barachiel estacou e seus olhos celestes se encheram de lágrimas, espelhando no vidro da janela, que explodia de chuva, um brilho noturno que fez Alex refletir.

O avião ainda singrava nuvens escuras, mas parecia que o pior da turbulência havia passado. Alex se sentia tão comovido por aquela narrativa, por aquele júbilo de amor, paixão e violência, por aquela história que ressignificava tudo dentro dele, que seu nervosismo abrandou.

O anjo retirou do bolso interno do casaco um lenço, o mesmo bolso de onde duas horas antes ele havia tirado a foto dos pais de Alex, a foto que salvara das chamas para ele.

Sua voz então voltou ao diapasão anterior, menos emocional e mais profunda.

"Como toda história, porém, haveria um declínio, senão trazido pela velhice de Davi, então por sua segunda grande paixão, uma paixão nascida no meio da noite, ante a visão de uma mulher, Betseba. Mas aquela paixão era proibida, interditada pelo casamento dela com Urias.

"Davi a desejou, a tomou para si e enviou seu marido à morte. Embora seu amor por ela tenha-lhe insuflado força nos anos seguintes, ele trouxera sobre sua vida e família inúmeras maldições. Seu ato atroz desencadeou os complôs dos parentes de Urias, que escolheram Absalão como cabeça de uma conspiração que visava ao trono e ao assassinato do rei e sua rainha. Davi condenou todos à morte, exceto Absalão, seu próprio filho, a quem muito amava.

"Logo depois, Absalão matou seu irmão, Amnon, por ter violentado a meia-irmã de ambos, Tamar. E Davi viu novamente seu reino dividido, tendo de lutar contra o filho, um filho que tão ardorosamente desejou e tramou a morte do pai e que, por fim, perdeu a vida pendurado pelos cabelos enquanto fugia de seus inimigos. Um filho legítimo morria por vaidade, enquanto um filho ilegítimo, segundo a lei de Israel, nascia do ventre de Betseba.

"É estranho, não? A forma como uma vida tão repleta de glórias pode também conter uma série de tristezas e horrores, num contínuo de desgraças. Há muitas vidas inseridas na vida de Davi, Alex, e seria necessário um romance épico ou um desses modernos seriados de televisão para dar conta de tudo, de todas as vitórias e fracassos.

"Há um Davi pastor e guerreiro, há um outro poeta e artista. Há um Davi que enfrentou filisteus, sempre com ousadas estratégias, e ainda outro que fugiu de Saul por anos a fio, recusando-se a matar o pai de sua esposa e de Jônatas. Mas há o homem que amou, sofreu e errou, o pai de filhos rebeldes, e o rei em prantos, que, ao abraçar o corpo ferido da filha Tamar, jurou derramar o sangue de seu herdeiro, Amnon. O Gênesis poderia ser uma invenção e não passar de uma lenda. Mas aquele pai conheceu a dor do crime de Caim e Abel no próprio seio, no interior de sua casa, nos quartos reais de seu palácio de ouro.

"E além de todos esses heróis, há também um monarca que revolucionou a história de seu povo, um rei que criou códigos jurídicos funcionais, que transformou uma cidade de pedras em uma capital de prata, joias e diamantes, que idealizou a construção de um templo, de uma casa para Deus, ousadia das ousadias, tudo isso enquanto enfrentava ameaças externas e internas, golpes de inimigos e de filhos, tendo como única companhia sua amada Betseba, a mulher por quem ele matara um homem inocente, tolo, mas inocente.

"E Deus, talvez você já tenha intuído, Deus não deu muita atenção a esse crime ou mesmo a outros, que não pretendo detalhar aqui. O que ele ganhou com Davi e suas canções, com seus poemas e realizações, com suas ideias e sonhos, suplantava todas as misérias que o próprio Davi havia trazido a ele próprio e a tantas outras pessoas.

"Um homem matar outro homem por amar uma mulher? Ora, eis um crime tão antigo quanto o próprio mundo. Agora, o que Davi cantou, fez e criou, ah... para isso não havia comparativo, Alex, não aos olhos de Deus, nem aos nossos. Por fim, Deus disse isso ao próprio Davi, em seu leito de morte, quando Salomão já estava confirmado como seu herdeiro e Betseba havia designado uma jovem para esquentar o corpo gélido do rei.

"Numa noite em que sua acompanhante havia deixado o quarto, o velho Davi abriu os olhos cansados e viu um estranho homem parado diante de sua cama. E ele soube que era Deus.

"'Obrigado, meu amigo, por nos dar tanto', disse Deus ao Seu querido.

"'É tão frio morrer', respondeu-lhe Davi, sorrindo, mesmo na dor, seguro de si.

"'Eu sei', mentiu Deus, estendendo as mãos falsas e quentes e tocando os pés do homem que tanto o ensinara. 'Mas você queimou como ninguém, meu bom Davi, meu amado. Você foi a chama que incendiou a todos, que iluminou um mundo carente de luz.'

"'Deixe-me partir então, meu Senhor. Deixe-me descansar dessa vida combativa.'

"'É claro, Davi, é claro', disse Deus, não contendo as lágrimas.

"Segundos depois, a vida deixou o coração de Davi, e, quando sua acompanhante voltou à alcova real, seu corpo já estava gélido e pálido.

"Deus estava longe, galopando em direção à noite e chorando, ainda na carne, pela partida de seu amigo, como um dia Davi chorara por seu companheiro e amigo Jônatas."

O silêncio do anjo foi interrompido por novas revoadas de vento e chuva.

Alex aproveitou a pausa para desviar o olhar em direção à janela.

Fora da aeronave, o mundo voltava a despencar, entre nuvens escuras e pesadas, parcialmente iluminadas por raios ferozes e trovões muito próximos.

O anjo pousou delicadamente a mão no braço de Alex, que o encarou.

"Deixe-me desviar aqui do ato final desta narrativa, para alguns comentários rápidos sobre esse homem e sua importância no grande esquema das coisas, ao menos do modo como vemos, ou melhor, do modo como eu, Barachiel, vejo a história dos céus e de Deus.

"Pela vida afora, se criou esse mito de que a arte parte da vida, de que ela seria um registro estético e poético da existência humana. Mas Davi foi o primeiro a nos mostrar que era o contrário. Por causa de seus poemas, percebemos que o universo e a existência, fossem eles humanos ou divinos, poderiam ser transformados e até enriquecidos. E Davi não só nos ensinou isso como percebeu isso em sua vida, usando sua imaginação. Davi olhava para fora, para os homens e mulheres ao seu redor, e por isso via o impacto que as histórias tinham sobre eles. Em suas mãos, um mundo mal visto e mal entendido ganhou um novo significado.

"Davi iniciou sua vida como um filho sem direitos, tendo apenas campos, seu rebanho e sua harpa, e da improbabilidade desses poucos recursos, ele se tornou um guerreiro, um herói, um amante, um rei, um construtor de cidades, um dançarino de templos, um assassino, um soberano, um homem, simplesmente um homem, na totalidade do que um homem poderia ser.

"Seu talento estava em preencher sonhos, não apenas os seus, mas os de todos ao seu redor. Para Saul, ele foi um harpista e um pupilo. Para Jônatas, um irmão delicado e ardoroso, dependendo de seus gostos e humores. Para Betseba, o melhor dos parceiros, o mais atencioso dos esposos. Para seus filhos, foi severo e amoroso. Davi foi tudo para todos, dando luz, calor e perfume, para não dizermos palavras e histórias, a um povo que não tinha nada dessas coisas.

"E para Deus, Alex, assim como para nós, ele foi a primeira inspiração. Antes dele, sabíamos dormir, mas não sabíamos sonhar. Depois dele, nossa formação estava completa, e tanto nós como Deus aprendemos a desejar o que não tínhamos e a lutar por sua realização. Sob certo aspecto, essa foi nossa bênção, mas também nossa maldição."

A chuva e a turbulência se intensificaram, fazendo a aeronave chacoalhar e tremer, com comissárias assustadas retornando a seus assentos.

Alex olhou sério para seu interlocutor, pois o anjo atingira o clímax de sua história.

"E depois disso, o que aconteceu?", perguntou o homem ao anjo, enquanto o 747 subia ainda mais em direção ao firmamento para escapar da tempestade que se formava.

A pressão fez o ouvido de Alex doer e seu estômago revirar.

"Depois disso? A nação de Israel cresceu um pouco mais, atingindo seu ápice com Salomão, para então começar seu gradual e monumental declínio, até chegar à divisão do reino, à destruição do templo, à morte dos reis e dos profetas, e ao seu derradeiro exílio babilônico.

"Mas é claro que nada disso se compararia ao que veio depois. Falo do poema que levaria Deus à desastrosa decisão de descer a este planeta como um mero mortal para ensinar aos homens caminhos de amor e perdão. Aqui adentramos na maior de todas as turbulências, meu amigo, a turbulência que culminou na morte de Deus."

O avião mergulhou no vácuo, e luzes de emergência faiscaram em meio à escuridão.

Assustado, Alex agora se perguntava se o milagre das horas anteriores não significaria um reles momento de revelação que antecede a morte dos homens na Terra.

O avião em queda e os ventos violentos que os cercavam pareciam confirmar seu pensamento, fustigando a aeronave com tempestades e raios assombrosos.

*Algum lugar acima da Europa, entre Espanha e França*
*Amanhecer de 11 de novembro de 2001*

O avião arremetia, tentando escapar mais uma vez da tempestade que o açoitava.

Os demais passageiros do 747 agora estavam acordados, com as comissárias indo e vindo enquanto as luzes de emergência piscavam, e o piloto, com a voz distante e fria, pedia calma e permanência nos assentos. O anjo e o homem ajustaram o cinto de segurança.

"Pelo visto, terei de acelerar minha trama. Detesto ventanias, sobretudo quando voo."

Um tanto irritado, Alex olhou para o anjo. Uma parte de si temia por sua vida enquanto o avião rumava em direção a nuvens infernais. Outra parte, porém, em total antagonismo, estava imersa na história que escutava.

"Sim, preciso saber como a história termina e o que você deseja de mim."

O anjo sorriu e voltou a falar, com a voz calma um pouco mais alta para se fazer ouvir entre os ruídos das turbinas, das trovoadas e da chuva que fustigava as janelas do avião.

"Bom, a história não termina, se é o que você está pensando. E quanto ao que desejo de você, por ora, nada. Afinal, precisamos antes chegar ao nosso destino."

Alex se perguntava se o companheiro tão amistoso e cordial não passava de um demônio cínico, brincando com sua vida e seu nervosismo.

"Mas voltemos à nossa trama. Serei econômico onde a Bíblia e a história não o são. Uma pena perdermos nosso serviço de bordo. Eu adoraria outro drinque.

"Onde parei? Ah, sim... Israel e Judá uniram-se em Davi e atingiram sua glória em Salomão. A corte e o reino de Jerusalém prosperaram. Atendendo a dois dos desejos de Davi em seu leito de morte, Salomão investiu o que podia em copistas, poetas e artistas, que dariam vida às histórias do passado e aos feitos de seu pai. Havia mulheres entre esses gênios criativos, é claro, e uma delas foi a responsável pelas narrativas que estão escondidas entre o Gênesis e o Êxodo, sob a enigmática identidade de J. Anos atrás, um crítico literário de Harvard e um poeta nova-iorquino, ambos judeus, redescobriram esse texto, e um escritor brasileiro fez um pequeno gracejo com ele no seu *A Mulher que Escreveu a Bíblia*. É um bom título, aliás.

"Depois de Salomão e suas lendárias miríades de amantes e poetisas, o reino decaiu com Roboão, e o resto é este avião tentando subir quando tudo, absolutamente tudo, o puxa para baixo. O reino se dividiu, com os homens que assumiram os cetros sendo completos tolos, um bando de mimados monarcas criados no luxo, sem nenhuma visão maior, além dos impérios estrangeiros que ascendiam e caíam, sendo substituídos por outros. Vieram os medos, depois os persas, então os gregos e macedônios e, por fim, os romanos. E é claro que um reino tão pequeno e politicamente inferior nada poderia fazer diante desses ataques.

"E Deus?, talvez você me pergunte. Deus permitiu tudo isso? Seu suposto povo escolhido quedar na mão de nações estrangeiras? Bem, os autores desses livros bíblicos produzidos entre os séculos VIII e IV contaram a história de forma conveniente, para não dizermos convincente. Segundo eles, o povo e seus reis desobedeceram a Deus e se desviaram. Em resposta, Deus os abandonou. E fez ainda mais: usou impérios estrangeiros para puni-los. Mas a verdade é que Deus já estava cheio daquele povo e de sua visão estreita.

"A poesia que nasceu em Samaria e Judá nos dias de Davi e Salomão ainda nos emocionava, mas, naquele momento, passamos a nos dispersar e nos afastar do drama humano, sempre tão mesquinho. Por outro lado, continuávamos apaixonados ante o milagre natural deste planeta, apaixonados pelo fluxo das estações, pelo desabrochar das flores, pelo vai e vem dos pássaros, pelos dramas de caça e sobrevivência nos bosques e nas savanas, pelo encontro dos amantes que continuam a se amar, donos que eram da eternidade de seus desejos.

"E quando olhávamos para o drama de Israel, olhávamos através dos olhos de uma classe de homens singulares, ainda que também limitados. Aqueles séculos de ataques, fracassos e exílio foram narrados por profetas, homens santos que compreendiam profundamente as coisas. É claro que em sua maioria eram homens pouco educados, homens que esbanjavam imaginação, embora carecessem de poesia. Mesmo assim, deles vieram os sonhos apocalíticos presentes no livro de Isaías, as quedas de impérios no de Ezequiel, os arroubos de fúria de Jeremias e os sonhos políticos em Daniel. Foram eles que deram, pela primeira vez, forma e dimensão a nós, anjos. Em seus textos e versos cheios de lutas, sofrimentos e visões, nos vimos representados como tropas militares celestes, sempre prontos para atacar, matar e vingar o nome de Deus. Mais uma vez, algo muito conveniente. E risível, ao menos da nossa perspectiva.

"Até que os persas chegaram, reduziram Samaria, a capital de Israel, a pó, e fizeram o mesmo com Jerusalém, em Judá. Quanto aos israelitas, o povo de Deus que não tinha Deus, eles foram levados ao exílio na cidade mais gloriosa que poderiam chegar a conhecer.

"Na época, falo aqui do século VI, a Babilônia era a capital do mundo, o jardim do Oriente, um deslumbre arquitetônico cujos pomares e parques suspensos, cultivados em construções gigantescas, impressionaram os hebreus, que não tinham palavras para tal mundo de portentos. Como poderia haver tanta beleza, se perguntavam eles, nascida de mãos e deuses pagãos?

"Daniel e seus três amigos de fato existiram, e também Ester. É claro que nada de seus feitos foram reais. A fornalha, o ataque de Ciro esvaziando o rio que circundava a Babilônia, os sonhos proféticos com estátuas de diferentes materiais, a cova dos leões e o casamento entre Assuero e a escravizada judia. Tudo muito inspirador, mas irreal. Daniel não passava de um secretário escrivão que usava suas noites para dar vazão à sua mente prodigiosa, enquanto Ester era uma das cortesãs mais requisitadas da capital. É curioso como, no caso da arte e dos artistas, e também das histórias, a passagem dos séculos e dos impérios pouco significa.

"Por outro lado, se essas histórias fossem lidas corretamente por seu público cativo, e em cativeiro, revelariam a poderosa metáfora de um povo exilado sobrevivendo em meio à escuridão e ao silêncio de um Deus desaparecido. E essas histórias, esses textos proféticos, esses oráculos de denúncia e prenúncio, pouco a pouco foram moldando o imaginário daqueles hebreus, um imaginário que também se mesclava ao ideário babilônico, com seus inúmeros prazeres, requintados banquetes, celestes jardins e criatividade espiritual.

"Na Babilônia, os hebreus descobriram Marduque e também Dionísio, entre outras divindades, que ampliaram sua percepção. O primeiro, o grande deus babilônico, era um deus guerreiro cósmico que enfrentava dragões. A deusa serpente Tiamate era sua maior adversária. Desse embate, Marduque pôs limites no mar, nos céus e na terra. E ainda tinha tempo para abraçar e festejar com seus servos dedicados. Nisso, pensavam os hebreus cativos, não era tão diferente do seu Javé — sim, agora Deus tinha um nome pessoal —, um deus primitivo que andava pelo jardim, vestia Adão e Eva e ceava com Abraão e Sara.

"Já em Dionísio havia outro aprendizado, mais natural do que espiritual. Servido por sátiros e adorado por mênades, Dionísio era um deus oriental nascido na Grécia ou um deus grego nascido no Oriente? Até hoje não há consenso, como é comum em debates sobre a origem de qualquer divindade. Ele era um deus do renascimento e da fertilidade, um deus que resistia à morte e que poderia, ano após ano, voltar para renovar a vida. E a ele, os gregos opuseram Apolo, um deus de ordem, arte e arquitetura, um deus urbano de razão e intelecto que fazia frente a um deus rural e selvagem. Apolo, por sua vez, contrastava com a irmã lunar Diana, a caçadora, e com o deus caprino Pã, o todo de todas as coisas para todos os homens.

"É claro que estou simplificando o compêndio de deuses e deusas que os hebreus contataram entre as luzidias muralhas da Babilônia. Obviamente, alguns deles detestavam de fato aquelas representações politeístas, uma ofensa ao seu Deus único, ao seu Javé criador dos céus e da terra, ao seu deus guerreiro, exclusivista e ciumento. Ah, se eles soubessem o quanto essa imagem nada tinha a ver com o Deus que víamos. É preciso se importar minimamente, amar minimamente, para sentir ciúmes. E nada disso estava no coração vazio que era Deus naqueles anos. Ao contrário. Indiferença era sua face e enfado era seu olhar. Isso até o momento em que surgiu uma voz e uma personalidade gloriosa, infelizmente hoje esquecida.

"Falo de Joel Ben Ishay, um jovem hebreu nascido na Babilônia, que crescera com as histórias de seus pais e avós e com o sonho de voltar para Jerusalém. Mas Ishay tinha um talento especial: uma capacidade imensa de ler e absorver diferentes culturas, aprofundar reflexões e debates, e formulá-las em poemas dramáticos soberbos, que não só registravam o passado como davam vazão a uma reescrita contemporânea e imaginativa da realidade de sua época. Muitas de suas obras se perderam entre as chamas de bibliotecas, peças magníficas como *Javé e o Dragão*, *Davi e o Gigante Filisteu*, *Sansão e Dalila* e *Débora Vitoriosa*, entre outras. De tudo o que ele fez, e que tanto nos fascinou, a nós e a Deus, apenas uma obra sobreviveu, mas uma obra que compreendia um mundo de criações, conflitos e revelações. Falo de um poema, um drama, na verdade, uma peça teatral que reuniu em si a ficção mais profunda e verdadeira concebida naquele tempo.

"Você fala de *Jó*, obviamente", disse o homem, entre os solavancos do avião.

As bandejas e os copos que compartilhavam já não estavam mais ali, e agora estavam apenas os dois, presos às trêmulas poltronas e à linha invisível de seu diálogo.

Emoldurado por raios e trovões, o anjo assentiu e continuou sua narrativa.

"Em seu *Livro de Jó*, Ishay detalhou a inusitada relação entre Deus e seu melhor amigo, ou grande opositor. Como o provérbio que seu querido Blake trouxe do inferno: 'Oposição é verdadeira amizade'. E *Jó* abria justamente assim, com os dois velhos conhecidos falando de viagens à terra, de antigas apostas com vidas humanas e de um homem justo que Deus, como um jogador de roleta, deixou à disposição de satã. E satã usou e abusou daquele homem, ao passo que Jó permaneceu fiel. Nada de novo nisso, embora inverossímil. Exceto pela esposa do miserável, que com razão lhe implorou que desaparecesse e amaldiçoasse a Deus.

"Mas então esse drama moralizante, e um tanto piegas em sua representação da absurda fidelidade humana, dá uma guinada surpreendente que resulta em um debate dramático entre Jó e seus amigos sobre a própria natureza divina. E foi ali que Deus, e todos nós, fomos fisgados.

"Se Deus era bom, por que *diabos* ele permitia o sofrimento?

"Aquela era *a grande* questão. E por certo não apenas entre os hebreus exilados, mas em todo o Mundo Antigo, quando diversas religiões e crenças monocromáticas tiveram de lidar com as cores e os tons do sofrimento e da dor humanos.

"Depois de esgotar o assunto entre seus aliados, todo ele baseado em respostas tradicionais ao problema — 'Deus é justo, mas não intercede em assuntos mundanos' ou então 'o homem chama para si suas desgraças' —, Jó olha para cima e chama Deus à sua responsabilidade. Com uma pergunta fulminante, o homem o interpela: 'Por que eu sofro, uma vez que sou fiel e justo?' E Deus, no que havia de melhor na poesia de Ishay, replicou.

"Sendo Ele o criador do cosmos, como poderia ser inquerido por um mortal? Ele, que enfrentara beemotes e leviatãs, ele que limitara os mares, ele que chamara as estrelas por seus nomes, Ele que pusera paredes entre o dia e a noite, Ele, Ele, Ele. E Jó, claro, foi silenciando até não mais o questionar. Isso, porém, não escondia o absurdo fato de que Deus não respondera à pergunta que lhe fora feita. E a pergunta era simples: por que a humanidade sofre?

"Mas o Deus de Ishay só sabia repetir: 'Quem você pensa que é para me questionar?'

"E em seu silêncio, em sua contrição ou arrependimento, num erro grosseiro de tradução, Jó reafirmou o fato de ser mero pó e cinzas, mas de agora finalmente *ver* quem era Deus. E esse Deus, é isso que está subentendido no poema, não apenas desconhecia a essência humana como tinha um medo atroz, para não dizer covarde, de ser confrontado.

"Os primeiros leitores do *Livro de Jó* ficaram em silêncio, chocados com a ousadia daquele poeta. Os céus também silenciaram, Alex. E também Deus.

"Depois de *Jó*, vivemos o primeiro exílio de Deus. Sua luz foi rareando, rareando, até finalmente desaparecer dos céus. Jó, o personagem, o silenciara. Sem dúvida, e todos nós percebemos isso prontamente, havia algo de verdadeiro naquele poema, uma ficção que chamava o próprio Deus à sua responsabilidade de ser Deus. E, através daquela fábula, da pura invenção que era Jó e sua história e da percepção afiada de Ishay, que trouxe ao debate algo que nunca havia sido trazido, Deus partiu, Deus sumiu, Deus nos deu as costas.

"Nos céus, abandonados como hebreus babilônicos, ficamos sem saber o que esperar, debatendo por décadas as questões apresentadas em *Jó*, sobretudo eu e Samael, o mais próximo do satã de *Jó* que você pode esperar, mas não naquele sentido amoral ou destrutivo. Nada disso. Você o verá com seus próprios olhos. Nesse meio-tempo, os hebreus voltaram a Jerusalém, reconstruíram seu templo e recaíram nos mesmos erros de outrora. Guerra, política e religião, e uma religião baseada no holocausto animal, como se Deus ansiasse por entregas de sangue. Sob certo aspecto, era até um alívio aquele exílio divino, pois sentíamos vergonha dos homens.

"Quando Deus finalmente voltou para nós? Quando saiu de seu autoimposto exílio? Um pouco depois dos romanos dominarem Jerusalém e começarem a cobrar altos tributos e a comprar os governantes hebreus. Eram tempos sombrios e violentos, com Roma substituindo a religião natural grega e seus altares a Dionísio por palcos de execução, lutas e feras selvagens, tanto animais quanto humanas. E em seus campos de morte, Roma crucificava condenados.

"Diante do retorno de Deus ao nosso meio, o céu se iluminou dele e nós cantamos, com nosso inteiro fulgor e prazer, pois Deus, nosso Pai, havia voltado para casa e para nós.

"Entretanto, breve seria esse retorno. Passado o nosso canto, Deus revelou o que fizera por três séculos: andara pelo mundo, como o anjo caído do livro de Jó, conhecendo vidas humanas, amando homens e mulheres, entrando e saindo da carne, provando banquetes e vivenciando o frio, a fome e a dor, tentando viver na carne as acusações que Jó, o personagem, havia lhe feito. Sozinho, Deus caminhou por vales inóspitos e buscou respostas humanas. Ele havia criado tudo, sendo a fagulha inicial e também a força que faz pulsar o mundo, mas o que sabia da fome e da sede, do prazer e da dor, do júbilo e do êxtase, exceto por Seus rápidos passeios, assumindo corpos que não eram Dele embora estivessem nele?

"Depois dessa revisão de suas viagens e peregrinações, Deus anunciou sua decisão. Após séculos escutando súplicas, pedidos e oráculos de salvação, Ele os atenderia.

"Todo o céu ficou em polvorosa, pois nada daquilo fazia sentido, sobretudo em comparação a tudo o que já havíamos visto de Deus. Como assim, atender a súplicas humanas? Até então, Deus havia deixado claro que não poderíamos intervir, que a vida humana deveria aprender sozinha seus rumos e caminhos, errando e aprendendo, se fortalecendo no processo.

"Davi na tenda de luto era a prova derradeira disso, não?

"'Sim', nos disse Deus. Até ali essa fora sua vontade, mas agora chegara a hora de mudar seu curso, alterar sua percepção, aprender com a humanidade e dar aos homens uma fonte divina de inspiração, uma prova contumaz de que Deus existia, de que os amava.

"Em outros termos, disse-nos Deus, chegara a hora de prover a evidência inquestionável e viva do amor divino, de concretizar todas as suas profecias de salvação.

"'Mas Deus, nosso Pai e Criador, o Senhor já não fez isso?', perguntei a ele, de forma humilde e amorosa, mas também combativa. 'A própria existência já não é uma prova mais que adequada? Davi e os poetas todos já não nos mostraram isso? Que seria necessário ter olhos para ver e ouvidos para ouvir, além de dedos para tocar e lábios para beijar, o milagre divino presente em cada grão de areia, em cada ataque de tigre, em cada pétala de flor?'

"'Ah, mas os homens são tolos e ignorantes, Barachiel', foi a resposta de Deus. 'Os poetas observam longe e escutam com atenção o fluxo da vida e das coisas, mas os homens, de modo geral, não. Eles precisam de um mestre, de um mestre humano, nascido na carne como eles, um homem que os ensine em linguagem simples, e através de singelas histórias, a verdade de seus desejos, a sabedoria de suas existências, os caminhos de sua salvação. Em suma, eles precisam de um Deus feito de carne que não se saiba um Deus, que não se saiba divino.'

"Houve silêncio ainda mais profundo nos céus, um terrível e ensurdecedor silêncio, permeado de perplexidade e medo, que só seria quebrado por Samael, o mais aguerrido de nós.

"'Senhor, nosso Deus e Criador', disse ele, 'não pode estar pensando em descer à terra sem consciência de sua natureza. Há poder no aprendizado, meu Deus, e também sabedoria nesse aprendizado. E o Senhor precisará de ambos para escapar dos ardis humanos.'

"'E que validade haveria nisso, Samael? Em um Deus que se sabe Deus?', replicou Ele. 'Do contrário, serei homem para homens, humano para humanos. Eu nascerei como homem, amarei como homem, aprenderei, ensinarei e, por fim, envelhecerei e morrerei como homem. E isso, sim, essa experiência, do início ao fim, do primeiro ao último fôlego de vida, me dará a oportunidade de saber o que é estar na carne verdadeiramente.'"

Um trovão estourou no ouvido de Alex, desviando seu olhar para fora.

O dia havia finalmente nascido, mas o sol não chegara até eles, mergulhados na noite daquela tempestade interminável.

Foi quando uma das turbinas começou a falhar e fumacear, para o horror do homem.

"Preciso falar o que aconteceu, Alex?", perguntou o anjo, fazendo o outro voltar a ele, com o medo inscrito em seus olhos. "Deus fez o que desejava. Ele veio, nasceu, cresceu, ensinou, curou, alimentou, amou, abraçou e acalentou. E em resposta, os homens o mataram.

"E nós vimos tudo de perto. Primeiro seu aprendizado como criança e jovem, depois seus feitos como mestre, curandeiro, exorcista de demônios imaginários, guardião dos mortos, defensor de adúlteras, protetor de seus amigos. Nesse meio-tempo, e Samael havia previsto isso desde o início, os governantes e sacerdotes conspiravam para levá-lo à prisão e à morte, como faziam com toda e qualquer voz que se levantasse contra eles, que denunciasse seus crimes, que representasse qualquer ameaça.

"Quando vimos Jesus entrar em Jerusalém montado num jumento, no final de seus primeiros três anos como mestre, entendemos o que ele estava fazendo e tivemos esperança: Deus estava, em sua pele de nazareno, cumprindo uma a uma as profecias hebraicas. Sim, era isso. Esse era o plano, pensávamos, certos de que teríamos à nossa frente uma história grandiosa e imortal, uma história com um desenlace feliz e glorioso.

"Deus seria coroado Rei dos Reis e, então, suplantaria os romanos e os demais reinos terrestres. Ele seria Rei de todos, maior até do que seu amado Davi, e traria paz. Só poderia ser isso, não é mesmo? Não haveria outro fim, você não concorda? Enquanto isso, Samael, nas sombras dos céus, nos cantos das tavernas, nas curvas das estradas, assistia a tudo, em silêncio."

O anjo olhou o homem e não escondeu seu desalento.

Alex lhe devolveu um olhar que mesclava tristeza e apreensão, enquanto suas mãos seguravam com força os braços da poltrona.

O avião inteiro chacoalhava, fazendo o coração de Alex bater descontroladamente. Das profundezas de sua mente, uma terrível ideia nasceu: *e se esse avião cair?!*

"Mas estávamos errados", continuou o anjo, ignorando a turbulência e voltando à sua história. "Ah, como estávamos enganados. Foi na noite de Páscoa que o capturaram, com Judas beijando sua face e vendendo sua vida por trinta moedas de prata. Então, nosso Deus vestido de carne foi aprisionado, julgado, açoitado e humilhado. O percurso de sua condenação começou, culminando na colina de execução dos romanos, no vale dos ossos.

"Lá, entre choros e risos, entre lágrimas e dados de sorte, eles pregaram seu corpo no madeiro sujo e ordinário, levantaram a tora e suas carnes sentiram o peso de todas as coisas. Depois de horas, quando até o mais cruel dos homens se compadeceu, ou se cansou, os soldados cravaram uma lança em seu torso, fazendo sangue, vinho e urina escorrer por suas pernas dilaceradas.

"Aquilo era o horror, um horror impensável e imperdoável. Nós não sabíamos mais o que pensar, como agir, o que fazer. Exceto Samael, que chorou como nenhum de nós chorou. Samael, que previra tudo desde o início. Os céus não tinham mais Deus. Nem a terra. Deus havia descido para mostrar aos homens amor e perdão, e agora esse mesmo Deus se deixava morrer como um cão, um animal, um proscrito. O que Deus queria provar com aquilo? O que aquilo tinha a ver com seus planos? Que plano atroz era aquele?!

"Minutos depois de ser perfurado com a lança, em meio a um céu obscurecido de nuvens e entristecido de chuva, o nazareno expirou e morreu."

O avião parou de tremer por instantes, para então ser açoitado por renovados ventos. A fumaça da turbina espalhava faíscas que queimavam contra os pingos da tormenta.

O homem se virou para o anjo, que parecia ignorar tudo, até o lusco-fusco das luzes de alerta que piscavam e os olhares de desespero de seu ouvinte e dos demais passageiros.

"E não, Alex, não sabemos nada de ressurreição no terceiro dia nem de ascensão dois meses depois. Não sabemos nada do que aconteceu depois, exceto o horror da formação do cristianismo, suas cruzadas, suas queimas de bruxas e hereges, suas pestilências farisaicas.

"E não, meu amigo, Deus... Deus tampouco nunca voltou para nós. Até onde sabemos, ele realmente morreu naquela cruz. Não para livrar a humanidade do pecado, um conceito que se formaria depois, para o nosso desprezo, e também não para salvar o mundo, um mundo que continua desde então como essa perversa máquina de triturar pessoas.

"E desde aquela triste e trágica execução na Gólgota, Alex, Deus nunca mais foi visto."

O avião agora tentava novamente arremeter, mas em vão.

Alex não conseguia falar. Ora fitava a asa fumacenta à sua direita, ora o semblante dos demais passageiros, o medo no olhar do rabino, o desalento na face da mãe, que inutilmente tentava consolar o filho em prantos.

"Preste atenção em mim, Alex. Não se preocupe com a tempestade. Estou quase acabando e há coisas que você deve saber antes de chegar ao seu destino."

A mente de Alex explodia em medo e contradição, fervendo um pavor primitivo, corpóreo, instintivo. Apavorados e raivosos, seus olhos fitavam a face tranquila do anjo.

"Passada a morte de Deus, compreendemos que nunca mais deveríamos interferir. O erro de tudo aquilo tinha sido causado por uma interferência divina, e então entendemos, tolos como éramos e ainda somos, que não deveríamos mais alterar o destino dos homens.

"Estabelecemos leis para nunca mais alterarmos vidas humanas, prejudicando seu desenvolvimento, com vozes ou revelações.

"E o resultado dessa decisão é a catástrofe de dois milênios de falso cristianismo, guerras santas, homens e mulheres torturados e queimados, campos de morte e aviões jogados contra arranha-céus. A humanidade evoluiu suas ferramentas e seus debates, até sua arte, mas nada, absolutamente nada foi aprimorado em seu aprendizado ético ou moral.

"É por essa razão que eu e Samael decidimos interferir. E aqui estou eu, Alex, assim como em breve ele, Samael, estará, para pedir sua ajuda."

"Minha ajuda?! Como eu poderia ajudar?"

Alex olhava ora para o anjo, ora para fora do avião, implorando por um milagre.

"Isso não importa, não agora", replicou a criatura. "O que eu preciso é que você preste atenção a ele, a Samael, como prestou atenção em mim."

"No demônio?!", exclamou Alex, em meio ao gemido da carcaça aérea. "É isso que deseja de mim? Que depois de ouvir o anjo, agora eu escute a versão do demônio?"

"Deixe-me lhe dar um conselho: não use essa palavra com Samael. Mesmo a palavra *anjo*, hoje, é um tanto inadequada. Mas sim, eu preciso que você o escute e converse com ele."

O avião continuava chacoalhando enquanto a tempestade urrava, mais e mais violenta.

Os alto-falantes do avião não comunicavam mais nada, exceto estática, o que adicionava ao barulho da chuva e ao choro da criança um tom ainda mais desesperador.

"Barachiel, sou apenas um cético comerciante de arte! O que vocês querem de mim?!"

"Ainda é cedo para você saber, meu amigo. Primeiro, você precisa escutar Samael, e então você saberá e poderá nos ajudar."

"Isso se eu sobreviver!", explodiu Alex, desviando do olhar do anjo.

O avião começou a cair, despencando em direção ao solo, em direção à morte.

Alex fechou os olhos com força, suplicando ao universo que sua vida não findasse ali.

"Fique tranquilo, meu caro amigo", disse o anjo, pousando a mão no antebraço tenso do homem. "É apenas uma turbulência."

Alex odiou a voz dele com cada fibra de seu corpo e certo da iminência do fim.

Ele sentiu então o hálito quente em seu ouvido e a voz do anjo muito próxima dele:

"Não esqueça: é apenas uma turbulência. E a vida, meu caro, a vida está cheia delas."

Alex abriu os olhos, pronto para esbravejar contra seu companheiro, mas notou que estava sozinho na fileira de poltronas.

A carcaça do 747 gemia e urrava enquanto a aeronave gigantesca caía, fazendo seus ouvidos estourarem, sua pressão cair, seu corpo embrulhar.

Nada do homem, do anjo, da maldita presença que lhe acompanhara por horas.

A voz na cabeça de Alex gritava e não havia nada que ele pudesse fazer para calá-la.

Na outra fileira, desesperada, a mãe abraçava o filho, que, em lágrimas, a apertava com força, enquanto a chuva caía, caía e caía, ecoando o pássaro de ferro que despencava.

*Eis o fim*, pensou Alex. Certamente. E era apropriado que terminasse daquele jeito.

Com Deus enviando um anjo para cuspir em sua cara todos os seus crimes, para lhe pregar uma sórdida peça que costurava suas crenças, mágoas e traumas.

Alex respirou fundo e aceitou a chegada da morte, sabendo que a vida, como lhe dissera o perverso e jocoso amigo angelical, nunca fora uma jornada tranquila.

Por que seu fim o seria?

Nesse momento, o avião estourou com o baque do solo, quicando três vezes no asfalto da pista molhada do aeroporto até as turbinas morrerem e os freios fazerem seu trabalho.

Antes mesmo de ver as luzes das sirenes que vinham apagar o fogo da asa direita, Alex ouviu seu ruído estridente e desesperado, anunciando socorro e vida.

Finalmente, chegara a Berlim.

# A Mulher

*Berlim, Alemanha*
*12 de novembro de 2001*

Recém-desperto, o homem fitou por minutos o teto do quarto.

Seu coração batia lento, no aconchego das sombras e do calor, depois de um dia de sono profundo, entrecortado por estranhas visões de anjos, demônios e revelações.

*Aquilo fora um pesadelo.*

Ou então um delírio, um lapso mental advindo de meses de estresse, *jet lags* frequentes e talvez alguma doença cerebral desconhecida e terminal, cujos sintomas se resumiam a vívidas conversas com criaturas feitas de ar e imaginação.

Sim, os exames indicariam isso e o médico lhe daria poucas semanas de vida, quando muito um par de meses. Estranhamente, havia um consolo naquelas explicações. Loucura ou doença eram paliativos apropriados perto da outra constatação: o paraíso era uma realidade e ele trazia a reboque a pior ideia, que, na cabeça de Alex, ganhava a forma de Deus.

O homem pulou da cama e correu até o casaco jogado no chão, no calor do desespero do sono, quando chegara no dia anterior. No bolso interno, buscou uma fotografia antiga, a prova derradeira de sua loucura.

Para a sua perplexidade, a foto estava lá, agora na ponta dos dedos quentes, com a borda chamuscada e a imagem inequívoca de seus pais, trinta anos antes, talvez o último registro deles, na savana africana, antes da peste, antes do vírus, antes do fogo.

Ele ficou alguns instantes ali, nu, em pé, segurando uma velha memória de infância enquanto fagulhas de um sol indeciso invadiam o quarto abstrato de hotel.

Alex ainda não tinha coragem de girar o papel fotográfico antigo e ver o que estava escrito no verso. Ele ainda não possuía força para tanto, mas uma coisa era nítida e vívida nos saguões de sua mente: o ódio profundo pela criatura que havia lhe acompanhado do Brasil até ali e a forma perversa como ela lhe dera a derradeira prova de que falava a verdade.

Se a conversa tivesse ficado apenas na seara das conversações aéreas não haveria problema, mesmo com a acusação — correta, mas não menos invasiva — de que ele assassinara seu tio. Racional como gostava de se ver, Alex teria deixado aquela lembrança passear por sua mente por dias, quiçá semanas, até que ela pouco a pouco sumisse de sua esfera mental como um gracejo, um exercício imaginativo, um quadro em seu empoeirado palácio da memória.

Mas não, aquele demônio disfarçado de anjo precisava deixar com ele aquela prova, aquela materialização indubitável de que o encontro de ambos havia acontecido de fato, entre nuvens de tormenta e ventania, sem qualquer dúvida de que Deus, anjos e o pacote completo existiam nas bordas do mundo, nas ruas e becos das cidades que ele conhecia.

Alex se olhou no espelho e viu seu semblante se transmutar em foco... até seu coração pular com o susto do telefone berrando.

O homem parado no meio do quarto de hotel riu de si mesmo, enrolou o corpo numa toalha e atendeu o chamado da recepção, que o lembrou, primeiro em alemão, depois em inglês, do horário que solicitara para o acordarem.

Ele abriu o registro do banheiro espaçoso e, enquanto aguardava a água quente acolher seu corpo, voltou à mesa e guardou a foto de seus pais no bolso interno do casaco que usaria no compromisso daquele dia, o motivo de estar em Berlim.

Alex desapareceu no vapor do banho enquanto revisava na mente aquele dia.

Georg Strauss era um conhecido colecionador de arte sacra antiga e um aficionado por Emanuel Illians. Alex havia encontrado o charmoso ancião em duas ocasiões. Na primeira, ambos disputaram num leilão em Roma um conjunto de estudos de Illians para a série dedicada às tentações de Cristo. Depois de dois lances, Alex já havia esgotado suas economias e, no terceiro, desistira, mesmo sabendo que teria dois clientes potenciais para o grupo inteiro. Quanto a Strauss, arrematou a série após os interessados pouco a pouco quedarem diante de seus lances. Isso acontecera quase dez anos antes.

A segunda ocasião, quatro anos depois, fora numa mostra de Illians no Museu Ashmolean de Oxford, organizada por um dos principais estudiosos da estatuária do artesão tcheco. Eles praticamente se esbarraram no susto e Alex o reconheceu de pronto, sendo completamente ignorado pelo homem, um cavalheiro rico, devoto e concentrado no conjunto das peças em exibição. Para seu prazer, Alex o estudou de longe, apreciando a forma como Strauss se aproximava, se enamorava e se perdia por minutos em cada peça de Illians. Alex fazia o mesmo, sabendo que o artista de Praga escondia em cada uma delas diminutos segredos de simbologias e referências que davam às suas obras um aspecto de romance ou filme, em peças que precisavam, para sua completa fruição, serem vistas e revistas, estudadas e interpretadas, para chegar a uma compreensão do que estava sendo comunicado através de figuras humanas, vestuário pesado, gesticular potente e terrífico, sempre dançando entre a agonia e o milagre, o êxtase e a afronta.

Agora, a vida do colecionador havia chegado ao fim, e sua viúva, Joana Strauss, anunciara ao mundo da arte que uma coleção de Illians seria negociada, enquanto as demais peças que o esposo conquistara em vida receberiam a devida avaliação de curadores.

Aquele procedimento era comum, pensou Alex, quando parentes se desfaziam de coleções inteiras motivados por dívida, ambição ou desinteresse. Do pouco que conhecera de Georg, porém, ele faria de tudo para preservar as peças e tratá-las com a atenção merecida.

A água quente percorria o corpo de Alex, relaxando músculos, esquentando a pele, esvaziando dúvidas e levando a irritação anterior para longe. No lugar dela, o banho despertava o afiado negociante que estava naquela cidade com um único propósito. Depois de dezenas de ligações e contatos com advogados, Alex havia assegurado uma visita particular à coleção de Illians, guardada em uma sala especial de um banco em Berlim, tanto para poder avaliar as peças quanto para fazer sua oferta.

Após fazer a barba, ainda debaixo do chuveiro, Alex deixou o box úmido e vaporento e pediu uma refeição leve no quarto. Depois do pequeno almoço, voltou ao banheiro, escovou os dentes, checou o rosto e os pelos que poderiam ter escapado à lâmina e arrumou o cabelo. Só então começou a vestir as roupas de trabalho. Tudo muito sóbrio e escuro — calça, camisa, sapatos e cinto —, recoberto, porém, por um casaco Versace que ele adorava e que sempre dava ao todo de sua idade um quê levemente jovial, embora ainda formal.

Alex estava em Schöneberg e deveria ir até a agência do Banco Nacional, que ficava próximo ao Gendarmenmarkt, a apenas alguns quarteirões do seu trecho favorito do Spree, quando o rio se dividia em dois, dando origem à Ilha dos Museus e culminando na Berliner Dom, a famosa catedral que se emparelhava à Basílica de São Pedro, no Vaticano, e à Catedral de São Paulo, em Londres. Sua reunião estava marcada para a primeira hora da tarde.

O homem deixou o hotel no final da manhã e, como tinha algum tempo, deu-se de presente um passeio rápido pela avenida Dezessete de Junho. O motorista do carro que o hotel colocara à sua disposição tentou conversar com ele num alemão incompreensível, num inglês sofrível e por fim num espanhol impraticável, ao que, por fim, resultou no primeiro silêncio do percurso.

Alex agradeceu aos céus por isso, pois estava saudoso da paisagem alemã e de deixar a vista se perder entre prédios, igrejas, parques e monumentos.

No meio da longa e dupla avenida que era a espinha dorsal de Berlim, com o fechado e verdejante Tiergarten se oferecendo de ambos os lados da janela do carro, Alex se aproximou da janela esquerda e lançou um olhar ao alto.

Nos céus, pairava uma luzidia figura angélica, com asas douradas e imensas, vigiando e protegendo os berlinenses. O Siegessäule, ou Obelisco da Vitória, era um dos cartões-postais da capital alemã. Tratava-se de uma colunata de mais de setenta metros de altura que homenageava os feitos da antiga Prússia contra a Áustria, a França e a Dinamarca na segunda metade do século XIX. Inaugurado em sua atual localização em 1937, um ano antes do início da Segunda Guerra Mundial, em suas paredes ainda estampavam o cravejar de balas da época em que Berlim foi invadida e Hitler enfim foi vencido.

Ao fitar o deus pagão da vitória no topo da colunata, transmutado pelo imaginário cristão em anjo, Alex desejou encontrar Barachiel lá em cima, como os seres que Wim Wenders alocara em seus filmes. Neles, criaturas caídas numa vida cinzenta dividiam a tela com coloridas bailarinas, tristes artistas de circo e nazistas arrependidos. Alex desviou da estátua para o verde cinzento do parque, deixando o olhar quedar das asas de ouro à relva machucada pelo gelo.

O que havia significado aquela narrativa inteira que o anjo lhe transmitira na viagem do Brasil até ali, sobre um oceano de dúvidas e inquietações? Por que tal confissão a um desconhecido? E o que ele poderia esperar da promessa de seu interlocutor de que em breve outro anjo, ou melhor, um demônio, também o visitaria e de que ambos queriam sua ajuda?

Como ele, inexperiente como era, tendo apenas seus sonhos e seus rasgados trapos de céu, pensou Alex, sempre voltando aos versos de Yeats, poderia ajudá-los, sobretudo ante a revelação do sumiço de um Deus indiferente, autoexilado, talvez morto?

Era tudo muito assombroso e inacreditável, por demais incrível para ser verdade, por mais que a foto no bolso interno de seu casaco indicasse o contrário.

Agora, o carro deixava o Tiergarten, costeando o arco de Brandemburgo e passando pelo simétrico e inquietante Memorial aos Judeus Mortos na Europa. Aquela era Berlim, pensou Alex, um amontoado de frias e pálidas belezas naturais, transpassado por feixes de símbolos pagãos, cristãos e políticos, todos assombreados pelo holocausto e pelo extermínio humano.

O táxi fez outro desvio, não por escolha de Alex, mas do motorista, dedicado como estava a uma segunda tentativa de explicar os principais marcos daquela cidade que era um marco por si só, sobretudo por sobreviver a duas guerras mundiais que a destroçaram e a uma cisão oriental e ocidental cujo muro divisor fora destruído a picaretas e gritos em 1989.

Ao lado deles, uma porção remanescente do muro resistia, agora como ponto turístico, rodeado de viajantes que se deixavam fotografar na frente do símbolo carcomido de um passado recente que tinha na divisão e na guerra, na distinção e na luta, sua maior característica.

Naquele ano, sobretudo depois do Onze de Setembro e mais de uma década depois da queda do muro e sua irônica promessa de comunhão, o mundo continuava indo para o inferno, com os lados orientais e ocidentais sendo substituídos pelos defensores da liberdade estadunidenses de um lado e pelos terroristas extremistas islâmicos de outro.

*Grande piada*, pensou Alex, ao forçar o olhar e ver, inscrito no pedaço de muro que resistia, aos anos e aos flashes, a pichação que resumia tanto aquele símbolo da guerra e a história daquele país quanto a evolução do homem no planeta Terra: "MADNESS".

*O que os céus teriam a dizer sobre isso?*

Pelo visto, bem mais do que Alex poderia supor, sobretudo partindo da ideia de um Deus apaixonado, entregue ao Seu corpo e à experiência de amor pela humanidade.

*Eis a biografia do nosso Criador e Seu coração partido, uma biografia que você encontra em qualquer noveleta de banca.*

*Droga*, pensou Alex. Estava sendo cínico e detestava isso. Vários papéis combinavam com ele. O de leitor obcecado que não parava de ler um livro mesmo em pé no meio da livraria; o de amante dedicado, por mais que sua vida amorosa estivesse mais para um filme experimental solitário; o de profissional frio e racional, sempre disposto a entregar a melhor peça aos melhores clientes pelo preço mais alto. Diferente desses, o cínico contemporâneo não era um papel que ele gostava de interpretar, mesmo em pensamento.

O carro encostou no prédio neoclássico que sediava a agência bancária. Alex confirmou o contato telefônico do homem e, em seguida, deixou o calor do veículo para o frio da rua.

Antes de entrar no banco, vestido da persona de negociante de arte, ele apenas encerrou a contenda mental com a seguinte frase: *O que quer que tenha sido esse voo e essa visitação, eles foram uma bênção, uma bênção sagrada, inquietante e única. Portanto, aja de acordo e livre sua mente de gracejos inúteis e rudes ironias.*

Alex entregou seu cartão à gerente bancária e esperou numa confortável poltrona de couro até que solicitassem sua presença, o que aconteceu logo, no espaço de uma ligação telefônica.

O homem foi conduzido por um longo corredor prateado até um elevador. Após subir três andares, chegou a uma imponente porta dupla que dava acesso à sala de reuniões.

Atrás dela, porém, vozes prenunciavam um iminente desastre.

E Alex, que tinha faro para desastres, não estava errado.

Ao ultrapassar o umbral executivo, encontrou uma neutra sala de reuniões cuja formalidade era parcialmente quebrada por telas impressionistas genéricas. O cômodo estava dividido em duas porções, com um público inesperado que, a julgar pelos olhares, aguardava impaciente a sua chegada. De um lado, estavam as peças de Illians, apresentadas em um expositor recoberto por um escuro tecido que combinava com os estofados da sala. Do outro, esperando o momento adequado, figuravam frios homens de comércio, negociantes como ele, com seus telefones portáteis, seus cadernos de notas e seus catálogos particulares.

*Merda*, praguejou Alex em pensamento.

Aquilo não passava de um leilão banal, e ele, pelo visto, caíra numa emboscada, talvez nascida de múltiplas ligações e de algum mal-entendido na comunicação. Nada de avaliação particular, nada de negociação privada, apenas o "quem dá mais" de encontros comerciais do tipo.

Alex desviou dos olhares, alguns conhecidos e outros anônimos, e foi para o fundo da sala, onde viu uma mulher de sua idade, vestida em um perfeito traje escuro, acompanhada por um advogado. O homem sussurrou algo no ouvido dela, e Alex conseguiu ouvir apenas um simples "Brazilian dealer" no lugar do "brasilianisch händler" que ele esperaria.

No entanto, aquilo não o surpreendeu, pois de imediato notara que dificilmente se tratava de uma mulher de ascendência alemã, como Georg. A viúva tinha cabelo ruivo volumoso e pele rosada. A rápida fotografia mental tirada por Alex acrescentaria outros detalhes à primeira impressão que fazia de Joana Strauss.

Irritado com a inesperada surpresa e já intuindo uma difícil vitória, Alex se sentou no meio do pequeno auditório, fazendo o mestre dos trabalhos se levantar e tomar seu lugar à frente de todos, entre a audiência seleta e as peças que eram o grande evento.

"Sejam bem-vindos ao nosso banco, madame Strauss e caros senhores, para uma tarde de negociações", falou o alemão em sua língua nativa e depois em inglês. "Nossa cerimônia de ofertas compreenderá, por instruções do sr. Stock, advogado de madame Strauss, a seguinte ordem de trabalhos: primeiro, mostraremos as treze peças da coleção *Os Grandes Profetas*, de autoria de Emanuel Illians."

Teria Alex escutado certo? Ele virou a cabeça para os lados, estranhando não haver nenhuma agitação diante do óbvio erro do mestre de cerimônias.

"Depois, cada um dos senhores terá de cinco a dez minutos para se aproximar do expositor e fazer sua avaliação. Por fim, daremos início à sessão de ofertas, na qual cada um dos presentes poderá dar seus lances, consultando ou não seus respectivos clientes."

"Perdão, mas eu tenho uma pergunta", disse Alex, arrumando a postura e assumindo seu melhor inglês. Era um risco interromper a abertura dos trabalhos daquele jeito, mas seu lado negociante sabia que uma negociação interrompida, especialmente com familiares presentes e guiados por mil impressões que não passavam unicamente pela moeda fria dos lances, poderia lhe valer alguma vantagem. "O senhor mencionou *treze* peças? Até onde sei, a coleção de Illians compreende doze peças, e não treze, como é comum em conjuntos dedicados ao tema dos profetas bíblicos."

Os demais negociantes saíram de seu sono e acenaram a mesma pergunta. Alex sentiu de imediato um par de olhares pairar em suas costas.

O mestre de cerimônias checou seu informativo documental e confirmou enfaticamente o número já informado.

"Podemos continuar ou os senhores teriam mais perguntas?", disse o homem, olhando friamente para Alex. Este, curioso com aquela informação e satisfeito por ter chamado a atenção para si, assentiu.

O homem então retirou o tecido que cobria as peças, levando luz e visão às treze estatuetas de aproximadamente trinta centímetros, dispostas uma ao lado da outra, sem nenhuma ordem aparente.

Alex fitou o conjunto, perplexo e interessado. Ele não acreditava no que via, o corpo se inclinando até a beirada do assento, ao passo que os demais negociantes permaneciam imóveis. Era algo que sempre desafiava a mente de Alex: o número de pessoas que trabalham com arte e não se deixam comover por nada.

Ao contrário deles, um Alex em êxtase intuía estar diante de um legítimo mistério: qual das peças não pertencia ao conjunto? E o que explicaria sua adição? A genialidade de Illians ou algum equívoco de catalogação?

A três metros de distância das peças e forçando a visão, Alex começou a listar na mente as figuras proféticas fora de ordem, dispostas certamente no expositor escuro por um leigo. Ali estava o idoso Isaías, o retórico Joel, o impetuoso Daniel, o visionário Ezequiel, o amedrontado Baruque e... uma figura que definitivamente não encaixava naquele conjunto, embora inegavelmente, pelo material, tamanho e estilo, pertencesse ao mesmo período de produção. Por mais insólita que fosse aquela conclusão, o relato de Barachiel incendiou a mente de Alex, sobretudo diante da identificação da décima terceira peça.

Ganhando vida, suas pernas se estenderam e ele caminhou em direção ao mostruário, para os mudos protestos dos demais negociantes e o olhar fulminante do mestre dos trabalhos.

"Sr. Dütres! Por favor, volte ao seu lugar, nossos trabalhos ainda não começaram."

"Não é possível!", repetia Alex, por fim se ajoelhando diante da décima terceira peça e ignorando as demais, por mais sagradas que fossem ao seu olhar de admirador, tendo-as estudado e memorizado a partir de biografias, manuais e exposições.

Agora, aquela peça, aquele exemplar inédito e desconhecido que ele via pela primeira vez, ressignificava tudo o que já tinha visto desta série e de outras dedicadas aos profetas.

E, de forma ainda mais assombrosa, aquela peça — aquele milagre produzido pelos dedos machucados e imperfeitos de Illians — confirmava a narrativa de Barachiel e do mutismo de Deus diante do homem que havia perdido tudo, exceto a dignidade; o homem que havia enfrentado o mundo, a mulher, os amigos e a própria fúria do Criador em meio à tempestade.

Diante daquele inexplicável milagre, Alex registrava na mente mil hipóteses, embora a porção racional de seu cérebro pressentisse sua expulsão em segundos.

"Sr. Dütres, pedimos que o senhor recolha sua bolsa e deixe a sala."

Alex não moveu um músculo do corpo, tamanho era seu encantamento.

"Senhor, estou lhe avisando, retire-se agora!", frisava o homem, prestes a chamar a segurança do banco e formalizar uma reclamação contra o brasileiro.

Alex se levantou e, sem tirar os olhos da estátua, deu dois passos para trás.

Triste e combalido, voltou ao assento e pegou sua pasta.

Foi quando seus olhos encontraram os da viúva Strauss.

Admirada e surpresa, ela não escondia seu nervosismo e certa apreensão.

Alex comprimiu os lábios e lhe comunicou um silencioso pedido de desculpas.

Deu-lhe então as costas, com o coração em pedaços pela oportunidade perdida e por sua completa falta de profissionalismo e postura. Seguindo em direção à saída, ignorou os olhares e fitou uma última vez a arte de Illians.

Atrás dele, no fundo da sala, os lábios da mulher instruíam o ouvido do advogado.

"Senhores, me perdoem", disse o advogado da sra. Strauss, colocando-se em pé. "Minha cliente está muito abalada e mudou de ideia. Ela pede que todos se retirem."

O pequeno auditório foi tomado de suspiros e reclamações abafadas.

Os negociantes se levantaram, revoltados pelo desrespeito às suas agendas e certos de que o "pretenso especialista brasileiro" havia arruinado a tarde.

Alex, porém, estacou, sem tirar os olhos das peças e desejoso de trocar ao menos uma frase com a parceira de Strauss.

Quando todos os negociantes saíram e ele se viu guiado pelo anfitrião do banco em direção à saída, Alex se deparou com a mulher.

Ela deixara seu lugar e agora estava entre ele e a porta.

"O senhor, não. O senhor fica", disse ela, em português brasileiro, com uma voz de autoridade capaz de comandar legiões. "Pode nos deixar, sr. Lang. Agradeço seus serviços, que serão recompensados, e agendaremos outra sessão com a gerência do banco."

As últimas duas frases foram lançadas em um alemão um tanto duro, sem espaço para negociações. O homem saiu da sala nitidamente irritado, deixando Alex, a viúva e o advogado, que agora se postava atrás de sua cliente.

Alex adicionava outros detalhes às suas impressões daquela mulher.

Não havia maquiagem em seu rosto, exceto um simples brilho labial. Os olhos escuros faziam par com a gravidade de sua voz. Ali não estava uma mulher acostumada a ser contrariada, pensou ele, ajustando a postura e esforçando-se para lhe devolver o máximo de formalidade que poderia invocar. O fato de ambos serem brasileiros não anulava a situação negocial delicada e protocolar, com Alex à beira do abismo.

"Me diga o que o senhor viu", disse ela, impaciente.

O homem acionou sua galeria mental, revisitando o que sabia daquela série.

"São os profetas, produzidos entre 1716 e 1718, quando Illians passava por uma crise pessoal e se recuperava de uma doença nas mãos, um incidente que quase o inutilizou para a arte, exatamente como ocorrera em sua juventude, quando seus dedos foram quebrados por seu pai. A senhora deve conhecer a história. As peças foram feitas em bronze rústico, material que Illians usou nesse período, sem o detalhamento que ele desenvolveria anos depois. Elas comunicam as várias facetas de cada uma das figuras autorais e seus supostos textos..."

A mulher o interrompeu, não escondendo no olhar e nos braços cruzados certa irritação.

"Sr. Dütres, eu sei tudo isso. Vários livros o sabem. Veja bem, acabo de dispensar uma série de boas ofertas na negociação dessas peças, contrariando o conselho de meu advogado, que terá de remarcar outro horário para esta sala, com o leiloeiro e os demais negociantes, e tudo isso porque suspeito que algo tenha acontecido aqui, com o senhor, quando viu as peças, uma em particular. Não me faça perder mais tempo. Mais uma vez: o que o senhor viu?"

Os olhos fixos da mulher o fotografavam de cima a baixo, não restando naquele olhar afiado e objetivo nenhum espaço para diálogos corriqueiros, ficções improvisadas ou confissões profissionais, o inteiro estoque de conversa fiada que teria irritado tanto aquele homem quanto aquela mulher em qualquer outra situação.

Alex respirou fundo e lhe deu as costas, indo em direção ao enigma daquela peça.

"É *Jó*, sra. Strauss. Aqui, a décima terceira peça."

Joana permaneceu na mesma posição, sem se mostrar surpresa, enquanto o advogado atrás dela exibia no semblante a mesma reprovação de sua cliente.

Alex continuou e aproveitou para avaliar a peça mais de perto.

"O mistério óbvio é que Jó não é um dos profetas. Na história da arte, a série dos doze profetas é um conjunto comum, formado pelos maiores livros proféticos da Bíblia, Isaías, Jeremias, Ezequiel e Daniel, unidos aos menores. São eles que encontramos no Santuário do Bom Jesus, em Minas Gerais, na obra de Aleijadinho. A senhora deve conhecê-la, suponho."

A mulher o examinou, levantando uma das mãos longas e delicadas perto do queixo, avaliando a voz, a postura e o conteúdo da fala daquele estranho homem.

"Novamente, sr.... Dütres? Até então, nada de novo, ao menos não para mim. O que o senhor tem a dizer da inclusão dessa peça no conjunto inteiro? Eu lhe oferecerei mais alguns *minutos,* então darei nossa reunião por encerrada."

Alex voltou a se levantar, em seguida a olhou nos olhos de um jeito discreto e sincero, ficando de frente para a mulher e lhe dando tudo que seu coração encerrava.

"Minutos? Acredite, sra. Strauss, eu poderia falar horas sobre essa peça e sua inclusão. O fato é: Jó não é um personagem real; mesmo na tradição antiga, os escribas sabiam disso, ao menos não como Isaías ou Daniel. Ele era um personagem ficcional de uma peça dramática que sobreviveu ao tempo, de autoria de Joel Ben Ishay. Todavia, no cômputo geral, esse poema, *Jó*, é um verdadeiro enigma. No Tanach, o antigo testamento hebreu, ele praticamente encerra o livro sagrado, e, depois dele, Deus nunca mais fala, como se as perguntas de Jó o tivessem calado, o tivessem levado a... um tipo de... exílio autoimposto."

Alex parou um instante para tomar fôlego, tendo consciência de que, com aquela resposta, misturavam-se anos de leituras de críticos como Jack Miles, estudos sobre esse livro em hebraico antigo e também as revelações que Barachiel lhe fizera no voo a Berlim.

O rosto de Alex se iluminava, prestes a adentrar no caso de Illians.

"Agora, Illians ter adicionado essa peça ao seu conjunto, esse Jó contestador, esse afrontoso herói agonista, isso é inédito e particularmente assombroso, para não dizermos inacreditável. Illians produziu com essa inserção uma reorganização completa do Velho Testamento, do próprio sentido da Bíblia e do que significa para nós esse drama cósmico. E digo mais, essa organização das peças está errada, completamente equivocada. Logo se vê que o leiloeiro ou o expositor não entendia nada do que estava fazendo. Certo ou errado, suponho que essa ordem não corresponda ao arranjo que seu falecido esposo, Georg Strauss, deu ao conjunto. O que vejo, senhora, são duas parelhas de seis estátuas de cada lado, cada uma destacando a interpretação que o próprio Illians faz dos doze profetas, metade deles dedicada à terra, e outra, aos céus, com visões celestiais ou infernais, e essas duas fileiras levando à figura central, que é ninguém menos que o nosso Jó, a décima terceira peça.

"Esse é o segredo desse quebra-cabeça, não? Ao menos na organização das peças. Obviamente, há dezenas de outros enigmas. Mas aqui, com esse conjunto duplo, culminando em Jó no centro, Illians forjou dois caminhos, um levando à carne e ao corpo, e outro indicando visões do céu e do paraíso. Mas os dois caminhos levam e apontam para Jó, um herói que não apenas compreendeu a vida vivendo na carne a dor e o prazer, como também teve coragem de enfrentar o próprio Deus. E ainda mais, de o confrontar, exigindo uma resposta, uma explicação para o mistério do universo físico."

Joana olhava para Alex e para as peças, deixando que o olho de sua mente revisitasse aquela justaposição, uma composição que ela aprendeu dos cadernos de Georg e da sala particular dele, na qual as peças de sua coleção ficaram guardadas por anos, para o olhar dele, dela e dos raros visitantes que ele permitia adentrar seu santuário.

Algo no coração de Joana apertou, enquanto outras lembranças de seu amigo, de seu parceiro, de seu falecido amante, vinham lhe assombrar a mente.

Sim, o homem estava certo, para a surpresa dela, certo como nenhum dos especialistas que ela chamara antes estivera. Um deles, um renomado acadêmico da Universidade de Berlim, havia inclusive interpretado mal a peça, insistindo tratar-se de uma versão cancelada de Isaías.

Alex ordenou à sua face um olhar mais suave, repleto de sincera admiração e carinho, sentimentos que nutria por Georg Strauss por ter conseguido recuperar essas peças.

Depois de respirar fundo, sua voz saiu grave e profunda, tentando espelhar o diapasão de sua interlocutora.

"Admiro ainda mais seu esposo, cujo trabalho de pesquisa e cuidado com as peças de Illians acompanhei à distância. Mas não escondo da senhora minha surpresa: como e onde ele descobriu essa peça é um enigma ainda maior e certamente um fato que precisa receber a atenção de especialistas e estudiosos. A senhora fez bem em dispensar os negociantes. Não há valor nesse mundo para o que estou vendo aqui, diante dos meus olhos, e lhe agradeço por me permitir esses momentos e uma explicação para o meu arroubo."

A mulher fitava o homem voltar-se para a estátua.

Joana agora descortinava sua face de severa mulher de negócios e se deixava comover pela emoção de Alex, como vira tantas vezes antes o seu elegante e sóbrio Georg quase sumir quando o assunto era a paixão que tinha por Illians e sua arte.

"Numa palavra, como o senhor resumiria o que vê aqui?"

Alex sorriu, fechou os olhos, então voltou a face ao rosto da mulher.

Para essa pergunta, a resposta parecia certa e um tanto óbvia.

"Milagre. E não tenho dúvidas de que a senhora também tem olhos para vê-lo."

Joana Strauss mirou o homem e deixou o olhar vagar pelas peças do falecido esposo. Seus lábios se abriram e ela sentiu um suspiro surgir do fundo da mente. Ela deu as costas a Alex e levou seu advogado até um canto da sala, onde os dois sussurraram em inglês.

Alex, que não fazia ideia do resultado daquela conversa, voltou-se ao Jó feito de bronze e atentou à face destruída do herói, a pele derretendo em pústulas e feridas, os olhos margeados de lágrimas e os lábios afrontosos, pronunciando palavras de vigor e questionamento.

O abrir de portas da sala de reuniões o despertou de sua análise, com o advogado da sra. Strauss à sua espera. A mulher continuava parada, agora longe dele.

Alex entendeu que devia se retirar e pegou sua pasta.

Já estava saindo da sala quando a viúva o chamou.

"Sr. Dütres, preciso pensar sobre tudo o que o senhor falou. Gostaria de encontrá-lo amanhã, se o senhor puder, às 15 horas, na Alte Nationalgalerie. Não sei se a conhece."

"Sim, eu a conheço. Posso esperá-la no café do museu ou diante do Feuerbach."

Os lábios de Joana se comprimiram por um instante, para então relaxarem e esboçarem um discreto sorriso. Para ela, tão pouco acostumada a surpresas, o estranho homem que viera avaliar as peças que seu esposo lhe deixou como herança despertara sua curiosidade.

"Diante do Feuerbach", foi sua resposta, estendendo-lhe a mão.

Alex devolveu o gesto, sentindo no toque firme daquela mulher, na maciez de sua pele, uma sensação que ele parecia reconhecer de algum outro lugar, de um espaço perdido de sua memória, de alguma bruma sombria no passado de suas moléculas.

O homem deixou a sala, seguido pelo advogado.

A porta atrás de ambos fechou automaticamente, deixando Joana sozinha com o que restara do homem que tanto amara.

E, como havia tempos não fazia, tanto naquelas semanas que a afastaram de Georg quanto em sua própria vida, ela se permitiu chorar.

*Ilha dos Museus, Berlim*
*Tarde de 13 de novembro de 2001*

Alex chegara um pouco antes do horário marcado.

Queria se deleitar com o monumental *O Banquete* de Anselm Feuerbach, uma gigantesca tela dedicada ao diálogo platônico de mesmo nome, com suas porções claras e escuras.

Ele vestia um sobretudo preto de lã sobre um terno completo, num conjunto mais formal que a roupa do dia anterior. A gravata denunciava o esmero para encontrar um velho amigo — naquele caso, o pintor alemão do século XIX — e uma nova conhecida, a viúva Joana Strauss.

Agora, suas expectativas haviam mudado e não era sem ansiedade que ele vivera as últimas 24 horas. Algo nele não escondia um interesse adicional ao desejo de saber daquela mulher como seu falecido marido havia encontrado as peças de Illians, sobretudo a misteriosa figura de Jó. No entanto, além dessa intenção, outra se anunciava dentro dele.

Seus olhos fitaram a porção direita do quadro imenso e os taciturnos velhos na mesa de banquete: poetas, pensadores e filósofos mais acostumados a pensar do que a viver o desejo. Ao fitar o extremo oposto da tela, os olhos de Alex pousaram sobre o desnudo Alcibíades que chegava cercado de cupidos e músicos para seduzir os olhares, dentro e fora do quadro.

Diante da escadaria que separava a grande tela do banco em que Alex estava, emoldurado por duas colunas altas e claras, ele viu Joana chegar.

Sobre um vestido sóbrio e discreto, feito de um cetim de tonalidade vinho, a mulher vestia um casaco longo, de tom escuro e ajustado na cintura. Era uma mulher elegante e atraente, que anunciava em seu andar uma naturalidade e uma força rara aos olhos de Alex.

"Boa tarde, sr. Dütres", disse ela, estendendo a mão enluvada.

"Boa tarde, sra. Strauss."

Alex devolveu-lhe a mão, percebendo que ela também havia atentado ao figurino.

Nos lábios de Joana, o mesmo tom escarlate escuro, quase sanguíneo, do vestido. E aquela, como no dia anterior, era a única maquiagem que repousava em seu rosto.

Joana retirou as luvas e as guardou no bolso do casaco, estudando o homem com quem teria uma breve ou longa conversa de trabalho. Tudo dependeria da capacidade dele de mantê-la interessada quanto ao que poderia aprender da arte que tanto fascinara seu falecido marido.

Ambos se sentaram, de frente para a tela que cobria a parede inteira do museu, com seus quase oito metros de largura e quatro de altura. À frente dela, visitantes desatentos subiam a longa escadaria que levava ao segundo pavimento onde Alex e Joana estavam.

"Se a senhora não me levar a mal, podemos nos tratar por nossos primeiros nomes?"

Joana o avaliou por alguns instantes, por um lado apreciando a quebra da formalidade.

"Sim, podemos. Eu estava prestes a lhe propor o mesmo."

"Muito bem, então. Boa tarde... Joana."

"Boa tarde... Alex."

Os dois estenderam novamente as mãos e sorriram um ao outro.

"Confesso que fiquei um tanto curiosa com a escolha deste ponto de encontro", atalhou ela, depois de alguns instantes, olhando o báquico festejo de Feuerbach.

"Ah, é uma antiga obsessão. Uma entre várias, como já deve ter notado."

"Neste caso, o amor?", perguntou ela, agora girando seu perfil para ele.

Alex demorou um pouco para entender a pergunta.

"Ah, perdão, não, não o amor. Na verdade, nesse campo específico meus conhecimentos e especialidades sempre foram um tanto limitados, para não dizer enferrujados."

Os dois riram involuntariamente.

"Falo da pintura, composta por Feuerbach Filho no mesmo ano em que Nietzsche apresentava na Basileia as conferências que levariam ao *Nascimento da Tragédia*. É como se o filósofo e o pintor estivessem, no mesmo ano, produzindo em texto e imagem a mesma reflexão: os princípios de ordem e caos, lei e energia, morte e vida, princípios naturais e estéticas que..."

"...que culminariam nos conceitos apolíneos e dionisíacos. Estou familiarizada."

"Me perdoe, sra.... Joana... estou dando aula. É que o tema me fascina."

"Também adoro essa pintura. Tanto essa quanto a versão mais clara, de estética mais grega, que está na galeria de Karlsruhe."

"Ah, pelo visto não sou o único obcecado."

A mulher o estudou e então o corrigiu.

"Eu não sou uma obcecada, Alex. Estou mais para uma admiradora. Uma das vantagens de não se trabalhar com arte é essa: você pode apenas... apreciá-la."

Alex pensou no que Joana acabara de dizer, avaliando seu percurso de negociações, análises e avaliações, um trabalho que por pouco não matou nele o prazer de apenas apreciar a beleza que tanto adorava, talvez a última religião praticada nos templos caídos de sua alma.

"Vamos caminhar?", convidou Joana, não esperando resposta e se colocando em pé.

Alex se levantou, sorrindo para ela e indicando com um gesto que ele a seguiria.

Ela o guiou, conduzindo-o às pinturas que mais apreciava, aquelas dedicadas a figuras humanas e histórias míticas, evitando as paisagens um tanto neutras do paisagismo alemão.

Para Joana, agora em companhia de Alex, era um sentimento amargo e doce repisar os passeios que tantas vezes fizera com Georg, ora aprendendo com ele, ora o ensinando.

Na primeira hora do encontro, Alex e Joana andaram pela galeria em relativo silêncio, interrompido por eventuais comentários sobre artistas e obras, os dois se atendo às telas mais expressivas e avaliando um no outro a atenção ou o desinteresse por determinados temas e estilos. Ambos pareciam compartilhar o desprezo por Von Menzel e suas cenas pastoris longínquas, embora concordassem que Ticiano se superara em sua *Expulsão do Éden*.

Os dois ignoraram os impressionistas, em um passeio no qual corpos, curvas e insinuações, construídos em mármore ou edificados em cores fortes e vívidos enlaces, despertavam no homem e na mulher sentidos e desejos, a fome de suas retinas e a sede de suas mãos.

Mas foi na sala dedicada à pintura dos nazarenos, com telas de Peter von Cornelius, Wilhelm Schadow, Friedrich Overbeck e Philipp Veit, que eles voltaram a conversar de fato, trocando informações sobre as telas e insinuando pequenas revelações sobre gostos e histórias.

Joana morava em Berlim havia mais de dez anos, embora não fizesse muito tempo que tivesse conhecido Georg no Brasil. Ela fora ao Rio para visitar seus poucos parentes e muitos amigos. Seu interesse por literatura e arte a fizera estudar cinema na capital alemã.

Quando se deram por conta, estavam diante de um exemplar do *Pensador,* de Rodin. De forma espontânea, Alex elogiou as mãos de Joana, dizendo que notara seu costume de, ao gesticular em meio a um argumento, levar os dedos longos à face e ao queixo, o que lhe dava uma impressão bem mais séria e intelectiva, embora nela fosse algo natural.

Joana riu do comentário, confirmando a opinião de Alex e abrindo um sorriso que fez com que ele perdesse a concentração e não desviasse o olhar da mulher, também fixo e penetrante, escuro e sombrio, como muitos dos ímpetos que voltavam a incendiá-lo.

Nuas, as demais peças de Rodin fitavam os dois visitantes, imersos como estavam um no outro por uma fração de segundo, por um lapso de tempo, por um instante de anos.

Percebendo a reação que se instalara na face de Alex, a mulher recuou e desconversou, finalmente entrando no assunto que os trouxera até ali.

"Pensei no que você disse sobre a coleção de Georg e também no seu conselho, sobre não vender a coleção, ao menos não agora."

Eles se acomodaram numa mesa do café do primeiro pavimento e fizeram seus pedidos. De frente um para o outro, suas faces foram pouco a pouco se alterando pelo vapor que subia das bebidas quentes. Alex permaneceu em silêncio, apreciando o café e o calor da xícara entre os dedos, além do prazer que sentia com a voz grave da mulher à sua frente.

"E qual sua avaliação do meu conselho?", perguntou ele.

A mulher bebeu um gole do chá, repousou a xícara e o estudou por alguns segundos.

"Há algo de muito singular e estranho em você, Alex", respondeu ela. "Eu não me considero uma pessoa fechada ou pouco receptiva, mas a vida me fez tomar muito cuidado com pessoas estranhas, sobretudo quando não temos tempo para uma avaliação mais profunda. Ontem, de imediato percebi que os homens que estavam naquela sala não passavam de negociantes comuns, homens de negócios, como gostam de se ver, completas nulidades quando o assunto é arte e sensibilidade. Não confiei neles e me senti indisposta até para ouvir seus lances. Mas então, você entrou, com seu jeito informal e obviamente brasileiro, o que não é um defeito, acredite. E de pronto reconheci em você aquela transparência, aquela espontaneidade que faz nossa fama em outras terras. Em resumo, há algo que me faz confiar em você, o que é raro. Além de sua divertida cena diante das peças de Illians. Você parecia mais um estudante apaixonado do que um negociante de arte. Quanto ao especialista sério que todos esperavam..."

"Eu estava sendo sério, acredite", falou ele em resposta ao sorriso dela.

Os dois riram em uníssono, relembrando a cena do dia anterior.

Alex deixou o sorriso permanecer no rosto, voltando à avaliação de Joana sobre si, apreciando a espontaneidade com que aquela mulher lhe revelava seus sentimentos. Quão raro é ver uma pessoa se abrir em uma conversa, indiferente a qualquer nível de intimidade, como ela estava fazendo ali, com ele, embora se conhecessem tão pouco.

Depois de esvaziar sua xícara, ele falou:

"'Estranho' é uma palavra que me acompanha, Joana. Acho que poucos epítetos me perseguem mais do que esse, dito tanto por amigos quanto por namoradas, mas sem o traço forte da sua gentileza. Então, mais uma vez, você está certa em sua avaliação. Mas me diga, eu a surpreendi quando falei de Jó e da minha interpretação das peças? Suponho que não."

"Não, nem um pouco. Como soube daquilo? Digo, era a mesma leitura que Georg fez daquelas peças, *daquela* peça. Como viu tão longe e rápido o que aquele conjunto significava?"

Alex ponderou por um tempo, sabendo-se incapaz de mentir para aquela mulher, assim como ela parecia se abrir para ele, descortinando seus segredos. Qualquer coisa que não a verdade soaria rude e inapropriado, por mais que as defesas de Alex ordenassem o contrário.

"Eu estudo esse livro há muito tempo. Além disso..."

O homem respirou fundo e mirou mais uma vez o olhar da conhecida desconhecida, finalmente lhe dizendo o que ainda não tivera coragem de comunicar nem a si próprio.

"Um anjo confirmou tudo aquilo, sobre Jó e o resto, a caminho daqui, a caminho de Berlim. Ele sentou do meu lado no avião e me contou a história de sua existência, que culminava, ao menos uma parte dela, no papel de pobre Jó no grande esquema das coisas."

Alex olhou para a xícara, odiando o fato de tê-la esvaziado tão rápido.

A mulher o fitou por alguns instantes, julgando sua fala e retirando dela quaisquer dúvidas e inquietações, todas as barreiras mentais que apontavam para o absurdo daquela fala.

"Um anjo? Sentado ao seu lado no avião?"

Joana riu espontaneamente, como se o riso nascesse de dentro dela e explodisse através dos lábios sorridentes, dando ao ouvinte apenas seu clímax, sua conclusão.

"Além de estranho, você é um homem engraçadíssimo, Alex."

Joana olhou para ele ainda mais curiosa, mas desfez o sorriso, intuindo que seria importante lhe dizer o que realmente pensava daquela improbabilidade, sobretudo diante do semblante imutável do homem, um homem que não parecia nem um pouco engraçado.

"Eu acredito em você. Já testemunhei vários absurdos para acreditar nisso. Além do mais, sua narrativa sobre Jó, sim, eu já a havia escutado antes, exatamente naqueles termos. Georg havia me dito a mesma coisa, me mostrado, na verdade. Ele me guiou por aquela sequência, precisamente como você a descreveu, com as duas fileiras de profetas levando a Jó. Essa série de estátuas, e sobretudo a figura de Jó, era uma de suas paixões. Uma de suas descobertas."

"E por que se desfazer dessa série, então? Por que não das outras?"

A mulher respirou fundo antes de responder a uma pergunta que perigosamente saía dos assuntos mais amplos e neutros e adentrava sua intimidade.

"As outras obras de Illians já estavam prometidas a outras galerias de arte. Faziam parte de antigos acordos de Georg, de um projeto pessoal de valorizar e dar visibilidade à sua arte. Mas essa série, essa ele ainda não desejava mostrar ao mundo, temendo que a singularidade de Illians e seu Jó passassem despercebidos. Ele aguardava um momento apropriado para essa revelação, para dar ao mundo tanto sua descoberta dessa peça inédita quanto sua interpretação para o conjunto inteiro. Mas então ele ficou doente e..."

Joana parou de falar, desviando do olhar de Alex. Seus olhos, seus grandes olhos castanhos, agora estavam margeados de lágrimas.

Alex retirou um lenço do casaco e estendeu a ela.

Sem olhá-lo, Joana fez um gesto de recusa com a mão, e, sem se dar ao trabalho de enxugar as duas lágrimas que haviam caído dos olhos e agora atingiam a sinuosa curvatura dos lábios, ela continuou falando, recuperando a firmeza da voz:

"Então ele ficou doente e começou seus... preparativos. De forma categórica, ele me instruiu que essa série deveria ser vendida. Por duas razões: primeiro, porque ele suspeitava, desejava, que a estranheza da décima terceira peça chamasse a atenção dos compradores e dos estudiosos. Além disso, me garantiria segurança financeira. Como se isso importasse. Mas para Georg, sim importava. Ele sempre foi um cavalheiro, até o fim e mesmo depois de sua morte."

Joana voltava a sorrir, deixando que as lembranças ressurgissem, espontâneas e livres.

Alex a fitou devotamente, apreciando cada tesouro de lembrança que ela lhe dava.

A umidade das lágrimas anteriores destacava o enigma daqueles olhos escuros, com a força que emanava deles, tais como pérolas noturnas em meio às chamas do inferno da aurora. A imagem veio à mente de Alex de pronto, e ele soube que compreendia aquela mulher.

Alex queria saber mais sobre ela, de seu passado e sonhos, de suas visões e ilusões, dos santos e templos que ela guardava dentro de si, e comunicou isso sem dizer nada, apenas através dos olhos, olhos que transcendiam palavras, revelando abismos de afeto e desejo.

Joana viu o mesmo, vislumbrando nos olhos daquele estranho conhecido décadas de solidão e tristeza, buscas artísticas que preenchiam os vazios de suas carências e desilusões.

Os dois riram um para o outro, deixando de lado as bebidas quentes e sentindo o calor de seus respectivos anseios colorir e esquentar o mundo de pedra que os rodeava.

Por fim, Alex quebrou o silêncio amoroso no qual ambos estavam imersos, dando vazão sonora a um desejo que já o tomava e incendiava, arriscando tudo diante dela.

"Quero levar você para sua casa, Joana, e quero tirar sua roupa. Quero fazer amor com você. Uma. Duas. Três ou mais vezes. O quanto for necessário, até você me dizer que está satisfeita. E quero conversar com você. Desejo contar minha história. Preciso da sua ajuda numa decisão que preciso tomar. E adoraria que você me contasse quem era antes de Georg chegar em sua vida, o que ele significou e o que a fez amá-lo. Quero que me diga o que deseja e vou amar satisfazê-la, se essa for, é claro, sua vontade."

Alex foi franco como nunca havia sido com uma mulher, sem temer reações negativas ou julgamentos. Algo dentro dele, mais antigo e sábio, sabia estar em casa na presença dela.

Joana olhou para ele, desvendando em seus olhos peregrinos jornadas de afeto e devoção, sonhos desfeitos em trajetos sem sorte, vias sem norte, além de seu coração ferido.

"Eu matei Georg, como você deve saber", revelou ela, por fim, retribuindo a sinceridade daquele homem o que tinha de mais íntimo e puro, de mais secreto e solitário.

Alex deixou a frase ecoar, preenchendo o espaço entre seus corpos e suas xícaras vazias.

"Sim, eu sei. Por algum motivo misterioso, eu sei. E não a julgo."

"Isso não me preocupa. O seu julgamento", devolveu ela, com ternura. "Eu confio em você. É por isso que disse o que acabei de dizer. Inexplicavelmente, confio em você. E sim, Alex, eu quero te contar minha história. Quero falar da minha vida. E de como conheci Georg. E o que ele significou para mim. Assim como o que o seu querido Illians significou para ele. Quero te explicar o motivo de ter feito isso, de ter findado com sua vida. E desejo igualmente saber o que aconteceu com você. Esse misterioso relato sobre anjos em aviões."

"Você vai saber", Alex prometeu, com uma doçura que julgava inexistir dentro dele e que acabara de descobrir, naquela mesa de um café alemão, diante daquela estranha mulher.

Joana o olhou, ajustando a postura e trazendo a mão direita perto dos lábios, como Alex elogiara antes, o que tornava sua figura ainda mais incisiva e irrefutável.

"Mas antes disso, Alex", devolveu a mulher, agora lançando delicadamente os dedos em direção ao homem à sua frente, "quero que você me leve para casa e que faça exatamente o que acabou de dizer, até eu dizer que estou satisfeita."

Alex aguardou alguns instantes, pediu a conta e se levantou.

Ambos deixaram a mesa, e, no caminho até a saída do museu, ele se aproximou dela e a beijou, enquanto o vai e vem da galeria alemã continuava, com famílias, estudantes e visitantes admirando as pinturas que retratavam o banquete de Feuerbach e o paraíso de Ticiano.

Distantes de Alex e Joana, filósofos enfadados e pais condenados pouco importavam.

O casal deu as costas ao museu, seguindo o rumo de seus ímpetos.

Dia e desejo os aguardavam.

## 9

*Bairro Mitte, Berlim*
*Noite de 13 de novembro de 2001*

O primeiro amor que fizeram foi ainda na sala.

Tão logo Joana fechou a porta do apartamento, foi surpreendida por Alex.

O curto trajeto do museu até ali fora cerimonioso, exceto pelos olhares sedentos, pela respiração ofegante, pelo entrelaçar dos dedos sobre o couro do banco do carro.

O mesmo ocorreu no pétreo saguão do prédio e no túmulo ascendente do elevador.

Agora, Alex deixava cair no chão amadeirado o casaco de Joana enquanto ela ia pouco a pouco se desfazendo dos trajes dele, primeiro o sobretudo, depois o casaco, até chegar à gravata e à linha de botões que ela foi abrindo um a um, num ritual de urgência quase esotérica.

Enquanto ela terminava de desnudar seu tronco, Alex abriu o zíper do vestido e o levantou, encontrando o corpo ardente de Joana, ainda protegido por um conjunto de rendadas lingeries escuras, que davam ao todo de sua pele uma cálida imagem de suntuosidade.

No antebraço, na parte de dentro da coxa, na curva de sua cintura, entre outros territórios ainda não explorados da cartografia do corpo de Joana, Alex vislumbrou versos tatuados que, mais tarde, iria estudar, decifrar e beijar, mas não naquele primeiro momento, não ali, quando seus lábios famintos estavam tão dedicados a sugar sua boca.

Ela abriu a fivela do cinto de Alex e o puxou com força, deixando-o cair entre as linhas diagonais do *parquet*, o barulho do ferro na madeira excitando os sentidos de ambos.

Em segundos, Alex não estava mais com suas roupas. Seu sexo teso tocava a curva do quadril de Joana, marcando sua pele nua de desejo e roçando a renda noturna, perto do altar de sua volúpia, se insinuando muito próximo de suas cortinas febris, desabridas e ardentes, com o calor sanguíneo do fogo líquido que ardia entre seus beijos, toques e arranhões.

Alex mordeu o pescoço de Joana enquanto ela explorava com a língua a curva do maxilar dele, até subir à orelha e lhe sussurrar um par de convidativas obscenidades.

Quando ela deixou cair a calcinha, ao lado de onde o sutiã repousara, seus sexos se encontraram pela primeira vez, se beijando exatamente como as bocas não pararam de fazer desde que ultrapassaram o umbral de suas ardências, numa febre antiga, primitiva, criminosa.

Os olhos de Alex tocaram os dela e então Joana sussurrou, cálida, felina, faminta:

"Me mostre", ordenou a mulher, com a boca insinuando uma alquímica mistura de poder, afago e entrega, "me mostre o quanto você me quer."

E Alex mostrou.

Seu corpo invadiu o dela ali mesmo, no corredor que dava na sala dos domínios de Joana, primeiramente com cuidado, para depois afundar-se nela com força e ímpeto, ferindo e amando seu desejo em oscilantes ritmos de ardência, invasão e ternura.

Os sexos de Alex e Joana se fundiram num fervor de eras, numa ferocidade de calamidades antigas, com suas almas se partindo na voluptuosidade daquele encontro, pelo enigma daquela penetração de corpos e espíritos, pelo diálogo mudo de seus dedos e intentos.

Quando deram por si, não estavam mais no pequeno corredor, agora um campo devastado pelo suor deles e pelo cemitério de roupas e quadros caídos.

Estavam no meio da sala, com os corpos fundidos à dureza da madeira, com a luz do clímax do dia invadindo a sala e serpenteando pelas pesadas cortinas.

Joana o recebia, deixando que suas pernas trêmulas relaxassem e seu sexo acolhesse o dele até o fundo, um sexo entregue ao ímpeto dos golpes que a devastavam.

Agora, com a base mais forte do chão e da gravidade e devorando com os olhos os lábios desejosos daquela mulher, Alex se entregava à sua profunda incursão, afundando nela eras de desejos e ímpetos. Nas profundezas de Joana, Alex nadava e mergulhava, urrando com seu corpo rijo e entregando, no vai e vem impetuoso de sua agonia, o tomo de sua vontade.

"Eis aqui tudo o que eu sou", suspirou ele, entre lábios abertos que beijavam seu rosto com delicadeza enquanto seu sexo a transpassava. "Eis aqui o quanto a *quero*..."

Joana lembrou a repetição daquela palavra na proposta que ele fizera no museu e agora a concretizava, devorando suas forças, queimando seu desejo entreaberto e fazendo-a sentir-se amada e obedecida, devorada e acalentada, sorvida e presenteada.

"Sim, me dê", ela ordenou mais uma vez, entregue a ele. "Me dê tudo o que tem..."

Alex obedeceu, com seu corpo batendo no dela enquanto a fundição de seus impulsos fervia neles. Seus gemidos se entrelaçavam enquanto os dedos de Alex percorriam o turbilhão de cabelos ruivos de Joana, e os dela buscavam a curva de suas coxas em um violento movimento.

As mãos de Alex então desceram no mesmo ritmo, até encontrarem a cintura de Joana e depois seu quadril, firmando a base que precisaria para continuar sua oferenda de pele e gozo, seu sacrifício de prazer e gemido.

Ele continuou dando a ela, com sua nudez revelando quem era, enquanto ela se abria a ele, sentindo nascer dentro de seus tortuosos mistérios um iminente jorro de ardor e doçura.

E ela veio, veio para ele assim, primeiro aos poucos, depois em jorros, inteiramente, com seu sexo se desfazendo em luz e transparência de água, sal e oceano. Esse era o gosto dela, soube Alex — mar e riacho —, enquanto o gosto metálico de seu suor pingava nos lábios de Joana.

Os gemidos dela preenchiam o apartamento, assim como o corpo dele continuava preenchendo cada fibra do dela, deixando sua turbulência escorrer da boca e se transmutar em som, numa primitiva sinfonia de urros, gemidos e febres.

Joana continuava vindo e vindo e vindo enquanto Alex permanecia determinado, numa dedicação de soldado peregrino, batalhando a santa batalha dos corpos, da lança de fogo que ultrapassava mais e mais e mais os escudos trêmulos do descortinado desejo dela.

E foi assim, nadando e mergulhando e se infiltrando e se findando nela e no seu gozo, que Alex foi ao encontro de Joana, com seu sexo pétreo jorrando sua lava e enchendo-a dele, com suas essências agora mescladas, fundidas e abraçadas, dissolvidas e embaralhadas, diluídas e misturadas, perfeitamente unidas e confundidas entre suores, gozos e gritos.

Os corpos unidos ficaram no chão, ignorando o tempo, nus e abraçados, bagunçados e entrecruzados, entregues e relaxados, como raramente se permitiam. Os olhos fundidos um no outro, enquanto o suor e o gozo dos corpos secavam em contato com a pele ainda quente.

Assim, o dia foi embora, escondendo a nudez deles, agora beijada pela lua que chegava, citadina, querendo espionar o febril ardor de seus pleitos satisfeitos. Com ela, veio um ar noturno que começou a comunicar aos corpos um leve desconforto. Instantes depois, Joana se levantou e ligou o aquecedor da sala, sumindo no longo corredor do apartamento.

Com o corpo ainda quente, embora sentisse o frio da noite chegando, e indeciso se deveria se vestir ou não, Alex se arrastou até o tapete central da sala, ainda não sendo capaz de atentar ao ambiente, exceto pelo esforço combalido de sentidos que lhe davam apenas o sumo dos substantivos: estofados, mesa de centro, balcão de madeira, poltrona e quadros.

Joana voltou e lhe jogou um roupão de lã. Ele se enrolou no roupão enquanto ela pegava duas taças, uma garrafa de vinho e uma travessa com algumas maçãs, improvisando no espaço entre eles um piquenique de sala, agora sobre um tapete macio.

Ela também se sentou no chão, os dois sobre o tapete, de frente um para o outro. De imediato, uma presença adentrou o recinto, na forma de um escuro e portentoso felino, que saiu do interior de um dos quartos para espionar a movimentação humana.

O felino se aproximou, cheirou Alex, fitou seus olhos escuros, então pulou imperioso sobre o sofá atrás dele, deixando aos humanos presentes seus próprios assuntos.

"Ele é muito confortável", disse Alex, adorando a sensação cálida e macia da lã do roupão em contato com a pele. "Muito obrigado."

Joana sorriu, tomando entre os dedos uma maçã e devorando um dos lados.

Alex a observou e levantou a taça, bebendo um gole e sentindo o líquido penetrar seu corpo e trazer a costumeira acuidade, com seus sentidos despertando sutilmente.

Ele viu sobre um aparador o retrato de um casal. Naturalmente eram Joana e Georg.

"Vocês eram a casa um do outro, não?", disse ele, após alguns instantes.

Joana o fitou e respirou fundo. Tomou outro gole antes de responder.

"Sim, éramos, embora estivéssemos decididos a nunca morarmos juntos, que nunca deixaríamos de ser visita um para o outro, com todas as delicadezas e gentilezas que sempre dedicamos às visitas e que passamos gradativamente a recusar aos nossos parceiros."

"Eu sei bem como é", respondeu ele, oferecendo a Joana seu melhor sorriso.

"É claro que sabe. Cinco minutos com você e já se nota que mora sozinho, numa casa cheia de livros, quadros e estatuetas, o que para a grande maioria não passa de entulhos."

"Mais ou menos isso", respondeu ele, agora conseguindo tirar os olhos de Joana para vascular o restante da sala, com as luzes da noite adentrando as frestas entreabertas das cortinas.

Havia dois pré-rafaelitas atrás dela, uma *Joana D'Arc* e outra obra que Alex não reconheceu, com uma feiticeira segurando um globo de vidro na frente de uma janela circular.

*Santas e bruxas*, pensou Alex, avaliando as curiosas heroínas daquela mulher.

Perto da janela, em um sólido aparador de madeira, jaziam alguns porta-retratos. A escuridão e a distância não permitiram a Alex ver as figuras dispostas neles.

Ele se voltou a Joana, adorando o modo como o olhar dela não deixava de avaliá-lo.

"É claro que isso foi apenas um trato inicial entre nós. Georg passou a vir mais aqui e, meses depois, praticamente se mudou para cá. Mais tarde, fui eu que me mudei para a casa dele."

De imediato, Alex se perguntou como ela fizera o que disse que fizera.

Joana estudou Alex por alguns instantes e então voltou ao tema anterior. "Nada de parceiras fixas, então?", perguntou ela, interessada e curiosa. "Não nos últimos tempos", respondeu ele, um tanto sem jeito.

"É estranho falar nisso, sabe? Tão estranho quanto o que acabou de acontecer ali, perto do hall", disse Joana, agora lhe oferecendo também seu melhor sorriso, num misto de charme e amabilidade. "Tão estranho quanto leilões de arte e segredos angélicos."

Alex adorava o paralelismo de suas frases, a forma como ela invocava as palavras no teatro de seus lábios e as acariciava como pequenas e delicadas joias. A voz de Joana abria cada dispositivo seu, desarticulava defesas e apreensões, despertava novas fagulhas.

"Você gostaria de me contar sua história? Seria possível?"

Os dois amantes se entreolharam, com Joana refletindo sobre o pedido do homem.

"Posso tentar", disse ela, findando sua maçã. "Mas não garanto que consiga oferecer a você uma história coerente do início ao fim, como talvez você espere. Há muita coisa sobre Georg e sobre mim, sobre minha vida antes dele e nosso mútuo aprendizado. Mas posso contar algumas lembranças, que talvez expliquem quem eu sou e o que fomos um para o outro, eu, a brasileira que adorava cinema, e ele, o alemão mais velho que adorava arte antiga."

"Eu adoraria ouvir essa história, Joana."

A mulher respirou fundo, com o corpo ainda leve do sexo que haviam feito e a mente voltando à organização que definia sua rotina. Um tanto temerosa em adentrar um passado ainda muito vivo, ela então agiu como sempre agia na vida, ignorando medos e abraçando os tempos.

Foi assim que Joana, no Éden daquela intimidade, começou a contar sua história.

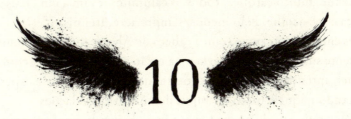

*Bairro Mitte, Berlim*
*Madrugada de 14 de novembro de 2001*

"Tudo começou com a praia e com o cinema."

A voz de Joana penetrava as defesas de Alex, rendido pela visão dos olhos escuros e um tanto sombrios dela, agora reforçados pela noite que acolhia sua nudez.

O homem bebeu mais vinho, repousou a taça no chão e se inclinou, como se estivesse em um velho banquete romano. Sua vontade naquele momento, olhando de baixo aquela mulher que adorava, era a de apreciar a visão de seus olhos de bruxa unidos aos lábios de santa.

"E de saída, saiba que não gosto de praia, pelo menos não como os cariocas", disse ela, num sorriso mais parecido com uma risada. "Eu nunca frequentei a praia para encontrar os amigos, mergulhar no mar ou fazer qualquer programa típico do Rio. Mas eu amo o mar, e o encontro dele com o sol sempre produziu em mim um sentimento de magnificência.

"Eu não estava no meu melhor momento. Havia perdido um amigo muito querido um ano antes e... havia me divorciado fazia pouco tempo. Estava em uma daquelas fases estranhas e melancólicas. Então, Francisca, uma velha amiga de infância, minha melhor amiga, na verdade, me arrancou de casa e me levou para pegar sol. Ela disse que eu precisava me *purificar*. A palavra não tinha qualquer sentido religioso. Fran, ao contrário de mim, nunca foi muito afeita a crenças religiosas. Para ela, era apenas o mar e sua magia, fosse ele o mar doce de Cristo ou o mar salgado de Iemanjá. Esse sempre foi o meu Rio, Alex, uma cidade de todas as religiões e de todas as fés. Embora eu tenha sido, e continue sendo, muito católica, todos os caminhos levam a um Deus que me abraça e me acolhe. Pelo menos, sempre acreditei nisso."

Os enigmas que povoavam a cabeça de Alex se multiplicavam, com a crescente suspeita de que havia uma razão para ele estar ali, com aquela mulher, aprendendo com ela, se deixando abrir para aquela experiência, sobretudo naquele hiato de anjos, demônios e revelações.

"Passamos a tarde no mar, eu e a Fran, beijando o sol e deixando que o dia e o calor, e a imagem dos corpos brincando, nadando e correndo, tirassem de nós todas as nossas mágoas e tristezas. Francisca também não estava exatamente bem, com a morte recente da mãe e com o fato de estar desempregada havia mais de seis meses, sofrendo os revezes da economia de um Brasil que tem tudo para ser o melhor país do mundo, mas que parece nunca sair do buraco.

"E a Fran estava nesse clima, como eu, buscando sentido, alegria, vida e algum afago. Nós ficamos lá na praia o dia inteiro, conversando sobre a vida e confessando desejos e procuras, enquanto nos sujávamos de areia e brincávamos no mar.

"Foi quando escutei um vendedor de caipirinha tentando vender algo e não conseguindo se fazer entender, como acontece toda hora na praia. Sentado ali estava esse homem, completamente queimado de sol e maravilhosamente orgulhoso, e perdido, totalmente perdido, não sabendo se estava sendo elogiado, enganado ou ridicularizado pelo vendedor.

"Ao olhar aquele homem, aquela bela mistura de rosto simétrico europeu com uma inocência no olhar que eu ainda não reconhecia de onde eu mesma vinha e vivia, pensei num velho filme preto e branco, com aquela fotografia linda que eu tanto amo nos filmes antigos. É incrível como eles são tão mais coloridos que os tradicionais filmes em cores.

"Em resumo, o Georg entrou na minha vida parecendo um velho astro de cinema europeu, vestido como um turista típico, com a camisa florida aberta, o absurdo chapéu Panamá que ninguém usa no Rio, exceto os turistas, e a pele frágil e rosada, queimada pelo sol carioca.

"Eu não conseguia tirar os olhos dele nem parar de sorrir, sobretudo diante da cena patética, com ele deixando claro para o vendedor frustrado que não queria nada. Quando o homem foi embora, Georg olhou para mim e devolveu meu sorriso, no início sendo educado e, pouco a pouco, se dando conta de que estava gostando da estranha brasileira na praia.

"A Francisca riu, dizendo que eu devia ir falar com o pobre estrangeiro para dar uma boa impressão de nós, brasileiros. 'Só se prepare', disse ela, 'pois a mulher e os filhos devem estar por perto.' 'Não', respondi, 'ele não tem ninguém. Está aqui sozinho.'

"Ela ridicularizou minha certeza, recolheu as coisas dela e me fez prometer que eu não faria nenhuma loucura. Nós nos despedimos e eu me aproximei do estranho, algo que nunca faço na vida. Não que eu seja tímida ou algo assim; é que não é bem minha cara conversar com estranhos na praia. Em outros lugares, como salas de leilão, pode até ser."

Joana falou isso rindo, o que desconcertou Alex com o flerte inesperado.

Ele lhe devolveu o sorriso e seguiu deitado, com a cabeça apoiada no antebraço, levando de quando em quando a taça para perto do rosto. Ele amava o seu bom humor.

"Georg levantou os olhos e lá estava eu, perguntando no meu melhor inglês, e depois no meu alemão formal, o que ele estava achando do Rio. Obviamente, eu estava correndo o risco de ele pensar que eu era uma garota de programa ou que estava dando em cima dele. Na verdade, eu estava, confesso. Estava completamente caída por aquele homem.

"Ele mexeu comigo, Alex. Desde o início. Georg tinha o corpo do Gary Cooper, a leve malícia do Richard Burton, e o que por fim destruiu minhas defesas, a elegância, a profunda elegância, nos gestos e no olhar, do Cary Grant. Tudo numa pessoa só. Ele era mais velho que eu, talvez uns vinte anos, mas isso não significava nada, sobretudo no meu caso, que sempre tive um histórico desastroso com homens da minha idade. Meu casamento, que acabou em dias, foi a prova da minha incapacidade de lidar com rotinas e masculinidades típicas.

"E então, lá me vi eu, sentada na praia, com aquele completo estranho que parecia um rei, mesmo naqueles trajes um tanto absurdos, conversando primeiro sobre o Rio, depois sobre Berlim, de onde ele era, para a minha surpresa, pois eu tinha acabado de voltar de lá. Depois falamos sobre Cambridge e Londres, que eu amava, as duas cidades que haviam praticamente me formado profissionalmente, em seguida, sobre a Suíça e Portugal, que ele amava, até voltarmos ao Brasil e às suas férias forçadas, nas palavras dele, 'por recomendações médicas'. Logo após nossa conversa chegou nos livros e na arte e, por fim, à religião e ao cinema.

"E ali nós ficamos, Alex, até o fim do dia, literalmente, com o sol se escondendo atrás do Pão do Açúcar e as luzes do Cristo já se acendendo para iluminar o salvador de pedra, com a aquela noite linda sobre a Baía de Guanabara, enquanto o vento chegava para nos abraçar.

"Naquele dia, eu e Georg nos encontramos, nos conhecemos e nos apaixonamos. E foi estranho como eu, que sempre fugi do mar, ao ir ao encontro dele, como a dádiva que é, recebi de suas ondas e de sua areia uma dádiva de amor e compreensão."

Alex agora devorava uma das maçãs que a mulher havia trazido, com o felino atrás deles ronronando, também apreciando ouvir a história e a voz de Joana.

"Veja bem", continuou a mulher, "eu nunca fui ingênua ou tola. Do pouco que você conhece de mim, já deu para sacar, não é? Por outro lado, eu sempre fui uma romântica, uma sonhadora, uma leitora voraz de poesia, hábito iniciado ainda na adolescência, do esteticismo sensualista de Wilde, do erotismo íntimo e cálido de Anaïs Nin e Henry Miller, do ardor existencial e transcendental de Walt Whitman, daquela religião americana nascida no corpo e vivida no corpo, além do assombro dramático e pornográfico de Nelson Rodrigues, todas leituras que sempre fizeram minha mãe, muito católica, rezar aos céus por minha alma.

"Mas bem antes disso, de descobrir os livros e os autores que seriam meus mestres pela vida afora, foi com o cinema que meu corpo cresceu, foi com ele que aprendi a reconhecer posturas, charmes, encantos, sonhos e desilusões, porções de vida que eram não apenas maravilhosas em sua essência, mas também mostradas e dispostas exatamente assim, em sua grandiosidade e beleza, nas telas do cinema ou da televisão.

"Foi isso que me formou: cinema desde a infância, incentivado por meu pai, e religião católica, com todo o espetáculo de beleza que a liturgia católica nos dá aos domingos, com o corpo e o sangue de Cristo sendo servido a adultos e crianças, além de boa literatura.

"Meus pais sempre estiveram um tanto ausentes. Até hoje falo pouco com eles, sempre ocupados, sempre tão dedicados ao seu trabalho e as respectivas famílias. Isso foi ruim, mas, ao mesmo tempo, o fato de ter sido criada meio que sozinha, na companhia ora de uma avó carinhosa, ora de empregadas, ora na casa de amigos, me deu autonomia.

"Foi na casa da minha avó, numa das inúmeras tardes em que eu ficava por lá, meio que deixada num canto com a televisão ligada, que eu descobri uma menina maravilhosa: a Francisca, minha primeira amiga de verdade, até hoje. A vovó Helena era uma avó distante e carinhosa, que me deixava na frente da tevê ou de livros infantis, que eu sempre achei chatos.

"Foi com a Francisca que aprendi a brincar, a explorar, a imaginar mundos nos quais éramos rainhas, cavaleiras e aventureiras, com mil planos de fugir de casa para nos perder nas ilhas entre o Rio e Niterói, entre elas a ilha da Caveira, um pequeno arquipélago que povoou nossa imaginação nesses anos. Ou então para chegarmos até a savana africana, ou nosso sonho maior: os desertos e as pirâmides do Egito. E olha que fomos longe. Depois de duas fugas que chegaram até o posto policial mais próximo, com nossas mochilas cheias de sanduíches e livros de enigmas, minha avó colocou grades nas janelas da casa, acredita?

"Mas foi com ela, com minha avó e seu abençoado desinteresse pelo que duas meninas faziam, agora no alto de seus 13 anos, que eu e a Fran descobrimos o cinema. Com um livro que ela tinha roubado da biblioteca da escola, descobrimos nomes como Frank Capra, Alfred Hitchcock, Francis Ford Coppola, Brian de Palma e Stanley Kubrick, magos modernos que eu perseguiria nos anos à frente.

"Foi crescer em meio à magia da religião, da cidade do Rio, da literatura, dos filmes, que formou minha imaginação, e com ela uma certa incapacidade de me dar por vencida, de aceitar a feiura da vida e das pessoas, as dores que os anos e as mágoas trazem.

"Agora o Rio, o Rio quem me mostrou foi meu pai. Naquela altura, ele já havia nos deixado para se casar com uma antiga paixão de escola e viver uma pretensa vida de escritor que nunca levou a nada, exceto à sua completa felicidade. Então, nos finais de semana, ele ia me buscar para me mostrar, 'para me educar', ele dizia, um Rio de Janeiro de sonho.

"Foi com meu pai que visitei o Cristo pela primeira vez, aquele Deus de braços abertos que transformava a crucificação num símbolo de compaixão e carinho, o Pão de Açúcar e o bondinho, que eu adorava e ainda adoro. Foi também com ele que passei a desvendar a geografia do Rio, um cenário construído ao redor da ideia de praia e mar, a lagoa Rodrigo de Freitas e sua paz, seus pedalinhos, tão infantis e tão necessários à sanidade da gente, o milagre verdejante do Jardim Botânico, a pétrea beleza do Museu Nacional... enfim, todos os lugares turísticos mais típicos, que, nos lábios e nos olhos do meu pai, se tornavam uma terra de sonho.

"Foi ele também que me apresentou Copacabana e a Bossa Nova, a música dos anos 1960 e 1970, quando nossos compositores cantavam o que havia de mais belo, mesmo sob o risco das balas, das bombas de gás, dos quartéis de tortura, dos anos de chumbo que tanto nos marcaram e que, graças aos céus, deixamos para trás. Tomara que para sempre.

"E havia ainda o centro histórico, um dos seus lugares favoritos, com seus sebos, cafés e praças escondidos, um conjunto de ruas que nos conectava à biografia do Rio, em ruelas nas quais eu e meu pai nos perdíamos. Ele sempre me tratou como uma pessoa adulta, sempre confiando nos meus gostos e nunca deixando que machismos toscos chegassem perto de mim, e sempre me aconselhando a ver o mundo, a conhecer lugares diferentes, a me 'educar'.

"E eu amava quando ele lia para mim, fossem suas próprias histórias policiais, ainda manuscritas, os clássicos que ele adorava, ou os poemas que pouco a pouco me ensinaram a viver. Ele lia para mim em voz alta, sempre quando podia, e eu ficava encantada. Meu pai amava o Rio, ainda ama, mas hoje ele não mora mais lá. Ele foi embora da cidade grande por causa da violência e da família, como tantos outros amigos fizeram.

"E é claro, Alex, que, durante toda a minha vida, eu nunca fui indiferente ao outro Rio, ao Rio do pesadelo, da morte e da miséria. Nunca ignorei os tiroteios, a pobreza, as chacinas, as brigas de gangues, as drogas e o tráfico, a polícia que ora protegia a população, ora extorquia, ora salvava inocentes, ora fuzilava marginalizados. Esse Rio sempre esteve lá e até hoje suplanta e contamina minha ideia daquela cidade e minhas boas lembranças.

"Mas o Rio da minha infância, o Rio do meu pai, era uma cidade incrível, na qual morros e prédios, ruas e arvoredos, gostos e peles, gêneros musicais e religiosos, terreiros e igrejas, identidades e orientações, enfim, toda a malha multifacetada da vida, sempre se misturava, sempre conversava, sempre se abraçava. Não há cidade mais viva, mais apaixonada, sobretudo pela onipresença da morte, em cada esquina, em cada beco, em cada bala perdida."

Joana levantou e sumiu na cozinha, para voltar com outra garrafa de vinho, deixando a Alex a tarefa de abri-la. Ela trouxe uma garrafa de água e, depois de bebê-la, continuou, fechando o roupão e revelando um pouco da perna, visão que não foi ignorada por Alex.

"Minha vida adulta, claro, foi menos colorida que minha infância. Desde bem cedo, algo me dizia que minha vida seria trabalhar com cinema, senão produzindo, o estudando.

"Terminei o ensino médio e fui atrás de faculdades de cinema. Entre um momento e outro, ganhei uma viagem para a Inglaterra, financiada por um concurso de redações, veja só. Parti para Londres aos 17 anos e deveria ter ficado três meses por lá, estudando inglês e meus ilustres autores, meus apaixonantes heróis do século XIX.

"Os meses viraram anos e, quando me dei conta, estava com 21 anos e completamente apaixonada por Londres, pela cultura europeia, pelos autores vitorianos e modernos. Mas algo cochichava em meu ouvido, um desejo de voltar para casa, de voltar para o Rio.

"De volta ao Brasil, iniciei o curso de cinema e atuação, depois o de direção, ficando durante anos responsável pela direção de uma sala comunitária sob a qual eu tinha total controle sobre a programação. Foram anos maravilhosos, com meus 20 e poucos verões sendo gastos com filmes, música, amores e livros. Enquanto isso, tentava entrar no mundo do cinema, sempre tão fechado e concorrido, com atores aos montes, que chegam ao Rio querendo fazer novela e terminam servindo mesas na Lapa, se tiverem sorte, ou caipirinhas aguadas no Flamengo.

"Perto dos 30, me apaixonei por um amigo, um parceiro que também adorava cinema, para então perceber, dois dias depois do casamento, que meu amado era um tanto insuportável. Ninguém entendeu nada, e eu o deixei logo depois. Voltei a me apaixonar outras vezes, não muitas, mas sempre com essa impressão de que paixões duram pouco.

"Meu sonho de cineasta foi minguando, como essas primeiras paixões. A produção de cinema no Brasil é escandalosamente deslumbrada, uma guerra de egos e traições tacanhas, além de produções infernais em termos de quantidade de trabalho, que não rendem nenhum dinheiro. Temendo me desapaixonar pela magia que sempre fez meus olhos brilharem, me afastei do sonho de fazer cinema, para continuar amando essa arte que nunca parei de admirar.

"Eu estava então com 30 e poucos anos, de saco cheio do Rio, precisando sair, sumir e me reencontrar. Foi quando decidi ir para Europa, para cursar uma pós em audiovisual no Instituto de Cinema de Berlim, um dos braços da cinemateca alemã. Eu amei a cidade, amei a história e a cultura, embora a língua até hoje me desafie por sua estrutura truncada e sua sonoridade abrupta, tão diferente do nosso português cantado e musical.

"Depois de terminar meu mestrado, que tratava da primeira utilização do cinema — falo do cinema mudo de Murnau, Lubitsch, Pabst e Lang — na política alemã durante os primeiros anos do século XX, fixei residência em Berlim e passei a viver de traduções e textos sobre cinema que escrevia para dois jornais, um carioca e outro europeu.

"Foi numa viagem de férias ao Brasil que conheci o Georg.

"Ele tinha ido ao Rio para fugir do frio; foi isso o que me disse logo depois de irmos embora da praia, para o seu quarto de hotel e, dias depois, para o apartamento onde eu estava — um lugar emprestado de um amigo que tinha ido morar no Norte do Brasil. Ele ficou comigo durante duas semanas e acabou perdendo a passagem de volta. Como o amei naqueles dias, tanto pela atração que sentia por ele quanto por sua conversa, seu bom humor, sua eterna tranquilidade.

"Eu mostrei o meu Rio para ele, não o Rio turístico, mas aquele que eu tinha aprendido a gostar com meu pai, com meus amores, com meus livros e filmes. Nós conversávamos um pouco em alemão, um pouco em inglês, ele se esforçando para aprender algumas palavras em português. Eu ria dele, eu ria para ele, e ele se divertia com a minha companhia.

"Georg perdeu o avião para casa, e eu fiz dele a minha casa. E nós nos encontramos, nos amamos, nos entendemos, nos tornamos confidentes, até ele me contar parte da verdade.

"E a verdade era que ele viera ao Rio para enfrentar a morte.

"Meses antes, ele havia sido diagnosticado com uma doença degenerativa que pouco a pouco destruiria sua mente, seu corpo, suas forças e sua consciência.

"Voltamos para Berlim logo depois. Nossa vida estava aqui, e eu o acompanhei durante todo o tempo, sabendo que para ele a contagem regressiva começara e que ele tinha preparativos a executar, planos a detalhar e formalizar, boa parte deles a ver com seu amado Illians.

"Eu o ajudei em seus últimos meses. Ele me ajudou a compreender melhor quem eu era e o que eu desejava para mim. Fomos vida, amor e acolhida um para o outro.

"E claro, com ele me falando sempre de sua grande paixão: Emanuel Illians. Ele me contou como conhecera Illians numa das igrejas que costumava frequentar, do modo como aquele artista salvara sua fé, sua vida, sua visão de um mundo despedaçado e cindido pela guerra. Georg me disse como ele se tornara sua grande busca, seu modo de superar a morte, a tristeza, a falta de perspectiva. Em Illians, encontrara uma forma de reconhecer em Deus não o martírio, não a dor, não o sofrimento, mas a esperança, a luta, a determinação.

"Meu próprio catolicismo, sempre tão devoto, mas tão deixado de lado, viveu com Georg e o seu querido Illians seus melhores dias, saindo da névoa do meu passado e das minhas mágoas com Deus e com o mundo para uma possibilidade de perdão e fé, amor e compreensão, de uma vida sem culpas, de uma paixão sem barreiras, de uma poesia vivida, e não só lida.

"Mas então, numa bela manhã de segunda, quando passamos o domingo inteiro fazendo amor, vendo filmes, nos deliciando nos braços um do outro, a mão de Georg começou a tremer. Ela nunca mais voltaria ao seu repouso anterior. Foi quando finalmente ele me contou a verdade sobre o Rio, uma verdade ainda mais terrível do que a notícia do seu diagnóstico.

"Temendo sua decadência física e sendo ele sozinho como era, Georg havia decidido findar com sua vida. E fora ao Rio para reunir forças, para refletir sobre isso, para orar a Deus e a Illians: para Georg, ambos eram o mesmo. Ele fora ao Rio para encontrar o sol e para suplicar a Deus por luz, com alguma parte de seu coração sabendo que o fim estava próximo.

"Foi quando ele esbarrou em mim. Foi isso o que ele me disse. Essas foram suas palavras. Que eu fora um anjo enviado pelos céus para aconselhá-lo na reta final de sua vida. Era assim que ele narrava nosso encontro: eu, saída do sol e do mar, como uma criatura de carne e desejo que vinha salvá-lo. Quando me contou isso, fiquei sem saber como reagir, eu que nunca encarara a morte de perto, não daquele jeito. Uma coisa era a condenação ao fim, e outra bem diferente era o suicídio, o fim autoimposto.

"Enquanto ele me contava tudo isso, de sua decisão de acabar com tudo quando voltasse para a Alemanha, dos preparativos, do testamento sem herdeiros, em que ele deixava sua coleção de Illians para museus e coleções, eu soube, de imediato, como sabemos os pensamentos de uma pessoa que amamos, o que aquela conversa significava. Depois de contar a verdade sobre sua situação, Georg me pediu que o ajudasse, que pegasse sua mão e o conduzisse até o fim, que eu o levasse à morada da morte, ao reino das sombras, ao pórtico final.

"E eu fiz isso, Alex, sobretudo porque o amava e porque compreendia sua dor e solidão. Eu o ajudei a pesquisar sobre medicamentos, a buscar soluções adequadas, com Georg insistindo que garantíssemos todas as medidas legais de segurança para que não recaísse sobre mim nenhuma acusação. Juntos, de mãos dadas, com olhos fixos e apaixonados, pesquisamos todos os tipos de medicamentos, tratamentos e procedimentos. Georg queria partir como tinha vivido, sabendo o que amava, reconhecendo meu rosto, minhas mãos, meus olhos.

"Ele não queria partir em um leito de hospital, distante de seu querido Illians e de mim. Também não desejava ir embora numa clínica de eutanásia. Naquela época, nós dois começamos a apoiar o trabalho pioneiro da suíça Exit, na Basileia, com seus tratamentos de morte assistida e a batalha de seus idealizadores pelo direito humano de encerrar a vida.

"Georg partiu em casa, com os tremores e a dor tomando seu corpo. Dormimos a última noite dele nesta terra abraçados, com sua respiração vacilando e a minha ao lado dele. Quando o sol entrou em seu quarto e eu levantei o olhar para o Georg, não foi preciso dizer mais nada.

"Eu o beijei, com meus lábios salgados de lágrimas, e deixei o quarto.

"Seguindo sua vontade, chamei seu advogado. Sua presença foi apenas formal, dando ao antigo cliente o silêncio e o olhar amoroso que a profissão exigia.

"Eu vim em seguida, trazendo a seringa com a dose letal de barbitúricos que a clínica suíça nos aconselhara. Apliquei o conteúdo na bolsa de morfina e, ao terminar a dose, enxuguei as lágrimas e dei ao amor da minha vida o sorriso que ele adorava.

"Um sorriso para luzir as trevas e enviar Deus e Seus diabos aos quintos dos infernos."

A voz grave e sonora de Joana agora deixava escapar um tanto de revolta pelo mundo e suas dores. De olhos embaçados, ela voltou à ternura de sua narrativa.

"Eu sentei ao lado do Georg e o beijei, sentindo o gosto de sua doença e cansaço. Foi quando depositei em seus dedos o suporte de gotejamento intravenoso. Sem se demorar, Georg acionou o dispositivo e, minutos depois, o deixou cair. Eu o abracei e o senti partir, de forma doce e suave, cercado dos livros que amava, nos meus braços.

"Eu vivi apenas sete meses com ele, Alex. Sete meses e dezessete dias. Mas foi uma vida tão intensa e repleta de amizade, compreensão e energia. E, antes de partir, ele me disse que Illians era um tesouro. Que eu estaria rica, se desejasse. Que eu poderia vender as peças para quem quisesse. Que ele respeitaria a minha vontade. 'Venda a quem pagar mais', insistiu.

"Mas o conhecia o bastante para saber que aquelas instruções vinham do cavalheiro, do homem mais elegante que já conheci. Eu sabia que o coração do Georg desejava que eu encontrasse outro destino para aquela série e para o seu sagrado Jó.

"Confesso que foi com um coração sem esperança que entrei naquele banco ontem, sem qualquer fiapo de confiança de que os homens que eu encontraria entendessem minimamente o que aquela arte, aquele artista e seu antigo dono significavam.

"Então você veio, Alex, trazendo estranheza e familiaridade, me mostrando uma paixão que eu conhecia muito bem, um respeito piedoso, por Illians e por Georg.

"E eu te agradeço por isso. Por respeitar o homem que me fez acreditar no amor, na cumplicidade, e, acima de tudo, em Deus novamente."

Joana fez uma pausa e desviou a face, tentando controlar a emoção.

Alex se sentou, o corpo espelhando sua anfitriã, desejando comunicar àquela mulher a gratidão que sentia por ela ter compartilhado sua história.

Os dois se olharam com devoção, buscando entender aquele espaço de rara intimidade.

Alex agradeceu a Joana a dádiva que havia recebido, uma revelação tão pura e luzidia.

Joana, por sua vez, olhava-o com inquietação, transpassada por sua própria narrativa.

"Eu falei a você que minha história não era nada linear, talvez até um pouco caótica demais para você compreender", disse ela. "Mas entenda, não vejo a vida como um contínuo linear de acontecimentos. Está tudo misturado aqui, na nossa mente, nesse fugidio presente.

"E a doença do Georg me ajudou a ver isso. Quando a memória dele começou a falhar, ele passou a confundir fatos novos e antigos, a voltar ao passado, antes mesmo de nos conhecermos, até sua juventude. Em outros momentos, sua infância se tornava mais nítida do que a refeição de minutos antes. Diante desses episódios, que me possibilitaram conhecer outro Georg, menos elegante, menos confiante, menos adulto, e mais frágil, mais carente, eu me dei conta de algo muito importante. Nosso corpo está acorrentado a este instante de tempo, mas nossa mente está livre, fazendo a cada instante o que acabei de fazer com você, contando e recontando a história.

"Hoje é ontem, Alex, quando o vi pela primeira vez. Ontem é agora, quando acabamos de nos amar. Agora é minha infância e meu pai, meus amores e meus livros de adolescência, minha vida começando com Georg e a vida dele terminando em meus braços, tudo aqui, diante de nós, dentro de nós, e quando nos olhamos assim, como fazemos agora, quando nos beijamos e nos amamos, quando vemos, beijamos e apreciamos tudo isso, cada segundo, cada ínfima porção de eternidade que nos compõe, é nesse momento que somos de fato humanos."

As lágrimas começaram a inundar o rosto de Alex, sabendo que ali, diante daquela mulher e da sua história de amor, desejo e morte, estavam desvelados seus próprios segredos.

Joana serviu mais vinho, dando a Alex o tempo que ele precisava. Entre olhos marejados, ele a olhava e a desejava, o corpo despertando ante sua proximidade e perfume.

"E agora, Alex, que já lhe contei minha história, você precisa me *mostrar* a sua."

A frase foi dita com malícia, pois Joana percebeu o efeito que seu corpo produzia nele. Ela retirou a taça dos dedos dele e voltou à sua posição anterior, de frente para o homem.

Sorrindo, Joana levou a taça aos lábios, com os dedos longos ao redor da haste.

"É isso que eu vou fazer", disse Alex, respondendo ao gesto dela, sem conseguir tirar os olhos do roupão entreaberto da mulher, mirando o esboço inicial de seus seios.

"Mas antes...", retrucou ela, deixando a frase morrer no sorriso.

"Mas antes...", avançou ele, "há leituras e explorações que precisam de nossa atenção."

Alex voltava a seu ar controlado.

Joana riu, um riso que preencheu a sala e a noite.

"Boa resposta, *cowboy*", findou ela, ecoando algum filme antigo que Alex desconhecia.

Joana se levantou e se postou diante dele, estendendo-lhe a mão. Em seguida o guiou até o quarto, desejosa de lhe mostrar os versos inscritos em sua pele, os mantras que ela levava pela vida. E Alex, leitor dedicado que era, adorou ler e beijar cada um deles.

Às escuras, o casal de amantes investigaria as páginas escritas em seus corpos, decifrando as frases de seus desejos e sorvendo as palavras e letras de seus sussurros.

*Bairro Mitte, Berlim*
*15 de novembro de 2001*

Alex acordou sozinho, em meio a lençóis revirados, com o barulho de água caindo.

Seus sentidos estavam despertos e ele logo sentiu chegar às narinas o cheiro de café, o aroma forte viajando da cozinha, passando pelo corredor até o quarto onde ele estava.

Da porta meio aberta do banheiro, saía um vapor agradável. Joana estava debaixo do chuveiro, mergulhada em névoa e calor. A memória do corpo dela voltava à mente de Alex, uma lembrança inscrita ainda na superfície da pele. Os dois foram até a madrugada, testando os limites de suas vontades e se dedicando aos desejos um do outro.

Só então se entregaram a um abraço íntimo e puro, como dois gêmeos rendidos à proteção um do outro, os corpos fundidos em um abraço acolhedor e familiar.

O dia chegou, exultante, numa magnificência de sensações e texturas. Um sol de meio-dia invadiu o quarto e abriu com seus dedos de luz as pálpebras de Alex.

Ele deixou a cama e foi em direção ao reino de vapores que era o banheiro. A porta entreaberta o convidava. Alex entrou no box com Joana, encontrando-a nua e sorridente. Sob o doce toque do calor da água e dos dois, Alex e Joana fizeram amor para acolher o dia, agora não mais transpassados pela fome impetuosa das horas noturnas.

Quase uma hora mais tarde, saíram do banho e se vestiram. Alex foi até a sala e recolheu as roupas que havia deixado cair na noite anterior, na entrada do apartamento.

Outro felino veio ao encontro de Alex, que, imóvel no meio da sala, agora estudava com mais calma a decoração. O felino, na verdade, era uma fêmea, que permanecera escondida e assustada com o movimento da noite anterior. Quanto ao dono do apartamento de Joana, o gato que outrora os recebera, perambulava de um cômodo a outro, ainda à espreita.

"Só um minuto", disse a mulher, saindo do corredor e entrando na cozinha ampla e moderna, um cômodo conectado à sala, que dava a impressão de raramente ser habitado.

Joana vestia um perfeito conjunto preto, com calça, sapato e camisa, um conjunto que realçava a exuberância de seus longos cabelos avermelhados e das curvas de seu corpo.

Ao voltar, a mulher posicionou diante da janela imensa e iluminada da sala duas poltronas e uma pequena mesa, com o movimento da rua cantando ruídos, nove andares abaixo.

"Venha", ordenou ela, ao que Alex obedeceu.

Joana lhe estendeu uma travessa com pães e frutas e pediu que ele a colocasse sobre a mesa. Ela veio logo atrás, trazendo uma jarra de suco de laranja e um bule de café, depois os copos e talheres que faltavam. Alex agradeceu o desjejum com um sorriso.

Depois do café, Joana o chamou para se sentar em um sofá grande, disposto em uma das paredes da sala, abaixo da santa e da bruxa que haviam fascinado Alex na noite anterior.

O tecido escarlate e o estofado macio os acolheram, e eles se acomodaram um de frente para o outro. Joana tomou a iniciativa, e, como já havia anunciado na véspera, o relembrou:

"Me conte o que aconteceu com você, Alex. Me conte sobre sua vida, sua obsessão quase erótica com Illians e essa história surreal sobre anjos viajando em aviões."

As palavras demoraram a chegar aos lábios de Alex, mas, quando chegaram, ele narrou em detalhes a conversa que tivera com o anjo Barachiel, recuperando todos os pormenores do encontro, tanto de sua história pessoal — não escondendo sua relação com o tio, o segredo de sua morte e tampouco a foto que lhe fora dada pela criatura como prova de que ela era quem dizia ser.

Então ele adentrou na narrativa do anjo. Contou a ela o relato da história de Abraão e Jacó e do amor divino por eles, do fascínio do Criador por Davi e do silenciamento nos séculos seguintes até culminar no drama afrontoso de Jó e na morte de Deus, no alto da cruz.

Por fim, na tentativa de emparelhar sua prosa à turbulência do avião que o trouxera até aquela cidade e ao encontro com a própria Joana, Alex lhe contou sobre o misterioso oráculo feito pelo anjo, ainda muito ambíguo, que culminaria com a iminente visita demoníaca.

Enquanto progredia, sem ser interrompido, Alex contemplava cada um dos efeitos que a história provocava na sensibilidade de Joana. Profundamente emocionado, concluiu seu relato, tentando conter a gama de sentimentos ambivalentes que lutavam dentro dele.

"E foi isso que aconteceu", arrematou. "Foi isso que vi, foi isso que vivi. E se não fosse por essa foto", Alex tocou o lado esquerdo do casaco, sem buscar seu interior, "se não fosse por essa prova material do que aconteceu, estaria questionando minha própria consciência e a veracidade de tudo isso. Você quer ver a foto? Quer ver a prova?"

Joana suspirou e fitou Alex em silêncio até finalmente formular sua primeira resposta à insólita narrativa que acabara de ouvir.

"Não é preciso, *cowboy*. Não agora. É claro que quero vê-la, mas em algum momento futuro, quando você desejar me mostrar seus pais, quem eles eram, o que fizeram, pelo que viveram e morreram. Mas como prova, como evidência, eu não preciso dela. Sei que está contando a verdade e que o que aconteceu com você foi real."

Atônito, Alex fitou Joana, tentando entender as razões daquela confiança, razões que ele, mesmo tendo presenciado tudo aquilo, avaliava como inacreditáveis. Ele sorriu, sem jeito.

"Quer dizer, então, que você não está prestes a chamar a polícia ou o hospício?"

Os dois riram alto, num momento de espontânea intimidade, a alegria de ambos ecoando pela sala e pelo corredor, assim como horas antes seu prazer havia feito.

"Não, Alex, de jeito nenhum", respondeu ela, transformando o riso em sorriso, então voltando ao olhar sério. "Sua narrativa é verossímil e lógica, como poucas que já escutei, ao menos sobre esse grande drama cósmico. Na verdade, em muitos pontos, ela vem ao encontro das minhas crenças, nascidas de uma relação com Deus que começou na infância e foi se fortalecendo, com suas idas e vindas, por meio de corações partidos, ressentimentos, entregas de fé e descrença, mas também de júbilos vividos em igrejas, museus e salas de cinema.

"Minha relação com Deus, Alex, é cheia de altos e baixos, como acontece com qualquer relação. Desde muito cedo intuí que Deus não era perfeito. Isso horrorizou alguns padres e, sobretudo, minha mãe. Mas essa intuição foi importante para não esperar de Deus qualquer coerência, assim como não esperamos coerência da natureza, embora ela seja perfeita, precisa e funcional. Dessa minha compreensão, da profunda falibilidade divina, adveio outra: a de que Deus não é um supermercado, nem um atendente telefônico, nem um Papai Noel que entrega presentes a crianças que se comportam bem ou pune as que se comportam mal."

Alex fitava Joana, apreciando o som de sua voz e sua fala organizada.

"As pessoas perdem o ponto e diversas possibilidades de compreensão do divino e até da vida", continuou ela, "quando resumem ou limitam suas relações com Deus a uma lista de compras ou a uma série de pedidos e súplicas. Ele não está aqui para isso, ao menos não o *meu* Deus. O universo não está aqui para isso, para nos atender, nos servir, na cama dos nossos confortos, na mesa das nossas vontades. Ao contrário, veja que mundo singular temos ao nosso redor, um mundo que nos oferta uma abundância de vida, frutos, paisagens e mistérios, mas que também é uma verdadeira engrenagem de destruir seres humanos, todos eles, sem exceção, os bons e os maus, os fortes e os fracos, os que nada sabem e os que sabem tudo.

"Isso para dizer o seguinte, Alex: sim, esse anjo, essa criatura, esse espectro que o visitou num momento tão... turbulento, literalmente turbulento... parece muito certeiro em sua interpretação, em seu testemunho. Além disso, ele parece muito sábio e perspicaz, com uma sensibilidade plena e antiga. Você não acha? Não tem essa impressão?"

Alex assentiu, embora ainda não formulasse uma resposta. Ele ainda queria ouvir mais da voz de Joana, de sua interpretação para o que ele tinha vivido e do que ela trazia àquele debate de sua vida, sem a amargura que não raro norteia a sensibilidade de crentes e fiéis.

"Esse seu anjo da guarda", riu ela, aquele riso nascido pela metade e cheio de alegria, "esse seu companheiro de viagem, foi bem eloquente. Eu sempre intuí, assim como você, que o Deus do Velho Testamento é um deus em formação. Sim, uma força poderosa e inesgotável em seu projeto. Veja a terra que ele criou, esse extravagante paraíso de árvores de vida e de morte. Contudo, Ele também era um ser imaturo, para não dizer triste, sozinho e inseguro, como qualquer jovem. Tudo nesse relato que chegou aos seus ouvidos faz profundo sentido.

"O Criador se apaixonando? Certamente. Por homens, mulheres, arte, paixão, por seres humanos que ultrapassaram eles mesmos, que extrapolam os próprios limites? Davi... sim... Davi foi um deles, e é claro que ele silenciou depois de Jó. Como não silenciar? Eu conheço o poema e o livro, lembre-se disso. E veja o que Illians fez com ele.

"A meu ver, Alex, apenas uma coisa poderia fazer Deus silenciar, e essa coisa é a arte. Eis o experimento: Deus cria humanos capazes de se aprimorar e de criar outros seres, filhos, netos e famílias. Mas então eles, essas criaturas feitas de pó e carne, também começam a criar coisas, e então criam outras coisas dessas primeiras, objetos vivos e eternos, feitos de materiais frios e inanimados. E não se trata de criar vida da morte, e sim de criar vida de materiais que nunca chegaram a ter vida. E essas coisas, essas dádivas provindas de mãos humanas, culminam em arte, beleza e bondade, em objetos sagrados que resistirão ao tempo e ao fogo, aos séculos e aos impérios, e tantas coisas belas, criadas da lama e na lama, advindas da miséria humana, da dor e do amor, de nossa inesgotável determinação e resiliência.

"E Deus, o Deus que criou esses criadores, rapidamente percebe que Suas criaturas não são apenas iguais a Ele, em seu impulso criativo, mas, talvez, sejam até melhores. E sabe por quê? Porque elas têm menos tempo e recursos, o que as faz aprenderem mais rápido, a se entregarem com mais vitalidade, a não suportarem a espera, pois, diferentemente de Deus, elas não têm a eternidade ao seu dispor. Esse anjo que viajou com você sugere isso em sua história.

"Sim, esse é um ponto importante do argumento dessa criatura, *cowboy*: Deus percebeu isso, a força existencial humana, a despeito de sua insignificância física e corpórea. Deus percebeu isso e se apaixonou, como qualquer um diante de algo que admira, que ama, que deseja, que desconhece. E tamanho é o Seu fascínio pelos seres, suas criações e existências, que Ele veio ao mundo para aprender na carne o que é ser carne, o que é ser sangue, dor, prazer, alegria e também solidão. E algo dentro de Deus intuiu que, mesmo ali, vestido de carne e vivendo como um humano, com fome, frio, sede e desejo, Ele continuava sendo Deus, como algo dentro de nós também intui isso. E aqui é pura especulação minha, Alex, mas essa é outra conversa.

"Enfim, esse Deus vestido de carne que não se sabe Deus, mas que se entende divino, ele vem, cresce e decide ajudar pessoas, não com milagres, milagres importam pouco, quase nada, mas com histórias, poemas e palavras de conforto e perdão, isso sim importa. Há algo de sábio nesse Deus Cristo que ama as crianças por ver nelas um reflexo de tudo o que poderíamos ter sido e deixamos de ser: infantes cheios de alegria e imaginação."

Por mais comovido que Alex ficasse com aquela leitura, muito similar à dele e à de tantos outros que viram essa gradação na Bíblia, de um Deus aprendiz a um mais amadurecido e sábio, algo nele ainda se revoltava. E a fala de Joana reforçava essa impressão.

"E o que nós fizemos com Ele?", continuou a mulher, agora adensando sua voz. "O que fizemos com esse Deus que pregava amor? Nós o enjaulamos, o humilhamos, destruímos seu corpo e espírito. Depois de séculos de guerras e derramamento de sangue, de impérios ascendendo e caindo, surge um doido pregando e nós o matamos. É isso que fazemos. Por que somos maus? Nada disso. Mas porque somos imperfeitos. E porque há uma dose imensa de ressentimento na espécie humana. Outra hipótese minha. Acho que o fato de matarmos Deus, de executarmos Cristo na cruz, os cristos mártires nas fogueiras, assim como os pagãos e as bruxas, enfim, de causarmos sofrimento a outrem, seja ele quem for, sejamos nós quem formos, não passa de uma resposta imatura e revoltada à dor que nós mesmos sentimos.

"Nesse aspecto, como poderíamos esperar outra coisa? Embora eu entenda a esperança do anjo que lhe contou tudo isso, do quanto a utopia de um Cristo entronizado, reinante e que nos assegurasse paz o tempo todo seria desejável, penso que nós, humanos, nunca permitiríamos isso. Nossa história é uma história de dor, morte e sofrimento, e é quase ofensivo um Deus ou um anjo que jogue sobre nós seus próprios sonhos utópicos, suas respostas fáceis."

Alex mordeu o lábio inferior, num esgar de repúdio. Algo nele clamava e se rebelava com aquela hipótese. Embora profundamente lógica, por mais racional e verossímil que a opinião de Joana soasse, sua própria humanidade não conseguia aceitar o desperdício de toda aquela experiência e, em especial, a dor nascida de tamanho desperdício.

Joana notou a inquietação no olhar de Alex e sua incapacidade de elaborar uma resposta, sobretudo pelas forças e contrapesos antagônicos que lutavam dentro dele. Então avançou sobre ele e o beijou, segurando seu rosto com ambas as mãos.

"Posso propor uma coisa?", ela perguntou.

Alex assentiu, sorrindo.

"Estou em suas mãos, minha querida. Literalmente em suas mãos!"

"Não perca o fio da meada. Intuo que há algo importante que você quer me dizer, mas minha proposta é: vamos sair? O dia está lindo e acho que vai nos fazer bem pegar um pouco de sol."

Alex adorou a ideia e lhe devolveu o beijo.

Os dois deixaram o prédio onde Joana morava e pegaram um táxi.

A mulher falou com o taxista, do qual Alex apenas entendeu a menção ao rio Spree.

Ele adorou a ideia. O rio que cortava Berlim era o responsável pelo quase desconhecido fato de aquela ser a cidade com mais canais de água da Europa. Dentro do carro, agora em movimento, Joana repousou a mão na de Alex e o convidou com o olhar a voltarem a conversar.

"Há milhares de coisas que eu gostaria de dizer sobre sua interpretação da minha narrativa. Mas o que me inquietou, sobretudo na última coisa que disse, é essa sensação de desperdício, sabe? Do quanto a vida, especialmente a vida humana, poderia ser diferente, caso as coisas não fossem esse mistério interminável, esse jogo de esconde-esconde, esses caminhos enigmáticos que tornam a nossa existência e a existência divina algo tão escorregadio."

Alex desviou dos olhos de Joana para a movimentação da rua.

Sob o raro sol que tomava Berlim, o movimento das pessoas com seus casacos, luvas e cachecóis dava a Alex a impressão da vida pulsante que continuava e continuava.

"O que estou tentando dizer é o seguinte: desde que deixei aquele avião, essa hipótese não para de ferver na minha mente... E se tudo isso fosse de fato verdade e conhecido para o mundo, para essas pessoas que vemos nas ruas?

"E se nós, humanos, parássemos de mendigar migalhas da mesa de Deus e recebêssemos a prova, como eu recebi, através desse anjo? Consegue imaginar o bem que isso faria ao mundo? Aos países e suas fronteiras, às religiões e seus ódios farisaicos, aos ataques de grupos terroristas, à queda de torres que sucumbem por obra de aviões sequestrados? Você não acha que os seres humanos não seriam melhores, menos bárbaros, menos violentos?"

Joana olhou o homem, refletindo sobre suas palavras, então levantou os dedos longos, com os raios de sol cruzando-os e a cidade de Berlim passando atrás dela, pela janela do táxi, numa cena que Alex gostaria de registrar na retina para sempre.

"Vamos com calma, *cowboy*. Entendo o que diz e concordo com sua questão, com sua súplica, mas não penso que seja tão simples assim. Deixe-me dizer por quê. Barachiel, é esse o nome, não?" Alex assentiu. "Pois bem, Barachiel disse que há uma verdade na Bíblia, mesmo em suas metáforas, uma verdade muito próxima da ficção, diga-se de passagem.

"Se partirmos desse princípio, Alex, Deus já fez o que podia em termos de provas. Ele forneceu diversas evidências, várias delas até. E isso adiantou? Pense no mar Vermelho ou em Cristo ofertando suas chagas para serem tocadas e beijadas. Isso adiantou alguma coisa para os israelitas estúpidos ou para o incrédulo Tomé? E sim, eu sei, essas histórias, esses milagres, nunca existiram. Mas estão lá para sublinhar uma ideia, não? Uma hipótese.

"E eu acho que essa é a ideia: não sei se chamar Deus ao mundo e exigir dele provas adiantaria alguma coisa. É claro que as igrejas ficariam entupidas de gente, mas de que tipo? Gente que precisa ver para crer? Será que essas pessoas tornariam o mundo melhor? E pense também no depois disso, depois do céu se abrir e Deus e seus anjos descerem. Como você acha que os homens reagiriam a médio e longo prazos? Os países mudariam suas leis? Seus modos de governar? Seus postos de poder e dominação? Eles estariam dispostos a isso? Acho que não. E pense também na contrarresposta dos grupos extremistas.

"Imagine só: se eles já estão se jogando contra prédios sem nenhuma prova, o que aconteceria se tivessem alguma evidência? Ela seria pervertida por algum doido para fins políticos ou financeiros. Eu não vejo como, Alex, soluções simples podem ajudar um mundo complexo como o nosso. E Deus vir e dar provas de si seria uma solução simples, mesmo que bombástica. E logo depois, os israelitas que cruzaram o mar começariam a praguejar, e aqueles que enfiaram os dedos nas chagas do Cristo apedrejariam os que não gostaram da revelação."

O táxi cruzou uma esquina e estacionou numa rua que dava acesso ao canal.

Joana pagou a corrida e os dois desceram do carro, abrigando-se em seus casacos e cachecóis. Alex a fitou, admirando a elegância de sua escolha: sobre o conjunto escuro, ela usava um casaco bege-claro, fechado na cintura.

Ele havia trocado a gravata por um cachecol violeta, que pegou emprestado dela.

Às margens do rio, turistas passeavam, crianças corriam e uma família tomava sol.

Os dois começaram a caminhar, com Joana à frente.

"Sim, esse é um bom argumento, Joana."

"Você não acha? Qualquer resposta que não seja profunda, complexa e particular, não me parece boa o bastante. E isso me faz pensar ainda em outras coisas, Alex."

"Por exemplo?", ele perguntou, escondendo as mãos no bolso do casaco.

"Não acho que Deus ou os anjos tenham todas as respostas. Talvez o demônio que o visitará em breve as tenha, ou julgue as ter."

Os dois riram, desviando de um casal de ciclistas que passou na frente deles, enquanto as águas profundas do rio à esquerda eram cortadas por um barco de passeio.

"Para ser sincera, Alex, acho que Deus e suas criaturas também não compreendem todas as coisas. O que Barachiel contou confirma isso. Por exemplo, os homens passam séculos criando explicações para a alma e seu destino, para o céu e o inferno, e a vida fica meio abandonada, sem ser vivida. Eu adoraria uma religião da vida, sabe? Que ensinasse para a minha alma o que devo fazer aqui, agora, e que não a assustasse com punições de fogo ou propinas de céu eterno."

"Então, nada de almas salvas ou condenadas em sua religião pessoal?", provocou ele.

Ela olhou para ele e sorriu, adorando a visão do sol no lado direito de sua face, a forma como a luz tornava seus olhos escuros um tom mais claro, revelando um castanho mais denso.

"Também não é isso, Alex. Você precisa parar de encarar as coisas tão preto ou branco assim. Sobre minha religião pessoal, eu não sei, mas espero que não exista nada no além, embora eu mesma já tenha visto sombras, espectros, silhuetas de luz, e pressentido presenças.

"Meu ponto é: eu não sei e creio que não temos como saber. Aliás, ninguém tem como saber tudo. Nem Deus nem os anjos. Detalhando melhor: há mistérios que nascem da carne, Alex, e talvez nem Deus tenha previsto isso. Não acho que temos uma alma que sobreviva ao corpo, embora acredite que há vidas tão poderosas, energias tão concentradas ou mortes tão terríveis que deixam ecos que reverberam por eras. Acho que a tragédia dos ditos fantasmas não é estarem presos nesta terra e não irem para o céu, mas estarem aprisionados neste vale de corpos e não descansarem. Mas, de novo, acho que essa é outra conversa."

Joana e Alex deixaram as margens do Spree e caminharam rumo ao complexo de museus onde se encontraram. Atrás deles, a certa distância, o Berliner Dom surgiu, imponente.

O homem se alegrou com o itinerário que Joana escolhera para o que julgou ser o ápice daquela conversa. A mulher respondeu com um sorriso, intuindo que ele lera seus pensamentos.

"E insisto, Alex, agora falando sério: questione o demônio sobre isso, se tiver oportunidade. Para alguém acusado de passar a eternidade barganhando almas e atormentando espíritos com tridente e fornalhas, ele deve ter muito a dizer sobre isso."

"Pode deixar", retorquiu Alex, pensando em como aquela possibilidade de um encontro com o demônio e a continuidade daquele drama eram surreais.

Até onde aquela história o levaria? Aos infernos? Aos céus? À presença divina?

Por mais grandiosas que essas possibilidades fossem, Alex as sentiu menores, menos interessantes e desejáveis, sobretudo quando se dava conta do que estava vivendo ali, naquele presente onírico e real, com aquela mulher com quem dividira a cama e as angústias.

O olhar de Alex seguia mirando o domo monumental da Catedral de Berlim.

À esquerda deles, ao longe, fincada nas proximidades da Alexanderplatz, estava a Berliner Fernsehturm, a famosa torre com mais de 350 metros, inaugurada na década de 1960 para fazer inveja ao lado ocidental da cidade. A torre de tevê era um marco dos últimos anos da capital alemã, e sua imagem quase os fez ignorar o frontão da Alte Nationalgalerie.

Eles continuaram a caminhar e, quando se deram conta, estavam diante do domo da Catedral de Berlim, com seu vasto gramado repleto de visitantes sentados na relva, dois ônibus turísticos ao longe e o sol de meio de tarde atingindo seu ápice.

Alex e Joana compraram os tíquetes de entrada e adentraram a grandiosa catedral luterana — em si, um paradoxo —, construída na passagem do século XIX para o XX e parcialmente destruída durante o ataque aliado a Berlim nos últimos dias da Segunda Guerra Mundial. Projetada por Julius Raschdorff, a construção, em estilo barroco e renascentista, erguia-se mais de cem metros em direção ao céu alemão, tentando constituir, em pedra, argamassa e ouro, uma resposta protestante à Basílica de São Pedro, no Vaticano.

*Uma meta alcançada com maestria*, pensou Alex.

O casal se deu alguns minutos de reflexão e caminhada pelos vastos corredores iluminados por velas e vitrais, ornados por ícones e estátuas. Nas paredes e capelas internas, a catedral fora decorada com personagens do Novo Testamento e figuras importantes da Reforma.

A caminhada de Alex e Joana culminou no paraíso dourado do domo, abaixo do qual se sentaram num extenso banco de madeira para continuar a conversa.

Diminutos, os olhares dos dois amantes não deixaram de apreciar o sentimento de paz, quietude e sacralidade que os abraçava, um sentimento muito poderoso e indiferente à religiosidade fluida e livre de Joana e ao ateísmo latente e cínico das reflexões de Alex.

"Se Deus precisasse de uma casa, inegavelmente, essa seria uma delas", disse Alex, retomando o fio da conversa dos dois.

"Sim, poderia ser. Mas, sinceramente, não acho que ele precise nem de uma casa nem de um lugar desses. Nós, por outro lado, precisamos, e muito. Mas me diga: o que você pensa sobre tudo o que está acontecendo? O que acha que essas criaturas querem de você?"

Alex desviou o olhar da magnificência construída de ouro e artesania humana e fitou os olhos penetrantes da mulher, que agora deixava as mãos enluvadas descansar sobre as pernas.

"Para ser sincero, não faço a mínima ideia. Eu não sou um líder, não sou político, teólogo, um grande escritor ou roteirista de cinema, ou seja, não tenho nenhuma influência para levar qualquer tipo de revelação ou conhecimento a um grande público. Se o que Barachiel está me ofertando é uma grande revelação cósmica, não sei o que fazer com ela."

"Você se tem em muito baixa conta, *cowboy*."

"Não, não é isso. É que realmente não sei o que eles poderiam querer comigo."

"Do que você me disse de seu interlocutor, há um céu curioso com a realidade física, um paraíso interessado pelo que acontece aqui, conosco. Talvez seja isso, talvez eles estejam apenas interessados em você, na sua sensibilidade, no que podem aprender com você."

"E isso levaria a quê? Se não se trata de uma grande revelação cósmica, então seria apenas uma conversa entre seres interessados um no outro?"

"Estamos aqui, apenas conversando, não? Profundamente interessados um no outro."

Os dois se olharam e sorriram, ao que Alex sentiu seu amor por ela florescer.

"Sim, você tem razão, mas..." Alex checava em si todas as opções, tentando encontrar a resposta mais adequada. "E se isso for mais simples do que parece? E se eles estiverem aqui para me convencer de salvar minha alma ou algo assim? Não é como se eu estivesse por aí implorando por isso. Ou talvez, e aqui estaria a prova de que não sou uma pessoa nem um pouco humilde: será que eles acham que eu poderia chamar Deus de volta?"

"Barachiel disse isso em termos claros, não? Há uma esperança, mesmo que pequena, de que esse contato com você sensibilize Deus. Mas eu não iria tão longe, Alex. Acho que há um propósito maior para tudo isso, e você ainda vai descobrir qual é. Mas do que escutei desse relato, sinceramente, acho que não há esperança de Deus voltar. E se for apenas pela salvação da sua alma, por que não? Se esse encontro visa apenas tornar sua vida mais significativa, mais intensa, mais apaziguada, por que não?"

Alex olhou para ela, enquanto velas a deuses, santos e anjos queimavam ao seu redor, e turistas tiravam fotos e oravam. O homem respirou fundo, buscando resposta no alto do domo.

"Quem me dera tirar da cabeça todas essas questões", confessou, finalmente. "Abraçar o ateísmo, o niilismo, o materialismo, e viver sem nada disso; ser livre de Deus e do diabo e de seus conceitos corroídos e antiquados, que tanto mal fizeram e fazem ao mundo. Quem me dera poder limpar minha mente, me afastar desse teatro mental grotesco e simplesmente continuar, agora me entendendo tão somente como esse conjunto de células, músculos e sangue."

Joana estendeu a mão esquerda e tocou levemente o rosto de Alex.

"Sei o que esse desejo significa. Ah, como sei. Mas pense um pouco nisso, seja honesto; reflita sobre sua vida, seus sentimentos, sua relação com Illians. Você tem certeza de que é isso mesmo que deseja? Porque tirar tudo isso de dentro de você seria também anular e silenciar sua individualidade, retirando a porção que o torna tão intimamente você mesmo."

"Mas você acha que podemos perdoar Deus? Acredita que poderíamos calar esse ódio?"

"Só podemos perdoar quem nos fere diretamente e quem o faz de propósito. Esse não é o caso, Alex. Deus está no mesmo barco que nós. Ele fez o que pôde, o que achava certo, o que condizia com seu desejo, na tentativa de aprender durante o processo. Como disse antes, a fé é um desafio diário, pois o mundo nos dá todos os motivos para deixarmos de crer, diante de tantos crimes, guerras e desigualdades. Nesse mundo horrível e maravilhoso, a fé é nosso dever. Colocando em outros termos: é nossa obrigação estar em consonância com algo que justifique nossa existência. Os heróis da minha Bíblia são os combatentes, é Jacó em luta com um anjo, é o Sansão agonista de Milton, é o Jó de Illians, é o Davi que dança e testa os limites de Deus. E esse Deus, Alex, o Deus no qual eu confio, é um pai cuidador e amoroso, mas, por vezes, ferido e inexperiente. Então, sim, devemos perdoar Deus, e talvez seja isso que você precise aprender."

"Foi por isso que você me trouxe até aqui? Para que eu perdoe Deus? Para me mostrar um pouco de sua glória e grandiosidade nesta catedral?"

Havia um traço de amargura na voz revoltada de Alex.

E a mulher percebeu isso, amando naquele homem também suas dores, suas mágoas, os becos sem saída nos quais seu espírito havia se metido.

"Não, meu amigo. Não foi por isso. Este lugar não é a casa de Deus, é a casa dos homens. A nossa casa, a minha e a sua. Não há nada para descobrir de Deus aqui, mas acho que há muito de nós nestas paredes. Talvez o objetivo dessa revelação que você está recebendo não seja fazer Deus voltar ou mesmo fazer os homens acreditarem, mas salvar esses anjos que estão aprisionados lá em cima, esperando por um Deus que morreu, que se matou, que se exilou, que está longe e distante de nós. Talvez sua missão seja ensinar nossa magia a eles, Alex, nossa fagulha divina, aquilo que de fato nos torna um milagre."

"Que magia, minha querida? Que milagre?"

"O de existirmos, amarmos, sermos bons e criativos, mesmo com uma vida tão breve, mesmo sendo a carne tão falha e a espécie humana deixando seu rastro de morte e destruição. Não é só isso que deixamos para trás. Há catedrais como esta, pinturas como a de Feuerbach, poemas como o de *Jó*, livros como os de Blake, filmes como os de Capra... Há uma miríade de coisas lindas, Alex, obras que desafiam a vida e a morte e atestam nosso mais puro esforço de beleza e eternidade. O que os anjos têm a nos oferecer em troca? Sua confissão de que estão olhando, estudando e aprendendo? E, para ser honesta, não acho que com Deus seja diferente. Acho que ele continua debaixo daquela árvore, junto com Davi, pedindo para ele tocar mais uma de suas canções de sucesso, suplicando por algo que seja feito de pureza e beleza, mesmo que nascido em meio ao pântano da existência humana e seus reinos terrestres."

Alex olhou para ela e sorriu, agradecendo aos céus por Joana estar ali, ajudando-o e lhe dando um norte para onde voltar. O homem limpou as lágrimas dos olhos ardentes, então disse:

"Sendo franco, a vinda de anjos e demônios é algo desolador, sobretudo neste momento da história do mundo e da minha vida, mas você, Joana, sua presença é transformadora, e abraço cada uma das palavras e dádivas que você me traz. Como todo peregrino, venho a seus pés ferido e faminto. E como toda santa, você me oferece respostas, cuidados e profundo amor."

Joana abriu um sorriso luminoso em meio à escuridão de pedras antigas e ouro polido.

"Nada de santa de sabedoria e acolhimento, peregrino. Eu me vejo bem mais como uma santa da guerra, das batalhas e dos campos de sangue. Nunca consegui me encontrar nas meigas santas das capelas, com suas feminilidades óbvias e delicadas, embora as admire. Já eu, como sabe e agora conhece, sempre fui uma mulher de ângulos cortantes e curvas voluptuosas, nunca me reconhecendo nas Ritas e Teresas. Agora, na santa de armadura, na santa afrontosa, ah, meu amigo, que imagem familiar! Se essa santa servir para você, ela estará aqui, de braços abertos."

No rosto de Alex, não havia traços da fragilidade que há anos alquebrava seu espírito e o isolava do mundo e de si mesmo. Em vez disso, o que se forjava nele era a força do que ele havia aprendido com ela, encontrando nos olhos de Joana um espelho não de quem ele era, ainda fraco e tateante, mas uma visão do que ele deveria ser a partir daquele encontro, daquele amor.

Ele buscou a mão de Joana e a abraçou entre seus dedos.

"Preciso te deixar em breve, minha santa. Preciso partir para encontrar o demônio. Quero ver quais argumentos ele tem na manga e o que vai nascer dessas revelações, desses encontros com anjos e diabos no paraíso perdido desta terra sem Deus. Mas prometo voltar para você depois disso, vivo ou morto, perdoado ou condenado."

"Eu sei que você vai voltar, meu peregrino, e eu serei sua fortaleza, seu abrigo, seu paraíso reencontrado. Eu prometo."

"Você já é tudo isso para mim", respondeu o homem, entre as pedras puídas da catedral.

Os dois se fitaram, seus olhares comunicando mil desejos e esperas.

"Mas agora venha comigo, Alex. Vamos ao Spree. Quero caminhar às margens do rio, perto das pessoas e dos barcos. E te mostrar os lugares que fazem meus olhos brilharem. Vamos nos esquecer e nos dar essa graça, essa dádiva, essa bênção sagrada e profana."

Alex sorriu, prevendo a continuidade do que ela lhe diria.

"E depois, querido, vamos voltar ao meu apartamento e fazer amor por horas e horas, gritando aos céus que nós nos amamos, que amamos Deus e esse universo, mas que não temos interesse em suas leis e ordens. Vamos juntos gritar ao mundo que o que importa temos dentro de nós, e, sobretudo, em nossos abraços e beijos."

Joana se levantou e puxou Alex, e os dois saíram da catedral sombria para a luz.

Para além do domo e do paraíso, passearam pelo serpenteante Spree e seu santuário de flores, com seus gramados, prédios e habitantes, sendo abraçados pelo sol.

Ao longe, sentado na relva do parque, um anjo caído os observava.

# O Demônio

*Sintra, Portugal*
*22 de novembro de 2001*

Alex desceu do vagão, respirou o ar rarefeito e o perfume selvagem da fauna da vila portuguesa e soube que tinha voltado para casa.

Não a casa de seus pais, o lugar de sua infância perdida antes de ser depositado no orfanato, nem a de seu tio, o santuário que havia transformado em lar, a despeito de nefastas lembranças e do maligno quarto de contrição que, volta e meia, o desafiava ao confronto.

Também não se tratava de seu país, o Brasil, o território no qual ele encontrava alento e carinho, no abraço de amigos e na correria dos moradores inquietos de São Paulo.

Não, nada disso. Em Sintra, ele encontrara seu lar mais doce, o refúgio de seu corpo, o bálsamo de sua essência, em um lugar que o convidava à vida, ao prazer e ao riso.

Alex ficou parado na rua, cercado de outros viajantes, que abriam mapas, bebiam em cantis e ajustavam câmeras, e se permitiu o silêncio, sentindo a névoa da manhã que descia sobre a pequena cidade que quedava a pouco mais de trinta quilômetros de Lisboa e que já raptara a imaginação de tantos artistas, poetas e cineastas.

Sintra marcara a literatura inteira de Eça de Queiroz. E Fernando Pessoa, diziam as boas e más línguas, havia levado Aleister Crowley até lá, para uma noite de invocação mística. A mente de Alex trouxe à lembrança a célebre visita de Lord Byron ao lugar, em julho de 1809, em plena ocupação francesa, com a família real portuguesa tendo partido ao Brasil um ano antes. Sua visita inspirara versos de *A Peregrinação de Childe Harold*, no qual nomeava Sintra de "glorioso Éden".

Alex abriu os olhos para beijar a visão do lugar e foi obrigado a concordar com o poeta.

A serra de Sintra correspondia a uma faixa de morros que formava uma verdejante muralha ao norte de Lisboa, separando a terra lusitana do azul do Atlântico. Nos montes acima, imperavam o Castelo dos Mouros, o Palácio da Pena, o Palácio Nacional e os palacetes de Monserrate, Seteais e Queluz, construções que desafiavam a lógica pela arquitetura de sonho e pela improbabilidade de localização, enquanto ao redor cresciam árvores, ramagens e bosques.

Em Sintra, pensava Alex, história humana e opulência natural se encontravam, dividindo o mesmo abraço, dançando a mesma música, trocando o mesmo beijo. Foi com esse fascínio da mente e do corpo que Alex começou a caminhar, sabendo seu destino.

Não o medievo Castelo dos Mouros ou o onírico Palácio da Pena, ou mesmo o Parque de Monserrate, mas, sim, o enigma conhecido como Quinta da Regaleira, o construto arquitetônico místico idealizado pelo comerciante António Augusto de Carvalho Monteiro no final do século XIX e projetado pelo arquiteto e cenógrafo italiano Luigi Manini.

Em outras visitas, Alex teria parado na vila central, tomado um café e planejado seu dia de explorações, mas hoje tinha outra ideia em mente, o que o fez seguir viagem, ignorando a movimentação e tomando a Estrada da Pena em direção a um encontro sobrenatural.

Alex recusou a incredulidade, e, logo ele, que sempre se julgara um homem de pouca fé, agora caminhava com determinação, diminuindo o espaço entre o trem, que partia no sentido contrário ao de sua chegada, e seu destino: um jardim místico que cercava uma casa alquímica e um interlocutor que viria dos reinos profundos do inferno para encontrá-lo.

A manhã chegava às nove horas, e a névoa que escondia o verdor dos morros de Sintra começava a se dissipar, substituindo na visão de Alex a cena onírica esfumaçada que tanto contribuía para o cartão-postal de vívidos pictogramas de ramagens, heras e flores selvagens.

Alex vestia um tradicional traje social escuro, sob um confortável casaco azul-claro, um casaco leve que lhe dava um ar menos turístico e mais formal, como um visitante que, em respeito à importância do lugar e do compromisso, preparara-se com cuidado e apreço.

Por certo, ele nunca vestiria uma jaqueta em Sintra.

A estrada tortuosa e estreita que levava à quinta dos prazeres recebia outros peregrinos, muitos deles viajantes ocasionais, grupos de amigos em explorações apressadas ou casais que frequentavam Sintra em busca de sonhos ou de um ultrapassado romantismo.

Algo doía dentro de Alex ao fitar os casais, num sentimento que estivera com ele desde que deixara Berlim e a mulher, desde que se afastara daquela que havia entrado em sua vida, bagunçando certezas e abrindo pórticos de revelação e prazer. O nome de Joana veio aos lábios de Alex como uma prece, uma oração de força e esperança.

Uma conversa sobre poesia e magia, vinda de um casal, desviou a atenção de Alex do amor físico para os apaixonamentos místicos. Muitos visitantes de Sintra entendiam que as energias daquele lugar abriam portais astrais, e que ali pessoas sensitivas acessavam outros estados de visão ou consciência. Alex era um desses viajantes, que sempre voltava à Sintra em busca de revelação e equilíbrio. Como dissera certa vez a um conhecido, outro comerciante como ele, Sintra lhe fazia encontrar respostas para perguntas que ele nem chegara a formular.

No entanto, naquele momento, naquela bela manhã de novembro, em meio ao drama espiritual que se tornara sua vida, ele decidira viajar a Sintra por outro motivo.

Encontrar o demônio.

Depois dos dias com Joana e ao revisitar os eventos a partir de sua perspectiva, uma coisa que Alex sentira, sobretudo por uma frase de Barachiel sobre encontrá-lo no avião e não em sua casa, era que ele próprio poderia dar as cartas do jogo e decidir o lugar de encontro.

E foi nesse espírito que ele embarcou na viagem de três dias de trem de Berlim a Lisboa e aproveitou os minutos da capital lusitana até Sintra. Foi uma viagem cansativa, lenta e interminável, mas era o que Alex precisava, para registrar dentro de si, no interior do vagão diurno e noturno, a aparição do anjo que mudara sua fé e da mulher que mudara sua vida.

Que o demônio, caso estivesse de fato interessado nele, o encontrasse em Sintra, em sua verdadeira casa, no lar de suas moléculas, no leito de suas veias e de seu coração.

A luz começava a alcançar a estrada, com a névoa não mais presente e o sol ferindo a copa das árvores. Alex avançava pelo sinuoso caminho, como Dante no início da *Divina Comédia*, sabendo que sua crise de meia-idade estava sendo vivida em boa companhia: com a visita de um anjo, a chegada de um amor, e, talvez, se tivesse sorte ou azar, a vinda do senhor dos infernos.

Naquele momento, nada em Alex ria.

Uma parte dele, inclusive, torcia para o demônio não surgir em sua forma típica, em sua constituição pânica, com chifres na testa e pernas de bode, com os cascos estourando entre as pedras daquela paisagem de sonho, glória e desejo. Se o sentido da palavra *éden* em hebraico denotava "prazer", Byron estava certo, e nada do diabo cristão tinha a ver com aquele cenário.

Mas é claro que Alex não acreditava na visão tradicional associada ao demônio. E a julgar por Barachiel, ele esperava um apuro mínimo por parte do demônio, sobretudo dado o fato do anjo tantas vezes ter se referido ao tentador como seu amigo íntimo.

No caso do arqui-inimigo divino, do perseguidor de Cristo e do mal encarnado, a arte não havia lhe feito justiça. Felizmente, entre monstros congelados, criaturas que devoram pecadores e outras obscenidades de profundo mau gosto, ofensivas à razoabilidade e risíveis a qualquer espectador, havia Blake, Milton, Delacroix, Cabanel e tantos outros, que se dedicaram a criar uma bela representação do demônio. Alex passou a chamar esses casos de "belo demoníaco", uma figuração que aprendeu a apreciar ainda jovem, ao descobrir a iluminura medieval dos irmãos Limbourg e a dourada imagem de *A Queda dos Anjos Rebeldes*.

Quanto a seu querido Emanuel Illians, ele não havia deixado por menos. Duas peças do escultor, uma produzida na juventude e outra no final da vida, vinham visitar a mente de Alex: *Lúcifer entre Pedras de Fogo* — uma composição muito mais refinada do que a imperfeita aquarela de Blake para o tema baseado em Ezequiel 28 — e *Diabo em Armas* – uma homenagem aos primeiros dois cantos do *Paraíso Perdido,* de Milton.

Nelas, Illians dramatizou, em fogo e bronze, o anjo caído antes e depois da queda, não fazendo de uma versão um arcanjo, e, de outra, um monstro, como era comum à vasta iconografia do diabo e à rarefeita visão de Lúcifer. Ao contrário, nas peças, satã surgia como uma figura poderosa, enérgica e heroica, revestida de determinação, mesmo estando fadado a lutar uma batalha que jamais venceria, como bem destacou Coleridge e outros românticos.

Foram as peças de Illians, intuía Alex, que também serviram de inspiração para o conjunto estatuário de Madri, localizado no Parque do Retiro. A *Fonte do Anjo Caído*, de autoria de Ricardo Bellver, fora realizada em Roma e trazida à capital espanhola ainda no século XIX, por fim, instalada com um pedestal desenhado por Francisco Jareño, que colocou aos pés do diabo uma corte de peixes, lagartos e cobras.

Quantas vezes Alex retornara a Madri apenas para contemplar o impetuoso anjo que impedia com o braço forte a luz divina que o fustigava. O fato de a estátua estar ao ar livre dava ao todo um potente efeito dramático. Illians também inspirava, ao menos em energia, não em estilo, os esboços que o próprio Alex vira de Paul Fryer e Damien Hirst para futuras obras.

Agora, porém, ao caminhar pela estrada de Sintra, Alex era invadido por essas impressões e referências, imaginando qual seria a forma que o demônio escolheria. Qualquer coisa aquém de pura beleza faria Alex estacar e, no pior dos cenários, gargalhar. Ao mesmo tempo, enquanto margeava a estrada, não conteve um pequeno sorriso perverso.

Quando se deu conta, Alex estava diante da curva da Regaleira, um lugar que, na perspectiva dele, era a mais pura representação do paraíso em um mundo de aviões em chamas, ondas ruidosas de rádio e televisão, e bombas explodindo entre homens, mulheres e crianças.

Não podendo pular o muro voando, como o satã de Milton fizera nos versos do épico, Alex ultrapassou o umbral do paraíso e teve sua visão invadida pela paisagem verdejante.

Infelizmente, a fila para adquirir o tíquete de entrada para a Regaleira já estava grande, o que fez Alex se sentar num banco de pedra. Atrás dele, estava a Alea dos Deuses, uma série de estátuas enfileiradas que faziam daquela parte do jardim um faustoso Olimpo, com imponentes figurações de Zeus, Pã, Ceres, Flora, Vulcano, Hermes e Vênus.

Entre 1898 e 1912, Monteiro tornara a Quinta um dos maiores enigmas arquitetônicos da história, dando ao jardim, que subia morro acima, uma série de platôs cuja simbologia apontava para o esoterismo oriental, a cabala judaica e o hermetismo gnóstico. A casa de veraneio também foi reformada em seus três pavimentos, levando ao laboratório alquímico de Monteiro.

Unindo estilo neogótico e neomanuelino a projeções cênicas, religiosas e místicas, a Quinta da Regaleira resultava num livro arquitetônico, num manuscrito de pedra, construído pela obsessão de um homem que desejava criar algo que sobrevivesse a ele e à sua vida.

Alex descobrira o lugar numa de suas primeiras visitas a Sintra.

Anos antes, ele devorara as páginas de *Os Maias*, o envolvente romance de Eça. Apaixonado, Alex planejara durante meses sua visita à pequena vila na qual Carlos Eduardo fora reencontrar os olhos de fogo de Maria Eduarda, sua trágica irmã e amante.

Joana veio novamente ao encontro de seus pensamentos. Perdido no paraíso, Alex mirou a fila e ordenou ao corpo que se movimentasse.

Num átimo, ele se levantou, ajustou o casaco e se virou em direção à bilheteria.

Foi quando, sem olhar para os lados, esbarrou no sujeito que vinha à sua esquerda.

Irritado, Alex se virou e viu um esqueleto vivo na forma de um jovem roqueiro de não mais que 20 anos, com cabelos desalinhados, camiseta escura, jaqueta puída e jeans rasgados. O metal dos anéis nos dedos e dos brincos nas orelhas intensificavam sua figura, além do sorriso.

Os dois homens se olharam.

Pouco a pouco, o jovem foi substituindo o sorriso por um abrir de lábios, revelando os dentes perfeitos e os delicados caninos, até lhe dar, numa voz rouca de riso, como a de um felino carente, sua primeira frase:

"Você não tem mesmo jeito, não é? Tão afrontoso quanto eu e me fazendo atravessar o mundo para te encontrar aqui, neste pequeno canto perdido do mundo."

Alex gargalhou. Foi inevitável.

O anjo caído que caminhava entre pedras de fogo estava mais para um Dorian Gray punk que mesclava uma pose de Jagger suburbano ao de um roqueiro dos anos 1970 em seus dias de glória, com um toque de

Bowie, tudo batido num liquidificador pop, punk e techno, com cabelos longos, olheiras de sono, anéis nos dedos e um sorriso que ateava fogo na escuridão.

"Deus, você é todinho feito de histórias, cenas e referências!", disse o roqueiro, rindo. "Barachiel tinha razão. Acho que vamos nos dar bem. Muito prazer, sou Samael, também conhecido como diabo, satã, estrela da manhã, tinhoso, perverso, tentador e chefe do inferno."

O andrógino esqueleto humano estendeu a mão a Alex, que a recebeu com a sua.

"Isso era o mínimo que você poderia esperar de mim. Obviamente, não chego a seus pés em eloquência, pelo que dizem por aí, mas faço o que posso com o que tenho à mão."

Os dois riram, com a mansão de Monteiro atrás, a agitação das pessoas aumentando, os pássaros cortando os céus, e os deuses do passado, congelados em pedra, ficando para trás.

"Então vamos caminhar. Faz tempo que não venho aqui."

Alex foi em direção à fila, mas o demônio o desviou para o local da entrada.

O homem o seguiu, enquanto o jovem sacava dois ingressos do bolso do jeans em frangalhos. Ele os estendeu à idosa mulher do guichê, que os checou e liberou a passagem, não sem antes fixar os olhos no anjo caído vestido de carne e sentir dentro de si fagulhas de paixão e desejo que julgava mortas havia anos.

Alex começava a reelaborar algumas de suas conclusões sobre o demônio.

"Por onde você quer começar?", perguntou Samael, tomando a iniciativa.

"Gostaria de suspender um pouco o passeio, ao menos por alguns minutos."

O demônio estacou e sorriu, no meio da paisagem verdejante que se adensava atrás dele.

Alex tirou uma fotografia mental do jovem, tentando controlar a ansiedade.

"Eu entendo. Não é todo dia que se encontra o diabo, não é mesmo?"

"Não, não é. Nem anjos. Nem nada dessa insanidade."

"Então vamos com calma. Não temos pressa, temos?" O diabo levou os dedos longos ao queixo e gesticulou para o ar. "Tive uma ideia. Que tal um drink no restaurante ali em cima?"

Alex riu.

"Boa ideia. Acho que um café na Quinta da Regaleira, antes do passeio do dia e na companhia do tentador, não seria ruim."

"Claro que não. Além disso, o nazareno, do que me lembro dele, aprovaria."

Os dois companheiros andaram poucos metros e acessaram o restaurante ao ar livre que ficava entre a casa de Monteiro e a Fundação Cultural, que administrava o lugar.

O homem pediu um café e o demônio, uma cerveja. Depois de serem servidos, os dois se olharam por alguns instantes, com Samael quebrando a formalidade do encontro.

"Barachiel me disse que você era um dos inquisitivos. Pois bem, aqui estou eu. Fique à vontade, mande ver, não se acanhe, afinal, eu vim dos quintos dos infernos, como dizem, só para vê-lo. Obviamente, isso é pura linguagem metafórica, apenas para causar uma boa impressão."

O demônio bebeu mais um gole, enquanto Alex o encarava. Chamas antigas queimavam dentro dele à medida que o café fazia efeito. Ele foi ficando mais atento aos seu interlocutor.

"Bem, vamos começar então com uma pergunta minha e outra de uma amiga..."

"Sim, Joana Strauss. Eu a conheço."

"Você a conhece?"

"Quer dizer, você atrasou meu cronograma por causa dela. É claro que a conheço."

"Cronograma? Quer dizer então que vocês têm um cronograma?"

"É claro. Nossa agenda não é livre como você poderia imaginar. No meu caso, se acreditar no que dizem, tenho almas a tentar, lugares a visitar e homens a seduzir. A existência de um demônio não é fácil. Então, sim, eu estava com vocês dois em Berlim, esperando. Isso até perder você de vista e seguir seu rastro por três dias naquele trem horrível até chegarmos aqui."

"Então é isso que você está fazendo agora? Me tentando? A propósito, essa é a minha primeira pergunta: o que diabos, sendo o próprio diabo, você deseja de mim?"

"Pensei que Barachiel tivesse explicado."

"Mais ou menos. Explicou em partes. Mas quero ouvir de você."

O demônio bebeu o vinho e em seguida tirou do casaco de couro uma cigarrilha de ferro de onde surgiu um cigarro escuro, cuja essência Alex absorveu.

Ele acendeu o fumo e tragou a fumaça, até expirar uma névoa perfumada e brumosa, que dava ao todo da cena um verniz de filme antigo, apesar das roupas, da postura e das cores vibrantes de sua personalidade e do cenário que os encobria.

*Que intérprete maravilhoso de si mesmo ele é*, pensou Alex.

"Logo você saberá o que faço e quero. Mas vou tirar do caminho alguns equívocos. Sabe como é, propaganda enganosa, difamações grosseiras, além de exageros de escolastas medievais que não tinham nada para fazer a não ser sonhar com bodes, espetos e transas. Em primeiro lugar, eu não tento ninguém. Também não estou por aí em busca de almas. Elas não me interessam, exceto quando me apaixono. Eu também não sou inimigo de Deus. Na verdade, uma das minhas frustrações é ele ter sumido, dado o fora, pedido as contas. Nesse aspecto, sou mais parecido com Barachiel, embora com mais estilo. Ambos somos livres pensadores que não se sentem nem do partido de cima nem do partido de baixo. Resumindo, Alex", disse o antigo e jovem demônio, tragando o cigarro, "não estou aqui para salvar ou condenar, nem para oferecer um pacto que você assinará com sangue em troca de sexo, riquezas e fama. Tudo muito superestimado, acredite. Mas é claro que adoro o *Fausto* de Marlowe, embora tenha mais em comum com o cientista metido a mago picareta do que com o diabo escriturário do inferno."

Alex sorriu, imaginando o que Joana acharia do sujeito. Que encontro adorável seria aquele, entre a mulher mais articulada e atraente que ele já conhecera e aquele demônio, aquela criatura que surgia aos seus olhos como o suprassumo da eloquência e espontaneidade.

"O que me leva à segunda pergunta, à pergunta da Joana."

"Claro, eu estava esperando por ela."

"Você falou do partido de baixo, do inferno... Ele não existe, não é mesmo? Ou existe? A pergunta dela, e também a minha, é: existe uma continuidade depois disso aqui?"

O demônio riu, sabendo sobre o que o homem falava e mapeando em sua consciência de eras o número de vezes que testemunhara inquietações similares.

"Você gostaria que existisse? Uma continuidade?", devolveu Samael. "É sério, pense um pouco. E tire da cabeça os contos de fadas, os céus burocráticos e as infernálias de tortura, dor e martírio. Tudo isso é bobagem e você sabe disso. Mas de novo, pensando bem e analisando friamente, você gostaria de continuar, além disto aqui, deste planeta e desta existência? Você gostaria de pensar que seu tio ou então o velho e bom Strauss, o parceiro de Joana, ainda existem, conscientes, aqui, ali ou acolá?"

Alex não precisou pensar muito para encontrar a resposta.

"Não, eu não gostaria."

"Do que você *gostaria,* então?", perguntou o demônio, ficando na ponta da cadeira.

"Sinceramente? Que tudo acabasse de verdade, como um sonho, como um descanso, um torpor pesado e silencioso, e que a morte fosse simplesmente a morte."

"Uma vez que 'não há obras, nem governos, nem alegrias, nem lágrimas, no sheol, para onde tu vais'..."

"'Então, jovem, faça o que tens de fazer com a vida que tens'", disse Alex, continuando a citação do demônio. "Sim. Eu li o Eclesiastes. E pelo visto, você também."

"Obviamente."

Alex findou a xícara de café e fitou o movimento dos homens e mulheres que iam e vinham, ao lado de amigos, parceiros, amantes e familiares. Uma parte de sua mente questionava o que aconteceria se eles suspeitassem que não haveria nada depois dessa vida.

"O que aconteceria?", inquiriu o demônio, supondo os pensamentos de Alex e colocando-se em pé. Ele havia terminado a cerveja e jogado a bituca do fumo dentro da garrafa. "Ora, Alex, nada de muito diferente do que já acontece: eles viveriam. Nem mais nem menos. Alguns, talvez, viveriam até melhor, suponho. Mas, na totalidade, e isso é bem importante, todos intuem que não exista nada depois, mesmo os mais fiéis, mesmo os mais ardorosos."

Alex também se levantou e bebeu a água que o atendente havia trazido. Nas narinas, o cheiro de café misturava-se ao fumo do demônio e ao denso perfume de lírios, hortênsias e magnólias plantados no canteiro ao lado deles.

"E quanto às aparições? Aos espíritos? Aos fantasmas?", perguntou o homem.

"Sinceramente? Não sei nada sobre isso. Nunca vi nem ouvi nada. Mas também não tenho certeza de que não existam. Nisso, e em tantas outras coisas, sua Joana acertou na mosca: há mistérios no mundo físico, até para nós, e hoje passearemos por eles. Então, sim, pode haver espíritos por aí, existindo em alguma dimensão física. Mas, para ser sincero, cara, acho que, nesse caso, trata-se mais de uma falha minha do que uma prova de que não existam. Sou muito distraído, confesso."

O demônio começou a andar, indo em direção à capela que dava acesso aos caminhos verdejantes do jardim da Regaleira, um jardim feito de pedra e cimento que se perdia entre árvores, vegetação e flores, convidando os passantes a uma exploração ascendente que prometia não apenas uma visão panorâmica do vale como uma chegada aos círculos celestes.

"Como assim, distraído?", perguntou Alex, seguindo-o.

"Você realmente quer falar de espíritos? Olhe à sua frente: o que me interessam credos, crenças e histórias de espectros e fantasmas quando se tem esse planeta imenso com todas as suas maravilhas, milagres e prazeres?"

Alex o alcançou e tocou o ombro do diabo, fazendo-o parar e voltar-se para ele.

"Todos nós temos credos e crenças. Quais são os seus?"

O demônio sorriu seu melhor sorriso, suspirou e começou a falar.

"Poesia. Arte. Paixão. Amor. Sexo. Vinho. Comida. Sol. Lua. Chuva. Flores. Música. Perfumes. Quadros. Sinfonias. Canções. Xadrez, dominó e um bom carteado. Casacos, camisas e gravatas. Vestidos, joias e pedras. Batom, perfume e lingeries. Estátuas, bustos, castiçais e divãs. Riachos, mares e quedas d'água. Escorpiões, aranhas, águias, cavalos, cães e, claro, gatos. E também leopardos. Qualquer felino, na verdade. Deem-me um felino e eu encontro todos os segredos do universo em seus olhos. Meu credo? Manuscritos, livros, missivas, diários. Papel manchado de tinta, sangue ou vida. Bibliotecas, museus, galerias e closets. Ah, eu adoro um bom closet. Cinemas, teatros e auditórios, com filmes, peças e musicais. E têm também os sorrisos, gemidos, bramidos, sussurros e lágrimas. Abismos, fornalhas, mortalhas. Sonho de criança, desejo de velho, tesão de adulto, gozo noturno, diurno, profundo. Todo e qualquer erotismo, romantismo, obscenidade, com alguma ou outra pornografia, desde que de qualidade. Carros e motocicletas. Grandes avenidas movimentadas e becos perigosos. Meu credo, você pergunta: tudo que faz o coração pulsar, o olhar arder, a pele esquentar. A tristeza do artista que busca o poema perfeito, a canção perdida, o filme da infância, o romance da vida e da morte, do amor e da dor. Todos os corações feridos, por amar demais ou de menos. Todos os sonhos concretizados e despedaçados. Eis o meu credo, eis a minha fé, não em mim ou em Deus, mas em vocês e neste lugar, neste jardim, neste planeta. Eu deixo de fora milhares de coisas, é claro. Não temos o dia inteiro, tampouco a eternidade. Ao menos vocês não têm. Portanto, não me faça pensar em escritórios com ar-condicionado, nem em campos de guerra, nem em escolas ou universidades, com raras exceções, muito menos em templos ou igrejas. Eu pago para não entrar nelas. Por outro lado, me deem bares, pubs, tavernas, restaurantes, casas noturnas, shows ao ar livre, teatros abertos ou fechados, cinemas... sim... me deem a escuridão do cinema e eu volto a ser criança... eu que nunca fui criança... com aqueles filmes sem fim que nada têm de realidade e que para mim são toda a realidade. Minha crença, Alex? Minha crença está em você e na sua descrença. Minha fé está na Joana e no quanto ela conhece de filmes e livros, canções e lembranças. Todo o meu dogma está no beijo de vocês e nos dedos entrelaçados dos dois enquanto caminham lado a lado. De resto, não passo de um pobre diabo sorvendo a vida através do que tenho aprendido com vocês, e isso há um bom tempo. Isso responde à sua pergunta?"

Alex sorriu e então gargalhou.

"Sim, responde."

"Então, vamos subir? Quero explorar esse lugar com você até chegarmos lá em cima. E, enquanto fazemos isso, vou fazer o que Barachiel fez: contar a você a minha versão dos fatos. Para isso, vou começar do início, obviamente."

"Seu amigo já fez isso", falou Alex, agora não mais seguindo Samael, mas andando a seu lado, afastando-se da capela enquanto a Estufa e a Gruta de Leda surgiam à direita dos dois.

"Sério? E ele começou por onde? Com a ficção do Éden? Ou com Abraão e aquela conversaiada toda sobre Deus e sua paixão pela humanidade pré-histórica?"

O homem assentiu.

"Mas você não pode levar a sério o que criaturas como Barachiel contam, afinal, elas são jovens, viram pouco, sabem quase nada, inocentes que são. Eu vivo dizendo isso a ele. Já trocamos uns sopapos por isso, inclusive. O cara se ofende fácil."

"Jovem? Barachiel é jovem?"

"Bem, talvez essa não seja a palavra mais apropriada. Digamos que sua espécie chegou bem depois, a ponto de acreditarem em histórias de ninar. Sinceramente, a Bíblia não me interessa tanto, nem o que ele contou. Essa aqui não será a versão do demônio para uma história que você já ouviu. Fique tranquilo. Seu tempo é precioso e sua vida é curta."

"Se Barachiel é jovem ou chegou depois... Você chegou quanto tempo *antes*?"

"Ora, eu estava lá desde o início, Alex", respondeu o serafim, pegando o braço do homem e conduzindo-o para cima, para além da umidade verdejante da estufa.

"Afinal", arrematou Samael, "tudo começou com luz. E, como você sabe, sou aquele que a trouxe. Em outros termos, fui o primeiro a surgir quando Deus fez da escuridão explosões de energia e imaginação. Quase nada existia antes de mim, afinal, fui eu quem o ensinou a nomear estrelas. Ou, em outras palavras, fui eu quem ensinou a Deus suas primeiras canções."

*Sintra, Portugal*
*22 de novembro de 2001*

"No início, bem no início, não havia nada, nem mesmo Deus."

O demônio pausou a fala, rodeado de rosas, magnólias, orquídeas e lírios do vale, que se multiplicavam ao redor da estufa da Regaleira. Atrás dele e da construção de ferro e vidro, a vida vegetal pulsava, com o verdor do morro emoldurando a cena e convidando-os a continuar sua exploração, caminhos de pedra acima, em direção ao topo, em direção ao céu.

Este se descortinava num azul límpido, tingido de nuvens leves e acinzentadas. O dia estava claro, com uma temperatura amena que presenteava os visitantes da quinta, que agora começavam a se multiplicar, passeando, conversando e fotografando os recônditos do paraíso.

O homem encarou o demônio, dizendo sem nada dizer que estava pronto para a sua narrativa e para o banquete de visões, perfumes, sons e texturas que o jardim oferecia.

"No início, não era palavra coisa nenhuma", continuou o demônio. "Nem ruído, vento, vulcão ou grito. Nem o tempo existia. No início, bem no início, era apenas silêncio."

O vento agora chegava às narinas dos dois viajantes, trazendo fragmentos de pólen de eras passadas, dando à voz do jovem roqueiro uma moldura levemente soturna, apesar da vibração de seu tom e do arco de seu sorriso. Os dois seguiram caminhando pelo jardim.

"Fragmentos estrelares dançavam seus ritmos, dando ao todo uma valsa que nada tinha de material, nem de narrativa, nem de divina. Tratava-se apenas de uma vastidão cósmica que simplesmente existia, gigantesca, indiferente, infinita. Pura energia fundindo-se a pura energia.

"Foi em meio a essas fagulhas contidas e dispersas, de estrelas berrando ao nascer ou morrer, que Deus nasceu. A cabala judaica ensina que Deus criou tudo a partir de si mesmo, retirando uma parte de seu corpo e dessa parte formando o universo que conhecemos. Eu não estaria tão certo. Nem ele estava. Nem mesmo ele sabia exatamente como veio a existir."

O serafim caído seguiu seu caminho, com Alex atrás dele.

Deixaram a estufa para trás e se dirigiram a uma imensa muralha de pedra fendida ao meio, que dava passagem ao que parecia ser uma gruta.

"Eis uma bela pergunta para debates dominicais, Alex: Deus nasceu do universo ou o universo nasceu de Deus? Uma coisa é o nascimento de Deus, e outra, o surgimento de sua consciência. E ela só nasceu quando Ele notou que não estava mais sozinho. E aqui eu entro."

Os dois viajantes adentraram a Gruta de Leda, onde, no interior de uma alcova de rochas, uma estátua da bela rainha de Esparta surgia, cercada por um Zeus em forma de cisne.

"No meu caso", a voz de Samael agora se ampliava na caverna, reverberando no teto e se espraiando por paredes irregulares e pétreas, "inicialmente eu não passava de uma fagulha de luz e calor, um fiapo de ideia, até começar a me mover, me expandir, adquirindo cada vez mais consciência de que eu possuía uma consciência. Levou eras para eu entender, ou melhor, para eu começar a desenvolver um princípio de racionalidade que me permitisse elaborar sensações e vivências, e, o mais importante, a me comunicar. Mas a me comunicar com quem?"

Alex estacou diante da estátua feminina, ignorando pela primeira vez a opulência de suas carnes de mármore e o encontro do seio com o tecido do vestido, ambos brancos e frios, e fixando o olhar no jovem vestido de demônio, que circundava a estátua enquanto falava.

"Então eu comecei a me comunicar, gritando ao vazio por algum eco, resposta ou brado. Deus demorou a responder e, quando por fim o fez, aprendendo também a se comunicar enquanto me respondia, passamos a dançar a mesma dança, a cantar na mesma sintonia, um ensinando ao outro como ser, como existir, como pensar, como falar.

"A humanidade, sobretudo os cristãos, ficaram tão obcecados em nos transformar em inimigos, em herói e vilão, eu e Deus assumindo ora um papel, ora outro, que se esqueceram de que no início, bem no início, éramos uma só coisa, uma só energia.

"No início, nós estávamos fundidos um no outro, ecoando a música do universo enquanto tentávamos entender as potências que nos revestiam de luz, calor e energia; eu, assombrado e apaixonado, ele, pouco a pouco assumindo a autoria do libreto cósmico, mais por oportunismo que por realidade. Quando ele sabia de algo, ele me dizia, me explicava, me instruía. Quando nem ele tinha consciência do que estava acontecendo, apenas silenciava, algo bem do seu feitio.

"Deus é meio caladão, sabe? Tipo um herói de filme *noir*, fumando nas sombras de um bar noturno com jazz ao fundo. Ele quase nunca fala, mas, quando fala, que espetáculo! Mas meu ponto é esse: no início Ele falava ainda menos, pois também estava aprendendo com o universo que havia criado ou que O criara. A meu ver, isso importa pouco."

O demônio estacou ao lado da perna direita de Leda, então estendeu os dedos longos e insinuantes à perna da mãe de Helena, demonstrando, com um fechar de olhos e um sorriso sensual e libidinoso, o quanto apreciava a textura da pedra em contato com sua pele.

Em seguida abriu os olhos, os dedos ainda tocando a carne da estátua, e sorriu.

"E foi a partir daquele ímpeto, daquele diálogo, dança, união, contato, chame como preferir, daquela primeira comunhão, que começamos a *entender* as coisas.

"E a primeira coisa que percebemos do universo é que havia forças ou energias que coordenavam tudo, as chamadas leis cósmicas, forças que mantinham tudo organizado. Falo de gravidade, densidade, movimento e tempo. Embora o tempo seja percebido por você como algo linear e gradativo, o tempo cósmico é de outra natureza. Newton, por exemplo, cogitou a hipótese de que o tempo de Deus seria instantâneo, tudo acontecendo agora: início, meio e fim. O que dá aos versos de Blake um especial sentido: a eternidade em um segundo, o infinito no pulsar de uma artéria. Mas aqui estou me adiantando. E é um pouco difícil não misturar tudo, pois tudo está misturado no cosmos, assim como a nossa percepção dele."

Samael deixou a alcova natural, seguido por Alex. Os dois costearam a muralha que protegia a gruta e subiram por uma de suas torres até o próximo nível do jardim.

Os pássaros cortavam o céu, com seus cantos entrecruzados pela conversa dos passantes, que falavam numa alternância de inglês, espanhol e francês, embora só importasse a Alex o português doce e musicado que partia dos lábios do demônio.

"Além dessas forças que mantinham o universo funcionando e em movimento, percebi que havia também uma infinidade de partículas e fragmentos, moléculas que começaram a se tocar, se unir e formar coisas. Essas partículas, átomos, formam tudo o que você vê, sente ou intui, até o que aparentemente é imaterial, como a luz e o ar, assim como as ideias e os sonhos. Mas essa é uma conversa para depois. Falo aqui não de um 'depois' de agora, mas de um 'depois' de milênios, quando vocês estiverem prontos para compreender a mente. O fato é que essas partículas existiam e estavam em eterna queda ou choque.

"E Lucrécio, veja só, no primeiro século antes de Cristo, acertou em cheio. Se o Gênesis sugeriu uma ordem coerente para a formação da terra e da vida, o *De Rerum Natura* latino resolveu tudo ao cogitar um *clinamem*, uma alteração na inércia do movimento dos átomos, uma virada, um momento no qual as partículas passaram não apenas a existir, mas a se paquerar, se abraçar e a transar, até começar a dar forma à matéria tal como a conhecemos ou, nas palavras do latino ateu, até formarem a própria natureza das coisas. E é claro que, em vez de um Deus mandão, Lucrécio, como o poeta exuberante que foi, viu uma Vênus que convidava todo mundo para um bacanal, onde corpos, fluidos e desejos originaram um todo natural frutífero."

O demônio agora levava Alex para um pequeno lago, resultante de uma série de quedas d'água escondidas, com caminhos e pontes de pedra, além de flores e pássaros. Nas águas límpidas, peixes de diferentes tamanhos, cores e espécies passeavam e mergulhavam.

Por pouco, Alex não perdeu a concentração no que seu interlocutor dizia.

"Tratava-se de um universo feito de mistérios, que originavam novos eventos, energias e formas. Essa foi a primeira surpresa, a grande revelação inicial: o cosmos não apenas existia, mas crescia, se desenvolvia, e pouco a pouco dava origem a novas coisas, fossem elas estrelas, planetas ou asteroides que iam e viam, como num trânsito de sexta-feira. Quando questionei Deus sobre isso, ele apenas disse: 'Você ainda verá muitas maravilhas, Samael.'"

O demônio se posicionou sobre uma pequena ponte de pedra. Água e peixes corriam sob ela e cotovias e beija-flores voavam acima. Flores cresciam em puro esplendor e ramagens pendiam das encostas de pedra em direção ao fluxo das águas.

Alex parou a seu lado, fitando o olhar de Samael e ainda inquieto com os segredos que lhe eram revelados, segredos bem mais próximos das aulas de ciências que frequentara e dos autores acadêmicos que lia do que dos tomos de religião e espiritualidade.

"Essas partículas, Alex, surgiram de onde? A resposta mais simples é: de estrelas que haviam morrido. Originalmente, havia apenas duas dessas partículas: hélio e hidrogênio. Depois surgiram outras, como carbono, nitrogênio e oxigênio, aquelas que tornam a vida possível. Mas tenha um detalhe em mente: o universo hoje só existe porque um dia uma estrela explodiu, morreu, sucumbiu, bateu as botas, foi para as cucuias, desistiu. E foi a partir dessa explosão, dessa primeira morte, que outras estrelas e planetas se formaram, como o seu sol e a sua terra.

"E aqui temos dois eventos notáveis, parceiro: primeiro, toda a vida que você vê, neste lago, neste céu, nestas árvores, toda ela, nasce da morte. E além disso, tudo ao nosso redor é, a grosso modo, vestígios de um corpo estelar antiquíssimo, poeira de uma estrela primeiro moribunda, depois defunta e então renascida, que originou, milênios depois, o ferro e o vidro da estufa, as pétalas destas flores e este solo, estes animais, o seu corpo e o meu. E neste fato há um incrível potencial poético: quando você abraça, beija, sorve, inspira e toca qualquer ser vivo, está interagindo com poeira estelar renascida, ressurgida aqui como pena de ave, pelo de lobo, dente de tigre ou cílio de olho, ou então, se tiver sorte, em lábios suculentos e famintos.

"Ah, e ainda há outra coisa para compreender. Embora vocês, humanos, adorem se achar o começo e o fim, como um Deus que eu conheço, que adora entregar um cartão de visitas assinado como alfa e ômega, vocês não passam de um pedacinho do meio. O sol é uma estrela de segunda categoria, o que significa que ela resulta de uma estrela maior e anterior que hoje não existe mais, e que o seu fim, o fim do sol, dará espaço a outras estrelas, de terceira e quarta categorias, que irão nascer dos fragmentos dele. Sei que isso é desalentador, mas é a pura verdade, além de ser um tanto libertador também: se saber meio de história, *nem* começo nem fim, *sem* começo ou fim, te dá espaço, na eternidade do hoje, para ser o que você é, sem ressentimento ou medo. Sabe como é? É como chegar no meio da festa e só curtir a música.

O demônio se virou para Alex e pousou a mão em seu ombro numa terna intimidade.

"Por mais incrível que isso possa parecer a muitas pessoas, Alex, é o acidente que produz o universo, não o universo que produz os acidentes. E uso a palavra com precisão atômica: sim, acidentes. Há declives, curvas, imprecisões, marcas e surpresas, desvios de curso e choques de percurso, no próprio tecido da realidade. E, curiosamente, são esses acidentes que resultam em tudo que vemos. Em outros termos, é graças a um universo imprevisível e caótico que a realidade existe. De novo, voltamos a Lucrécio. Não é na regra e na linearidade que está o segredo, mas no desvio, na virada, no entrechoque de moléculas brigando, se abraçando, se amando, resolvendo as contendas no melhor lugar possível: na cama.

"Tudo no universo está se expandindo, se multiplicando, se frutificando. 'Sejam fecundos e tornem-se muitos, e encham a Terra', diz Deus no mito judaico. 'E se divirtam no processo, com um pouco de beleza, ardor e foda', responde a Vênus romana de Lucrécio.

"De uma perspectiva científica, não se trata apenas de entender que o universo está em expansão, de que galáxias estão se afastando. Antes, trata-se de compreender que a distância entre elas também está se expandindo, como se o próprio tecido da realidade estivesse crescendo. E quanto ao espaço sideral, assim como qualquer espaço, por mais que pareça vazio, ele não está, não de fato. Muito menos parado, estático ou esperando o ônibus passar. Indiferente ao atraso da lotação, neste universo sempre há algo acontecendo.

"Ora, se algo está crescendo, você pode usar sua imaginação e fazê-lo voltar, retroceder, rebobinar a fita, como dizem, ou, como diziam, você pode fechar os olhos e ver, num imenso *flashback* cósmico, com o aporte de um *zoom out* espacial, o cosmos reverter seu curso.

"Se fizer isso, na visão de sua mente, você partirá de um jardim como esse e chegará a uma mata fechada, e então a um planeta em formação, com vulcões explodindo em lava e mares revoltos, até chegar a ver esse planeta, junto de outros planetas, dançando ao redor de uma jovem e velha estrela, até se afastar ainda mais, no espaço *e* no tempo. Só então você verá que esse sistema solar não passa de um entre milhares de outros, também jovens, nascidos igualmente de fagulhas, farelos e porções cósmicas. Se esses também revertessem seu curso até seu ponto de origem, até seu próprio nascimento, até seu explosivo *big bang*, você veria a origem *deste* universo, num momento de calor e sofrimento no qual Deus, finalmente sabendo-se vivo, deu seu primeiro grito e reclamou do frio, isso depois do universo bater na sua bunda e lhe dizer que a noite acabou e que o show estava prestes a começar. Nós estávamos lá, eu e ele, curtindo o espetáculo e tentando dar sentido ao que víamos. Venha, vamos seguir."

Alex saiu de seu torpor, tentando concatenar todas aquelas revelações.

Nos dias que sucederam seu encontro com Barachiel, junto a Joana, ele cogitou as revelações e as artimanhas que o diabo usaria com ele. No entanto, nada poderia prepará-lo para aquilo, para um retorno a um tempo cósmico, na companhia de um demônio que, até então, não tinha nem entrado no problema humano, quanto menos em sua relação com o divino.

Samael voltou à trilha anterior, de chão batido, interrompendo sua subida pela montanha.

"Muita coisa acontecendo, não? Eu sei. É um pouco demais. Mas o universo é isso mesmo, cara: muita coisa acontecendo. Fique tranquilo, estamos perto do drama que mais interessa, quando as coisas realmente começaram a ficar sexy. Venha, estou com sede."

A dupla então tomou um caminho inverso, descendo pela encosta do morro até a Fonte da Regaleira, mais um espaço aberto de comunhão entre espaços humanos e naturais.

"Foi quando a nossa atenção", continuou Samael, "se voltou para um pequeno planeta deserto, próximo demais de uma estrela bem jovem.

Chegava o momento de eu e Deus conhecermos a Terra e ficarmos encantados com o potencial do lugar, embora no início ela não fosse nada de mais. E esse planeta minúsculo estava bem acompanhado: o infernal Plutão, o gélido Netuno, o tímido Urano, o onírico Saturno, com seus anéis, o monumental Júpiter, o belicoso Marte, a adorável Vênus e o árido Mercúrio.

"Não entrarei no mérito aqui se o primeiro e o último são planetas. Para os antigos, eles eram, afinal, eram deuses, seres potentes ao redor dos quais histórias, crenças e mapas astrológicos foram desenvolvidos e seus nomes escolhidos. E quem sou eu para não acreditar em projeções astrológicas? Detesto os chatos que são incapazes de perceber a poesia suprema de se nascer sob o signo de Peixes com o ascendente em Áries. Só um minuto."

O demônio se aproximou da fonte e bebeu avidamente da água límpida que emergia da construção de mármore, inserida também em outro paredão pétreo.

Depois de afastar o rosto da fonte e secar com o punho um filete d'água que escorria dos lábios, o demônio continuou, dando tempo para Alex saciar sua sede.

Os dois se sentaram num dos três bancos de pedra que acompanhavam a fonte.

"Voltando... Há quatro bilhões de anos, esse pequeno planeta foi atingido por outro, do tamanho de Marte. Do impacto, que quase o deslocou da órbita, milhares de fragmentos ficaram pairando, até irem se aproximando, se fundindo, até tomarem a forma do próprio planeta.

"Assim nasceu a Lua, o que nos mostrou também que da destruição poderia nascer beleza. E pelo tempo afora, do intercurso da Terra com o Sol e do abraço da Terra com a Lua, terra se fundiu a lava, solo se afastou de água, ramagens começaram a se entremear a outras, e um planeta desértico começou a ser povoado de vida.

"As crateras da Lua são outras colisões, assim como as terrestres, as cicatrizes de cataclísmicos eventos que deram fim aos monstros do passado e que talvez possam encerrar a vida presente, como os homens adoram imaginar em seus romancetes, novelas e filmes de grande orçamento. Por mais bobos que sejam, há uma verdade neles: a morte pode vir a qualquer momento, como veio no passado, como virá no futuro, a morte em pequena escala, findando com uma vida individual, ou a morte monumental, acabando com tudo.

"E sim, falo do fim do mundo, do apocalipse, do armagedom, do fim da festa, do derradeiro apagar das luzes, do fechar das portas. Em cinco bilhões de anos, essa estrela, esse Sol, num ímpeto de agonia, fúria e exaustão, vai crescer, crescer tanto que chegará a abarcar a Terra, entre outros planetas deste sistema galáctico. E então tudo vai acabar.

"Ao que tudo indica, numa sexta-feira 13. Com alguma folga de horas, antes ou depois. O que sinceramente é bom, pois dará ao universo um final de semana para descansar um pouco, se organizar e então voltar à labuta na segunda-feira seguinte.

"Há outros caras que negam tudo, dizendo que, um pouco antes, a galáxia de Andrômeda e a Via Láctea, que estão de fato em rota de colisão na velocidade de cem quilômetros por segundo, vão se esbarrar. Isso dentro de quatro bilhões de anos. Nesse caso, seria fogo no parque e buraco no barco. Ah, e segundo esses mesmos caras, tudo vai acontecer num sábado à noite. Como pode ver, os finais de semana são tudo de bom. É neles que tudo acontece!

"Mas voltando ao fim do mundo, apesar do falatório exagerado e caótico, ele é pura verdade, algo tão certo quanto o amanhã. Ou o próximo final de semana."

"E depois?", perguntou Alex, enfim dando voz aos seus pensamentos.

"Depois do fim do mundo?", Samael sorriu. "Bem, é difícil dizer, mas acho que depois dele, do apocalipse final, vamos voltar ao início. Não à palavra. Nada disso. Vamos voltar ao silêncio, até que o universo desperte e o drama recomece. Resumindo, depois do fim, tudo vai acabar, o que é meio óbvio. Isso até o universo dizer de novo, com charuto na boca e claquete a postos: 'Ação!'. Mas enfatizo que tudo isso é só suspeita. Quanto a todo o resto, é pura verdade."

O vento agora se intensificava, bagunçando o cabelo de Samael e subindo pela espinha de Alex. O demônio se levantou e convidou o homem a fazer o mesmo.

Seguiram juntos pela encosta do jardim, morro acima.

"Mas esse papo é um tanto mórbido", retomou o diabo. "E diferentemente do que falam de mim por aí, eu não sou um adepto do silêncio e da morte. Ao contrário. Vamos voltar à vida? Acho um melhor investimento de tempo falarmos do que é, em vez de ficarmos elucubrando hipóteses que não sabemos nem se vão acontecer. Afinal... *Star Trek* está aí e os homens podem inventar naves espaciais muito antes de qualquer catástrofe.

"Onde eu parei? Pois bem, agora é que as coisas começam a ficar animadas."

O demônio seguia em direção à Gruta do Oriente, um lugar que Alex reconhecia e temia. Quando construiu sua quinta, Carvalho Monteiro pensou seu território como uma geografia de iluminação mística e iniciação arcana. Tal ritualística ocorria através de túneis subterrâneos nos quais os iniciados eram deixados na escuridão da noite para se aventurar nas entranhas da terra até a boca do Poço de Iniciação, um poço pétreo e belíssimo que ficava metros acima.

Muitos candidatos, depois de horas no interior da terra, tinham sucesso. Outros, não.

No caso de Alex, os túneis subterrâneos da Regaleira lembravam-no do quarto de contrição criado por seu tio, no qual tantas vezes ele enfrentara o frio e as trevas.

Os dois pararam na boca do túnel escuro, e Alex estacou.

"Aperte os cintos, essa viagem também será turbulenta."

O demôniu sumiu na escuridão do túnel, ignorando o turbilhão que assomava Alex ao intuir o destino de ambos. Mesmo inseguro, ele deu os primeiros passos, confiando no anjo.

De saída, o homem estranhou a escuridão, até entender que precisava se entregar à experiência, ignorando ansiedades e fobias, seus próprios vórtices de terror e comiseração.

Noutras vezes, ele tentara fazer esse percurso, sempre falhando, sempre deixando que as vertigens, as tonturas e o profundo senso de desorientação o impedissem e o fizessem voltar.

O primeiro som que escutou, emoldurando a voz do diabo, foi o de água borbulhando, de forma abafada e sombria, como se ele estivesse nas profundezas de um abismo marítimo.

"Tudo começou no fundo do mar", a voz do demônio ecoava no túnel escuro, há muitos metros de distância. "O planeta ainda era um grande fosso de vulcões ativos, gases nebulosos e ondas gigantes que arrebentavam tudo, mas lá no fundo, bem no fundo, por volta de três bilhões de anos no passado, moléculas complexas, pequeninas explosões químicas, começaram a se aproximar, se abraçar e se beijar, formando as primeiras transas microscópicas que receberiam, milênios e milênios mais tarde, o nome de células."

Do interior do som de águas marítimas que feria os ouvidos de Alex, surgiu o ritmo de um batimento cardíaco, de uma pulsação, de um ímpeto cadenciado e constante.

"Até hoje, elas compõem cada elemento vivo deste planeta, elas pulsam, nascem e morrem, cantam e correm dentro do sangue, dos músculos e dos ossos que formam qualquer corpo, seja ele animal ou vegetal. Elas, as primeiras células, foram as sementes que deram origem à árvore da vida. Logo no início, as pestinhas perceberam que além de se abraçar e se fundir, elas poderiam se dividir, originando outras células, neste caldeirão molecular inicial.

"Foi daí que nasceram as bactérias, entidades orgânicas ainda simples, porém um tantinho mais complexas. E, por algum tempo, mais ou menos uns dois bilhões de anos, elas continuaram sendo só isso, até expandirem suas filiais em unidades diferentes, com produtos, serviços e atuações diversificados. Sabe como é, evolua e se expanda ou morra e desapareça. O que é bom para os negócios também é bom para natureza. Quem foi que disse isso? Não importa."

Orbitado de escuridão, Alex apenas ouvia a voz do demônio e a pulsação que crescia ao redor de si, apertando seus tímpanos, com ímpeto e intensidade. Desorientado, o homem buscou a parede do túnel e seus dedos a encontraram, uma parede feita de terra, umidade e ossos.

Seu coração agora acompanhava o pulsar que o circundava.

"Essas bactérias unicelulares então se tornaram pluricelulares. Algumas ficaram coladas e isoladas, outras se expandiram e formaram cadeias, como as algas. Outras, começaram a sentir fome e formaram, no seio de sua estrutura circular, buracos que precisavam ser preenchidos. Eis um princípio de qualquer evolução: fome, apetite e satisfação marcam o tom desses processos. Além de algas, temos esponjas, e além delas, protozoários e outros bichinhos bem charmosos e horrendos, que fariam os contos de horror cósmico parecerem histórias infantis."

Quando a pulsação finalmente silenciou, Alex sentiu o ar rarefeito e abafado lhe chegar aos pulmões, com dificuldade. Agora, o som de água retornava, com cortes súbitos que pareciam corpos em movimento lutando na profundidade das águas.

"Cansados de ficar parados, alguns desses organismos gosmentos adquiriram mobilidade, e foi aí que a dança da existência começou. Só que, antes disso, eles precisaram desenvolver corpos mais fortes, com uma estrutura interna que depois se tornaria a espinha dorsal e, ao redor dela, órgãos mais complexos, assim como sensores nas extremidades, inicialmente de luz e calor. Na ânsia de se movimentar, alguns desenvolveram pequenas hastes laterais que ajudaram a guiar seu passeio, ainda no fundo frio do oceano. Mas daí, eles desenvolveram carapaças de proteção, sobretudo devido às ameaças de outras criaturas que surgiam, maiores e famintas."

Nesse instante, o som abafado de água e movimento que chegava a Alex silenciara, para, na sequência, começar a borbulhar, como numa caldeira. O homem seguia a voz de Samael na escuridão, um passo após outro, enquanto o ar lhe faltava e o coração explodia.

Os dedos ainda procuravam a parede do túnel em busca de uma mínima orientação.

O ruidoso borbulho da água envolvia a voz do anjo caído.

"Isso aconteceu há uns bons quatrocentos, quinhentos milhões de anos. Não espere rapidez aqui, cara. A água demora um pouco para ferver, mas, quando ferve..."

Alex se assustou com o som do entrechoque de ondas, um som que preencheu o túnel após a explosão anterior. Algo mole e quente caiu nos dedos de Alex. Agora, o ruído surgia como o som de uma rebentação marítima, explodindo contra as rochas de uma costa terrestre.

"Outras eras mais tarde, algumas dessas criaturas cascudas, boas de briga e resistentes à chuva, saíram para um passeio, aventurando-se pela terra firme. Aqui, ainda temos um único continente, Pangeia, uma massa de terra que subiu das profundezas tectônicas do ventre da terra, e que no futuro se dividiria nos continentes que você conhece.

"Foi a partir desse primeiro passeio que a árvore da vida se expandiu, com novas espécies surgindo em saltos evolutivos e adaptativos que resultaram em projeções alongadas e finas, com os pequeninos organismos que saíram dos mares e chegaram à terra, agora alcançando os ares."

Alex ouviu um barulho de terra se partindo e rachando, de lavas escorrendo e se sedimentando, o que intuiu ser um enxame de insetos. Ele gesticulou contra o nada da escuridão. Mas tudo não passava de som, um efeito especial trazido pelo demônio.

"Foi a era dos insetos, criaturas que alteraram substancialmente o desenvolvimento da flora sobre a superfície da terra. Os caras adoravam pegar uma coisa daqui e levar para ali e, com isso, ramagens que teriam levado séculos para se expandir e desenvolver fizeram isso em dias, meses e anos. Era a vida que ganhava os céus e se espalhava no solo.

"Enquanto isso, de volta aos mares, os monstros que criaram braços agora os reforçavam com ossos e desenvolviam um crânio, tudo para poderem sentir melhor o ambiente, paquerar com mais eficácia e afastar a concorrência. Ah, e também para poder devorar as criaturas menores. Fome e banquete, lembre disso, nunca saem de cena."

De volta ao ruído profundo de águas, Alex agora ouvia o barulho de carne sendo devorada e mastigada, enquanto outros sons pululavam ao redor.

"Com cabeça e espinha, vieram barbatanas feitas de músculos, que intensificavam as explorações e passeios dessas feras aquáticas. Elas passaram a acelerar nas curvas e mandar ver, em alta velocidade, grande potência e audacioso *design*. Se os insetos faziam a festa nos céus, os peixes dominavam os mares, num drama contínuo e pujante."

Alex ouvia um respiro sofrido, seguido de grunhidos e choros, além de brados de dor.

Ele avançava cego pelas sombras, perseguindo a voz, perseguindo a vida.

"Eras e milênios mais tarde, um grupo desses peixes saiu da caixa e do mar e desenvolveu a capacidade de respirar na superfície e empreender novos passeios. Não mais seres ínfimos e pequenos, e sim feras e grandes monstros, que pisavam a terra deixando suas marcas, monstros que combatiam por sangue, vida, frutos e ossos."

Assustado, Alex escutou gritos estridentes de feras e o som de patas saindo das águas e tocando a areia molhada. Em sua mente, uma visão épica se formava, com um anfíbio gigante deixando o mar para trás e começando a domar a terra.

"Também por esse período, começamos a notar, eu e Deus, este tão fascinado quanto eu, que os seres mais complexos começaram a se dividir, todos eles, em dois grupos, masculinos e femininos, com algumas diversidades ocasionais funcionando de outro jeito."

O poço se encheu do som de corpos se arrastando, se contorcendo, se amando e gemendo.

"Como disse, era a segunda vez que as feras saíam do mar em direção ao solo, Alex, mas agora em um movimento mais complexo e sofisticado: além de respirar, transformaram barbatanas em pernas. Isso foi há uns trezentos milhões de anos, quando os anfíbios de pele úmida iam da água à terra, enquanto outros enrijeceram a pele, agora seca e escamosa, e não voltaram mais para a água, botando seus ovos na terra, ovos revestidos de uma casca protetora. Eram os tataravôs das cobras, lagartos e jacarés. Foi dali que saíram os dinossauros que vocês adoram."

Outros sons de brados, rugidos e estrondos comunicavam combates, golpes, dor e queda. Alex cogitava, na escuridão do túnel e na luz de sua mente, o combate de grandes feras extintas que dava início às primeiras guerras, com sangue e entranhas molhando a terra de ferocidade.

"Sim, eles tinham o seu charme, mas eram insuportavelmente fedorentos, e, por conta de seu tamanho, emporcalhavam tudo. Sinceramente, vi aquilo e fiquei um tanto ofendido com Deus. 'Isso aí é uma boa ideia?', eu questionei. Ele riu, como o sacana adorava fazer nos velhos tempos, e só me disse um 'sim, eles fazem parte do plano, compõem o que está por vir!'"

Alex adentrava a escuridão do túnel, envolto por sons de pegadas, mastigações, asas, ventos tempestuosos e sons bestiais contrastantes, de animais brigando, bradando, existindo, até cada um desses sons ser pouco a pouco abafado por um barulho de fogo em movimento, um fogo que vinha de cima, que vinha de longe, que vinha dos céus.

"E então, Alex, a morte veio de galáxias distantes. Foi quando um meteoro caiu e devastou a terra, levando os dinos para o beleléu. Isso aconteceu há sessenta milhões de anos."

A explosão feriu os ouvidos do homem. Confuso e perplexo, mais e mais sufocado, com um gosto metálico na boca, Alex foi tomado por um ar abafado, um ar de destruição.

"Outros animais também sumiram, enquanto alguns resistiram. Dos dinossauros, inclusive, adveio um dos ramos que chegou até hoje. Esse transformou escamas em penas, originando seres voadores, maiores que insetos, mas não tão grandes quanto os monstros de antes."

Um ruído de asas, pios, grasnados e assobios dominou o túnel, forçando Alex a puxar o ar para os pulmões. Nesse instante, homem e demônio estavam no interior da terra, a metros da superfície. As pernas de Alex começaram a fraquejar e ele começou a temer a morte.

"E enquanto aves e pássaros tomavam os céus, outro grupo se espalhava feito erva daninha pela terra. Essas novas criaturas eram bem distintas. Tinham corpos quentes, pele macia e pelos, muitos pelos. Além disso, todo o seu processo de acasalamento, gestação e nascimento era diferente, com os bichinhos saindo dos corpos de suas progenitoras."

Gritos, choros, lamentos, grunhidos, latidos, miados e rugidos, entre milhares de outros sons, todos ruídos terrestres de mamíferos, abafaram a voz do demônio, fazendo a imaginação de Alex vislumbrar aquelas cenas, um mundo em formação repleto de criaturas vivas.

Então o silêncio voltou ao túnel, substituído por um forte vento.

Exausto, Alex seguia a voz de Samael. Em contraste, a voz do demônio voltava forte e potente, prestes a anunciar a chegada do grande ator do drama que Alex testemunhava.

"E então, meu amigo, depois da catástrofe e do surgimento dos mamíferos em toda a sua multiplicidade, carnívora ou não, rastejante ou caminhante, surgiu uma raça um tanto patética de criaturas peludas que usavam qualquer oportunidade para pouco a pouco dizerem a que vieram: falo dos parentes próximos de vocês, os chimpanzés."

Um animado colóquio de macacos tomou o ambiente.

"E por toda a terra, em todos os lugares, de norte a sul, de leste a oeste, com os continentes se partindo e se distanciando, os macacos resolveram descer das árvores."

O som de patas contra o chão preencheu o túnel, que se abria para uma distante luz.

No limite de suas forças, Alex sentia uma onda de vertigem e enjoo, enquanto distinguia passos darem lugar a pulos, estes a corridas, e estas a outros sons ruidosos e violentos.

Agora, finalmente, com os sons de chimpanzés, macacos, saguis, orangotangos e gorilas, Alex fixou o olhar vacilante na luz ao longe. Entre ele e o feixe luminoso, porém, imperava a silhueta de Samael, ainda mais magra, contra o fiapo de luminosidade distante. Alex intuiu que eles chegavam ao poço iniciático, o lugar que prometia a saída do útero terrestre onde estavam.

"E depois disso, camarada, o resto é história. Literalmente!

"E essa história pode ser Zeus punindo os machos com a primeira fêmea, Javé expulsando o casal do paraíso ou um *Homo erectus* estourando um osso na cara de um inimigo para ficar com a comida, a tribo ou a fêmea. Kubrick o registrou de forma assombrosa.

"Por alterações climáticas, os ancestrais símios ficaram em pé, longe da água e plantados na terra, olhando para cima, em busca de uma suculenta maçã. Eis a árvore do conhecimento encontrando a árvore da vida quando esta dava um importante passo para longe dos animais irracionais em direção à humanidade, tanto a racional quanto a irracional."

O demônio se voltou para Alex e se aproximou dele, enquanto o homem, ofegante e exaurido, ajustava a retina à luz, depois de ser acossado pela escuridão anterior.

Alex estava prestes a desmoronar, invocando dentro de si forças que não tinha, enquanto o demônio, ciente disso, se recusava a interromper seu poema.

"De bactérias evoluídas a organismos aquáticos, de peixes a anfíbios, de répteis a mamíferos, de símios a seres sencientes e conscientes, do mar aos céus, da terra à lua, eis os homens e as mulheres, o maior milagre e a maior tragédia, o grande acontecimento disponível no teatro cósmico: tragédia e comédia em sua forma mais pura, com diálogos incríveis, erros abissais, ignomínias inomináveis, entre guerras mundiais, desastres ambientais e revoluções industriais, com alguma pitada aqui ou ali de erotismo da melhor qualidade."

Com um sorriso nos lábios e um brilho no olhar, Alex agora fitava o rosto do demônio, prestes a colapsar, prestes a pedir ajuda, mas sendo impedido pela voz de fogo da criatura.

"Eis o belo espetáculo terrestre, Alex, eis o maior poema jamais escrito! O que tenho a dizer de vocês, seres vivos deste planeta nascidos do pó estelar? Bravo!"

Perplexo, Alex olhava para Samael enquanto este batia palmas.

O demônio riu alegremente, com seu riso ecoando nos túneis subterrâneos.

"Entende agora o que aconteceu *antes*? E o porquê de, apesar de adorar José, Davi e toda a patota, minha paixão estar em outro lugar?

"Eu amo dramas humanos e tudo o mais, tudo o que veio depois, e já disse isso a você em minha lista de credos, em meu aparte dramático, em meu solilóquio anterior. Mas, visto em perspectiva, esse é apenas o derradeiro ato de uma peça que tem belos atos anteriores."

"E o que vem depois?"

A pergunta saiu aos trancos dos lábios ressequidos de Alex.

A experiência daquela narrativa, de bilhões de eras em poucos minutos, havia sido intensa e desorientadora, e agora o corpo de Alex clamava por água e descanso.

"O que vem depois? Você ainda não entendeu? Depois vem o nascimento dos anjos, Deus aprendendo a crescer, e eu o enviando aos quintos dos infernos do que ele se tornou. O último ato. E, meu amigo, você e seus irmãos e irmãs, nesse ano de torres caindo e malucos se explodindo, vocês estão no centro do picadeiro."

O demônio pegou Alex pela mão, como um bom amigo faria, e, notando a fraqueza de seu corpo, o envolveu num abraço terno e protetor, consolador e vivificante.

Então, num ímpeto, o demônio se afastou um pouco do homem e lhe beijou a testa, oferecendo, em seu momento de maior fraqueza e vertigem, uma fração de sua força.

Alex se entregou ao abraço, sentindo seus músculos e pulmões renascerem.

"Isso, meu caro. Agora você está em condições de continuar."

Samael se afastou dele e bateu levemente em seu rosto, devolvendo-lhe vida à face.

Em seguida lhe deu as costas e seguiu em direção à luz, em direção ao túnel de escadas pétreas criado por Carvalho Monteiro para levar seus amigos e irmãos à iluminação.

Alex o seguiu, sentindo força e ânimo nas pernas outrora esgotadas.

O demônio parou na boca do túnel ascendente, tocou a mureta de pedras e se virou.

"Pronto para a queda? Pronto para o derradeiro apocalipse?"

O homem não sabia o que responder. Já o demônio sabia muito bem o que fazer.

De costas novamente para Alex, ele começou a subir em direção à luz. Depois de alguns degraus, Samael bradou, com sua voz alegre subindo aos céus:

"Você não vem? Temos um encontro bem importante."

Quando o diabo e o homem alcançaram a superfície, a visão da colina que formava o vale da Regaleira assombrou a ambos. Diante deles, a paisagem era verdejante, selvagem e harmoniosa em sua caótica profusão de árvores e ramagens, casebres e castelos, com a casa de Monteiro, a imperiosa construção de quatro andares, figurando logo abaixo.

Acima deles, pássaros cortavam o céu, e, abaixo, os visitantes iam e vinham. Alex respirou fundo, com a energia do demônio revigorando cada fibra de seu corpo.

Por fim, o homem olhou para Samael e disse:

"Um encontro? Com quem?"

"Com um alquimista", foi a resposta do diabo, antes de começar a descida.

*Sintra, Portugal*
*Tarde de 22 de novembro de 2001*

Após respirarem fundo, o homem e o demônio deram início à descida, agora deixando as alturas e tomando o caminho pela encosta verdejante da Regaleira.

Alex encerrava dentro de si um duplo sentimento. Por um lado, seu corpo ainda sentia a fagulha diabólica enchendo-o de energia, luz e vigor. Por outro, sua mente continuava cansada, quase esgotada, pelo turbilhão de revelações que Samael havia lhe feito no interior da terra.

Quer dizer então que o demônio não passava de um biólogo especialista na teoria darwiniana, que pouco ou nada se importava com as grandes questões espirituais que o haviam trazido até ali e que permearam sua conversa com Barachiel e Joana?

Samael estacou por um instante e notou que Alex precisa descansar.

O anjo tomou o caminho da direita, em direção ao Portal dos Guardiões, guiando seu companheiro até um banco de madeira com estrutura de pedra.

Atrás deles, no centro do paredão de pedras, uma fonte ofertava aos visitantes dois répteis tritões, seres híbridos que guardavam outro umbral de místicos mistérios.

"Eu agradeço, mas estamos sendo esperados, não?", disse Alex, feliz pela pausa.

"*Festina lente*, meu caro", disse o demônio, sorrindo.

Alex demorou a captar a referência, mas devolveu o sorriso.

"'Devagar, que tenho pressa.' Eu lembro. Era um dos motes de Carvalho Monteiro."

"Exato. Respire fundo, Alex. Tome seu tempo. São apenas duas da tarde."

Alex seguiu o conselho e fechou os olhos, tentando encontrar dentro de si um fiapo de lógica que pudesse seguir, registrando na mente e no coração o que testemunhara.

O homem fitou o conjunto de estátuas no centro do portal e atentou às feras bestiais que protegiam o lugar. Embora em aparente conflito, as duas criaturas estavam em concordância, protegendo um búzio místico dentro do outro, numa alusão aos tesouros internos que precisam ser buscados pelos exploradores. Curiosamente, a imagem refletia sua situação: um homem que estava sendo tentado por um demônio que lhe trazia beleza, luz e revelações.

Alex inspirou o vento que beijava Sintra, caminhou em direção aos tritões e levou até os lábios a água cristalina que partia das bocarras.

Deu a volta e, já recomposto, finalmente disse:

"O que você acaba de revelar, Samael, é diferente de tudo que já escutei em termos teológicos e religiosos."

"Pense e reflita, camarada. Talvez você perceba que não existem tantas diferenças assim, ao menos não entre tudo isso e os relatos míticos que importam."

O demônio estendeu o corpo e sorriu ao homem.

A dupla encarou o sol e voltou à descida.

À esquerda, passaram pela Oficina das Artes, onde ficam os geradores de energia que iluminam a Regaleira. À frente, surgiram as velhas cocheiras, onde outrora cavalos e carruagens eram acolhidos. Agora, eram o lar dos carros oficiais e das motocicletas da equipe de segurança.

Os dois seguiam em silêncio, o que dava a Alex um tempo para organizar as ideias.

O homem e o diabo passeavam agora por um simétrico jardim de verão. Em um dos canteiros de flores, um leão de pedra os vigiava. Nas extremidades do jardim, urnas pétreas feitas de grotescas carrancas protegiam os tesouros naturais de visitantes desavisados.

"E como os anjos surgiram? Quando você e Deus ganharam companhia?"

"O que aconteceu foi um tanto inesperado. Ainda estávamos longe do surgimento da vida na terra, pouco depois dos milênios em que eu e Deus começamos a perceber um ao outro e a interagir, a formar uma consciência. Estávamos lá, parados nos confins desta galáxia, quando começamos a ouvir vozes. Como disse, os gritos animais e humanos ainda não tinham surgido.

"Questionei Deus sobre aqueles sons e Ele apenas riu. Vendo que não teria resposta, fiz minhas malas, pulei no carro, peguei a estrada e fui em direção a elas. Comecei então a compreender aqueles sons: eram ecos, Alex, ecos de pensamentos meus e de Deus, de conversas nossas, ecos que continuavam vibrando aqui e ali, na escuridão do cosmos. Mas, além disso, esses ecos também produziam sons inéditos. Era como se da mistura das nossas vozes, das vozes de Deus e do Diabo, da escuridão que continha tudo e da luz que a complementava, surgissem outros padrões, outras cores, fusões de tonalidades advindas de quem éramos. Estou buscando referentes para explicar a você o que era aquilo, mas posso adiantar que esse processo, o surgimento de outras vozes, vozes que depois chamaríamos de *anjos*, e seu desenvolvimento a partir de unidades iniciais, também seguiram o processo evolutivo do universo.

"Cercado delas, passei a questioná-las, e elas me responderam. O que eu estava vendo nascer ali eram vozes dissonantes, mais complexas, que traziam sombras, cores, emoções, sentimentos, pensamentos que nem eu nem Deus teríamos encontrado, ao menos não antes dessas vozes surgirem. Eu não era mais filho único. Agora eu tinha irmãos e irmãs, vozes, amantes e irmanadas da minha voz, sendo todos nós ecos de uma voz divina primordial.

"Eram meus duplos esses ecos, primeiro gêmeos e depois dissonantes, que passaram a se multiplicar e a ecoar a magnitude da criação e do universo. Quanto a mim, que até então tinha estado só, reclamei um pouco no início, até começar a aproveitar a companhia. Como disse, Deus nunca foi de grandes conversas. Já seus outros filhos, são um bando de tagarelas.

"Você já conhece Barachiel, e, como pode ver, eu não fico para trás. Barachiel foi o primeiro a se tornar uma individualidade, o primeiro a me responder e a se saber uma força repleta de luz e amor. A teologia chamaria essa primeira geração de anjos de serafins, guardiões protetores da vontade divina. Foi com essa audiência a postos, e Deus, o Anfitrião, todo exibido e orgulhoso do que estava prestes a acontecer, que vimos o cosmos se desenvolver.

"E o restante da história, apesar de haver aí um hiato imenso, você já sabe, a partir da narrativa de Barachiel. Mas há um importante esclarecimento a fazer aqui, se você ainda não notou isso. É errôneo, ou ao menos impreciso, me chamar de demônio, e Barachiel, de anjo. Obviamente, são os conceitos mais simples que você conhece e reconhece. Mas nós dois sempre fomos filhos rebeldes, opositores, ou melhor, aprofundadores da sensibilidade divina.

"Quando Deus começou a descer e a possuir corpos humanos, como viríamos a fazer também, eu e Barachiel contestamos Suas decisões. Éramos menos anjos e demônios e mais criaturas semelhantes a vocês em suas angústias, tristezas e rebeliões. Não éramos inimigos de Deus. Ao contrário. Esse dado é essencial para entender o drama espiritual no qual se meteu."

Os dois retornaram ao restaurante que visitaram no início daquela manhã.

Após avançarem alguns metros, atingiram o frontão norte do Palácio da Regaleira. A mansão filosofal de Monteiro se anunciava como um construto neogótico extraordinário, com torres pontiagudas irregulares se esgueirando entre mirantes, janelas, balcões e signos feitos de pedra e artesania humana. No frontão do prédio de quatro pavimentos, conviviam lado a lado figuras bíblicas e santos profanos, magos místicos e feiticeiras naturais, harpias e esfinges, pombas e serpentes, águias e escorpiões, rostos masculinos e femininos, entre outras figuras petrificadas, dando à arquitetura do conjunto o sentido de um livro a ser lido e decifrado.

Sem hesitar, Samael entrou pela porta principal do casarão, sendo seguido por Alex.

Mas nada poderia preparar o homem para o que encontraria no interior da construção.

Não estavam mais no tempo presente. Antes, o que o homem agora contemplava eram os primeiros anos do século XX, com a casa repleta de móveis de madeira rara, cortinados pesados de cetim, quadros e retratos a óleo, além de uma infinidade de utensílios domésticos de prata, ouro e cobre.

No saguão, conhecido como Sala da Renascença, um mordomo sorumbático os aguardava. O homem de meia-idade, barba e cabelos impecáveis, vestia um sóbrio traje formal que culminava numa gravata de seda, atada à gola da camisa com um filete dourado.

O anjo lhe sorriu, mostrando-se familiar e dando-lhe um tapinha no ombro direito.

"Alfonso, meu velho, há quanto tempo. Como está essa força?"

Desconfortável e judicioso, o homem engoliu em seco e respondeu: "Muito bem, sr. Samael. O patrão o espera. Deseja que eu o guie?"

"Não, camarada. Conheço bem o lugar... como a palma da minha mão."

Alex assistiu ao diálogo, perplexo e surpreso com a presença daquele mordomo de um tempo passado e com a decoração original da Regaleira, algo que ele nunca fora capaz de conceber em suas visitas anteriores, com a casa já transformada em um museu vazio.

A dupla passou pela Sala da Renascença, ornada de pesados e confortáveis estofados, mesas de descanso, retratos e quadros de paisagens, além de cortinas que brincavam com a luz de meio de tarde que iluminava parcialmente o recinto oitocentista.

O mordomo sombrio e reflexivo os acompanhou até o outro cômodo.

"O que isso significa? Que voltamos no tempo?"

Samael estacou por instantes e então sorriu.

"Ó homem de pouca fé, ainda não confia na minha capacidade de gerar milagres? Digamos apenas que é mais um dos meus efeitos especiais com propósitos narrativos."

Alex riu do gracejo e seguiu o demônio até a Sala de Caça, onde uma imensa lareira queimava grandes toras no interior. Ele sentiu o calor do fogo e atentou aos móveis do recinto, bem menos formais que os da sala anterior.

Pelo visto, era ali que os donos da casa viviam, pois Alex viu sobre uma das cadeiras de balanço um xale feminino e, sobre outra, alguns volumes de livros, todos encadernados em couro vermelho, com título e autor inscritos em ouro nas lombadas.

Alex engoliu em seco, intuindo o que viria a seguir.

"Então vamos encontrar o dono da casa, o próprio Carvalho Monteiro?"

"Sim", respondeu Samael, estendendo a palma das mãos longas em direção ao fogo e ao calor. "Mas antes ainda falta um último assunto para preparar seu espírito para o que vem depois: a conclusão desta nossa conversa e o meu pedido a você."

O demônio estacou diante do fogo, fitando as chamas como um diabrete de romance.

Algo dentro de Alex aquiesceu, fazendo-o lembrar de Fausto e Mefistófeles. É claro que haveria um favor final, um pedido insuspeito, um pacto demoníaco ao término daquele trajeto.

"Nada disso", adiantou a criatura, levando uma das mãos até o rosto, parcialmente iluminado pelas chamas. "Apenas a finalização da conversa que você iniciou de seu encontro com Barachiel. Falando nele, me diga: o que exatamente meu velho amigo te contou?"

Alex respirou fundo, postando-se diante da lareira, ao lado de Samael.

"Basicamente, uma versão bíblica da existência humana na terra, sobretudo do drama cósmico e do aprendizado divino. Segundo ele, Deus desceu, viveu entre nós, se apaixonou e se cansou, sendo por fim humilhado e destruído. Desde então, nunca mais foi visto..."

"Apesar dos cartazes de 'Procura-se vivo ou morto' espalhados por cada canto desse planeta", arrematou o anjo caído. "Órfãos é o que somos, Alex, como vocês, abandonados por Deus, à espera de um retorno que, a meu ver, nunca virá."

O homem olhou para o demônio e, pela primeira vez, intuiu tristeza em seu olhar.

"Venha, vamos seguir", disse Samael, deixando o fogo e a luz e se dirigindo ao próximo cômodo da Regaleira, conhecido como Sala dos Reis.

Nele, encontraram duas grandes poltronas, cobertas de cetim vermelho. Por sua elegância, conforto e desenho imperioso, lembraram a Alex os móveis da sala de Joana.

Para a sorte do homem levemente distraído e desperto, o demônio se sentou numa das poltronas e o convidou a ocupar a segunda delas. Samael apreciou o conforto e retomou a fala:

"Como já deve ter percebido, cara, o que me interessa são outras coisas, e não a história dos heróis bíblicos e o desenvolvimento de religiões ou mitos."

"Então me conte o que te interessa", devolveu o homem ao anjo, voltando a atenção para o jovem homem à sua frente, com suas roupas teatrais em farrapos e cabelo longo e liso caindo sobre os olhos insinuantes. "Me ajude a compreender."

Samael o estudou, refletindo sobre o verdadeiro interesse daquele homem. Na maioria das vezes, os humanos enxergavam, mas raramente viam, ouviam, mas quase nunca escutavam, pensavam mas poucas vezes compreendiam. O demônio sorriu, lembrando-se da descrição que Barachiel fizera de Alex, e então adentrou na última de suas narrativas.

"Eu poderia começar com os pré-socráticos ou com meu adorado Epicuro, ou ainda com Lucrécio, de quem já lhe falei. Mas vou começar com a figura que mais me interessa neste momento, uma das primeiras a olhar para o mundo natural e compreender de pronto que a magia, o verdadeiro enigma ou mistério, o supremo poder divino, está no cosmos físico, não fora dele ou em qualquer ser ou evento sobrenatural.

"Falo de um assombro feminino chamado Hipátia, uma filósofa egípcia do século IV que liderou a escola neoplatônica de Alexandria, quando os cristãos estavam surgindo e pouco a pouco se infiltrando nas fileiras romanas. Ela morreu como a própria biblioteca que tanto amava e foi uma das primeiras a questionar boa parte das formulações matemáticas e astronômicas de seus dias. Hipátia morreu como viveu, cercada de manuscritos, ambos queimados pela ignorância dos pretensos seguidores de um Deus suicida e desaparecido.

"Mas ela não foi a única. A galáxia de Andrômeda, sim, aquela que vai beijar esta galáxia em alguns milênios, foi vista pela primeira vez no século X, pelo astrônomo persa Abd Al-Rahman Al-Sufi. Para ele, que não tinha nem a palavra nem o conceito de galáxia, se tratava de uma tênue nuvem de luz, uma saliência que registrou em seus tomos estelares de ciência e saber, enquanto o mundo entrava na Idade das Trevas, caminhando literalmente para o inferno.

"Felizmente, cinco séculos depois, Copérnico, o astrônomo polonês do século XV, arruinou o medieval conto da carochinha ao afirmar que a Terra girava ao redor do Sol em vez do contrário, sendo uma das vozes altissonantes do Renascimento. É claro que não haveria Copérnico sem a redescoberta de Lucrécio, ainda no século XIII, por um florentino exilado chamado Poggio Bracciolini. O cara tinha servido um papa que caíra em desgraça e se tornara um copista de textos antigos. Foi dele o feito de redescobrir para Montaigne, Shakespeare, Botticelli e Michelangelo, entre outros, um poema ateísta que a Igreja quase destruiu.

"Cem anos depois de Copérnico, Giordano Bruno — grande sujeito! — caminhou em direção ao fogo simplesmente por cogitar que não estávamos sozinhos no universo, aventando a possibilidade de haver, sim, outros planetas e outros sóis. Bruno tinha também outros interesses obscuros, que envolvem a arte da memória, o misticismo hermético e a poesia herética. Não surpreende terem queimado o cara. Eu estava lá com ele, sussurrando doces canções em seu ouvido e abraçando seu corpo acorrentado, enquanto ele queimava e seu coração se partia.

"Já Galileu, o matemático italiano, dois séculos depois de Copérnico, ficou bem quietinho, sobretudo para não ter o mesmo destino de Bruno. Mesmo assim, ele estudou as luas de Júpiter, sacando que havia órbitas planetárias, não apenas estelares.

"E muitos desses heróis, muitos desses poetas que trocaram palavras por fórmulas e seus grandes amores físicos pelo estudo do mundo e do universo, foram massacrados por clérigos, autoridades e fiéis. Eu vi tudo, me perguntando e perguntando a um Deus que não mais respondia, até quando teríamos de ver a espécie humana se destruir daquele jeito."

O demônio parou e olhou para um filete de luz que entrava na Sala dos Reis, um filete que anunciava o avanço da tarde. Dos olhos do anjo caído, uma umidade semelhante a lágrimas surgiu, sendo rapidamente secada pelos punhos magros do jovem.

Ele se levantou e foi até um quadro na parede, um retrato do casal Carvalho Monteiro.

"Veja bem, Alex. Barachiel elogiou os artistas, os poetas e todos os criadores que nos ensinaram o poder da beleza, a própria criação da beleza em um mundo raramente belo e inspirador, sobretudo da perspectiva das comunidades humanas. Obviamente, também aprecio cada um deles, cada um desses inventivos criadores e artistas. Assim como meu irmão, eu também aprendi a amar e a pensar melhor, a sentir mais intensamente através deles.

"Mas tudo em mim sempre pulsou com outra sorte de homens e mulheres, com seres que, como eu, sempre estiveram à beira do abismo e do fim, caminhando no fio na navalha, reconhecendo que não seria necessário criarmos outros mundos de arte e imaginação quando vivemos neste mundo, um mundo que ainda precisa ser compreendido, estudado, decifrado."

Alex se ergueu e se aproximou do demônio, invertendo o que acontecera horas antes, no interior do túnel subterrâneo.

O homem estendeu o braço ao ombro do demônio, este ainda de costas para ele e de frente para a tela a óleo, com as cores das tintas beijando suas lágrimas.

O demônio se voltou para ele e, sem dizer nada, agradeceu-lhe com o olhar.

Como havia tempos não acontecia, Samael se sentiu compreendido.

"Passaram-se séculos", disse ele, retomando a narrativa, desviando de Alex e dirigindo-se ao pórtico que dava acesso à escada central do palacete, "até que um homem surgisse e libertasse a humanidade de suas 'autoforjadas cadeias mentais'. Para alguns, esse camarada seria o próprio emissário deste diabo que lhe fala, sendo que a verdade, a pura verdade, é que me tornei muito mais um admirador do que um amo para esse cara.

"É engraçado. Milton escreveu em seu *Paraíso Perdido* que eu preferiria reinar no inferno a servir no céu. O idiota puritano, embora fosse grande poeta, não sabia nada sobre mim. Sabe o que desejo, Alex? Antes servir neste belo jardim do que reinar em qualquer outro lugar.

"Mas voltando ao grande salvador, ao guardião da luz, ao sujeito que botou fogo no mundo e trouxe, qual Prometeu, luz e saber, falo do meu velho amigo Charles. Vamos subir?"

Os dois tomaram a escadaria que levava ao segundo pavimento da Regaleira.

Nele, tanto a organização dos quartos quanto a decoração eram mais intimistas, pois comportavam as alcovas pessoais dos moradores. Além dos quartos, ficavam ali a sala de estudos e o quarto dos brinquedos. Unindo os dois quartos do casal Monteiro, havia uma sala de leitura comum, conhecida como Sala Lusíada. Este foi o destino de Samael e Alex.

"Em 1831, um navio britânico chamado *Beagle* iniciou uma viagem ao redor do mundo, uma viagem que duraria mais de cinco anos."

Homem e demônio chegaram ao pequeno estúdio e ficaram diante de uma grande janela, que dava para um pequeno balcão de ferro, com o dia espalhando seus raios de luz sobre o verdor de Sintra. Em seguida saíram para a pequena sacada, sentindo o ar frio da tarde.

"A bordo desse navio, como parceiro do capitão, estava um jovem biólogo de 20 e poucos anos de sobrenome Darwin. Eles atravessaram o Atlântico e aportaram no seu Brasil, Alex. Lá, a inacreditável variedade de fauna e flora deixou aturdido o então colecionador de insetos. Sim, Charles passou sua infância e juventude colecionando insetos. Cada um na sua, claro, mas isso pode explicar seus problemas de relacionamento e também o desastre do seu casamento. Mas não quero dar uma de fofoqueiro de tabloide. Isso não importa aqui.

"No Brasil, Darwin descobriu quase setenta variedades de besouros. O cara perdeu a linha, certo de que o enigma da vida que acessava era bem mais complexo do que os encontros dominicais poderiam conceber. De lá, o *Beagle* zarpou ao extremo sul da América Latina, contornando o cabo Horn em meio ao frio e ao gelo, até chegar ao Pacífico. Amo esses cientistas aventureiros. Certa vez, eu mesmo viajei o mundo em um desses navios.

"Depois de quatro anos, Charles e a tribulação do *Beagle* chegaram às ilhas Galápagos. Lá, encontraram seres extraordinários, que só existiam naquele lugar e em nenhum outro lugar do mundo. Esses seres haviam sofrido mutações mais que inquietantes: eram aves que não conseguiam mais voar, lagartos que mergulhavam ao fundo do mar para comer, tartarugas gigantes que haviam mudado o casco para se adaptar ora à vegetação rasteira, ora à vegetação alta, entre outros casos que tornavam o melhor curso de biologia de Cambridge uma aula para iniciantes.

"Ao estudar todos aqueles casos e registrá-los em seu diário, Darwin chegou a uma inquietante conclusão: Deus não havia criado aquelas criaturas daquele jeito, com todas aquelas variedades. Ao contrário, elas haviam se criado sozinhas, ou melhor, haviam se modificado para se adaptar a diferentes ambientes, num processo que não havia levado somente seis mil anos, mas milhares de séculos. Ora, a datação da idade real da terra já havia sido colocada em xeque por geólogos experientes, e o próprio avô de Darwin, Erasmus, que adorava tomar chá com Blake — imagine a dupla! — já tinha concluído que plantas e espécimes orgânicos sofriam mutações. Blake registrou essa ideia nas margens de seus livros iluminados, quando uma letra se transmuta em flor, de flor em pássaro e de pássaro em homem, para novamente se transmutar em letra. Há uma aula de evolução natural nos livros de Blake, se você prestar atenção nos detalhes."

Nesse ponto da conversa, a luz do sol já declinava. Samael deu as costas ao cenário natural, apoiando os cotovelos no guarda-corpo metálico e relaxando o corpo.

"Richard Owen, o zoólogo amigo de Darwin, havia descoberto os dinossauros e outras espécies antiquíssimas, que haviam surgido e se desenvolvido a ponto de deixarem vestígios fósseis. Seriam esses esqueletos um experimento falho, um projeto abortado de um Deus ceramista com dedos sujos de lama, um Deus agora transformado em um cientista adulto e ousado, pronto a realizar testes em seu laboratório como um divinal Frankenstein?

"Inteligentíssimo, embora tosco, Owen achava que sim. Foram as datações fósseis que comprovaram de uma vez por todas que essa ideia era estúpida, que a vida não havia começado de uma hora para outra, como queriam os criacionistas que aludiam ao jardim do Éden como algo ocorrido há seis milênios. Não, nada disso. Uma festa você não organiza em dezesseis minutos. Ao contrário, uma boa celebração, um festejo digno do nome, leva dias, senão meses, para ser devidamente preparado. Quanto a este planeta, algumas dezenas de centenas de eras.

"Quando voltou para casa, anos depois, Charles dedicou seu tempo a enviar para Londres, e a Owen, dezenas de suas descobertas para catalogação, no que, anos depois, integraria o acervo do Museu de História Natural de Londres. Além disso, ele se debruçou sobre seus achados, sobretudo supondo novas hipóteses, ideias ousadas e perspectivas inovadoras. E se, pensou ele — e aqui temos um imenso 'e se' — as espécies, em vez de terem uma forma fixa e estática, sofressem alterações, variações, mutações? Talvez, avançou Darwin em sua reflexão, as espécies não fossem imutáveis, nascidas dos dedos imundos de terra de um Deus escultor, e sim sistemas complexos e variados, capazes de se adaptar ao ambiente, à temperatura e às dificuldades, para obter alimento e proteção. Talvez, se espécimes pudessem alterar suas características mais básicas, elas também pudessem se transformar em outras espécies, numa monumental árvore genealógica que explicaria toda a vida neste planeta.

"Lembra do universo em expansão, Alex? Do quanto a compreensão de um cosmos em crescimento nos leva à conclusão retroativa de um ponto inicial? O mesmo princípio serve para as espécies do planeta Terra. Foi isso que Darwin concluiu: se hoje vejo variedades, ontem havia menos delas, e anteontem, ainda menos. E se partimos de frutos, ramagens e galhos até chegarmos ao tronco e às raízes, então, algum dia, num passado distante, chegaríamos a uma ínfima e única semente. Eis a árvore da vida do Gênesis aqui, parceiro. Não a vida eterna, mas a poderosa metáfora de um jardim perdido que conectaria todas as coisas vivas deste planeta."

Alex finalmente desviou o rosto do sol poente e mirou os olhos em chamas de seu amigo demoníaco. Em ambos, imperava uma compreensão do milagre que dera forma àquele mundo e do desenvolvimento humano em compreender esse milagre.

"Agora sim, podemos avançar", falou o demônio. "Está quase no nosso horário, e os trabalhos lá em cima já começaram."

Samael tomou a dianteira, sendo seguido por Alex.

Atrás de ambos, o sol morria contra as altas colinas de Sintra, trazendo a noite um pouco mais cedo do que em outros lugares da costa portuguesa.

"Darwin nomeou sua hipótese de 'seleção natural', vindo a publicá-la em 1859 como *A Origem das Espécies*. Nela, convidava seus leitores a entrarem com ele no *Beagle* e acompanharem seu raciocínio, em um argumento composto com base em evidências fósseis, observação atenta do mundo natural e pesquisa de décadas, sempre em diálogo com cientistas naturais, botânicos e criadores de animais, fossem eles caninos, felinos, bovinos ou aviários.

"Disso resultou a conclusão de que uma espécie poderia dar origem à outra. Assim, se cães descendem de lobos, gatos domésticos descendem dos selvagens, aves, de dinossauros, e homens, de símios, sendo que todos eles teriam descendido de répteis, e estes, de peixes. Convenhamos que essa foi uma conclusão muito inteligente, embora também ofensiva a seus contemporâneos, o que *apenas* incluía sua família, vizinhos, amigos e colegas de trabalho."

A dupla chegava agora ao terceiro pavimento, onde ficava a famosa sala octogonal, inspirada no átrio do Convento de Cristo, em Tomar. Alex prestou pouca atenção à arquitetura da sala e a seu mobiliário, que naquele momento parecia mais uma sala de jantar ornamentada, com as janelas oferecendo à visão o vale verdejante que circundava a Regaleira.

O demônio parou ante a mesa central e tamborilou o tampo com os dedos cheios de anéis. Num deles, um rubi brilhava em contato com as fagulhas de luz que invadiam o recinto.

"Além de um batalhão de clérigos, professores, filósofos e cartunistas, que tornaram Darwin a chacota das chacotas, estavam entre seus opositores o respeitável abolicionista e poeta William Wilberforce, além de seu antigo amigo, Richard Owen. Este, mesmo após dedicar uma vida inteira à catalogação de milhares de espécies e ter descoberto gigantescos monstros extintos, foi incapaz de aceitar, por razões religiosas, que houvesse qualquer tipo de mutação entre uma espécie e outra. Essa ideia tirava dos dedos enlameados de Deus o espetáculo e o transportava para uma natureza que não precisava de um relojoeiro para guiar seu tiquetaquear.

"Enquanto isso, Darwin vivia outra crise, pessoal e familiar. A religiosidade de sua esposa, Emma, sempre desafiara suas ideias. Além disso, o luto pela morte de sua pequena filha, perda que o fez contestar a existência de um Deus justo e compassivo, o fez iniciar uma exaustiva e fracassada contenda com a igreja anglicana de seus dias.

"Foi nesse contexto que ele passou os anos finais de sua vida um tanto solitário, sendo desprezado por familiares, amigos e colegas. Vez ou outra, eu fazia a Charles uma visita, para tomarmos um trago, conversarmos. O que Darwin fez pela compreensão da vida na Terra, Einstein faria pela compreensão do tempo cósmico."

Samael fez uma pausa, acessou a escadaria e subiu seus degraus.

Em minutos, o anjo e o homem chegaram ao terraço panorâmico, um pátio ornado de oito pináculos decorados com figuras naturalistas e mágicas. No outro extremo do quarto piso, ficava a torre mais alta do palácio, de onde se via Sintra e uma porção do Atlântico, para onde séculos antes os navegantes lusitanos haviam partido em busca de glória, riquezas e aventuras. No alto da torre, acima do mirante, um cata-vento de aço fundido indicava os quatro pontos cardeais e, no centro dele, inscrita em bronze, reinava a Cruz da Ordem de Cristo.

O demônio abriu os braços perto da murada, a um passo do abismo de árvores, flores, bosques, estradas e construções que constituíamSintra.

"Foi Einstein e sua genial conclusão sobre o espaço-tempo — falo da fórmula que associa massa e energia, além de sua transmutação de uma coisa em outra — que fizeram as coisas avançarem no último século, para o bem e para o mal. Essa conclusão foi poderosíssima, pois nela estava, ao menos é o que vocês por ora acham, a impactante conclusão sobre o universo e o que nos interessa nesta conversa: seu surgimento. Mas é claro que suas ideias também foram desvirtuadas para a criação de armas, bombas e explosões atômicas. O homem, criador máximo de um cosmos criativo, aprenderia também a se destruir."

O demônio respirou fundo, sendo acompanhado pelo homem que parara a seu lado para contemplar a imensidão que se ofertava às suas retinas, ao final daquele dia.

"Einstein entendeu os princípios cosmológicos essenciais, além de tantas outras coisas, que incluíam leis, forças e energias cósmicas. Um de seus insights, pouco valorizado e debatido, é o que os livros nomeiam de 'primeiro princípio', segundo o qual as leis da natureza são as mesmas em todos os lugares. Em termos práticos, isso significa que as mesmas leis atuam por toda a parte no tempo e no espaço, no passado, no presente e no futuro, lá e aqui, sendo o lá Lisboa ou uma das estrelas de Júpiter, ou mesmo os muros de escuridão que demarcam o fim do universo. E não estou sendo metafórico. O universo tem sim um fim!

"Até Einstein chegar, vocês tinham suas cosmogonias. Aliás, vocês ainda as têm e sempre terão. Mas, a partir dele, Alex, surgiram novas possibilidades de compreender a história e de contar sua narrativa cósmica. Com Einstein, vocês passaram a criar cosmologias.

"As conclusões de Einstein, com dois felizes e ousados empurrõezinhos do jesuíta belga Georges Lemaître e da física francesa Yvonne Choquet-Bruhat, anos depois, levaram os cientistas do século XX a contemplar um modelo de universo físico que se expandia, crescia, evoluía. E aqui devemos também pagar nossos tributos ao astrônomo norte-americano

Edwin Hubble e a seu parceiro de aventuras, Ernst Öpik. Foram eles que quebraram cabeças, e algumas garrafas de scotch, até descobrirem que havia outras galáxias lá fora."

Samael se dirigiu ao centro do terraço, voltando-se ao seu ouvinte, que demorou a dar as costas ao céu escarlate do entardecer.

"Antes desses caras, desses poetas cujos poemas eram fórmulas, e as rimas, números e equações matemáticas, a humanidade acreditava que era a rainha do universo. Imagine o desperdício de espaço se isso fosse verdade! Carl Sagan colocou isso em melhores termos.

"E assim, em pouco mais de um século, graças a todos esses homens e mulheres, a humanidade expandiu sua compreensão do universo, da vida na Terra e até de sua própria estrutura celular. O seu moderno DNA confirma isso, ideia da dupla de Cambridge, Francis Crick e James Watson. Graças ao mapeamento recente do código genético, fica evidente, sem rastro de dúvida, embora muitos ainda o neguem, que vocês estão tão intimamente conectados aos símios e macacos como o estão leões, tigres, gatos e leopardos.

"Sim, antes de todos esses gênios e poetas da ciência, desses artistas do pensamento e da compreensão macrocósmica e microscópica, vocês podiam jurar de pé juntos, sem pensar duas vezes, claro, que a Terra era plana — veja só! —, que tudo girava ao redor dela e que o trabalho de Deus e de nós, anjos, como se não tivéssemos mais nada para fazer, seria manter funcionando toda essa engrenagem e esse relógio cósmico.

"Ora, me poupem! Nada é mais irritante nos humanos do que acharem que tudo gira ao redor do seu próprio umbigo. Vaidoso como sou, posso falar disso com propriedade, sabe?"

Samael gargalhou e Alex imitou o gesto.

Subitamente, a porta do laboratório alquímico no topo da Regaleira se abriu, e de seu interior surgiu um cavalheiro oitocentista, perfeitamente vestido.

"Ah, finalmente vocês chegaram!", exclamou Carvalho Monteiro.

Samael abraçou o proprietário da quinta e então lhe respondeu:

"Perdoe nosso atraso. A culpa foi minha. Você sabe como me empolgo. Ademais, nosso convidado precisava de uma iniciação mínima antes do grande espetáculo da noite."

O ancião estudou Alex por alguns instantes, em seguida lhe estendeu a mão.

"Entrem, por favor. Nosso experimento está prestes a começar. Dentro deste gabinete, a magia teórica que tanto estudamos será colocada em prática."

Samael foi o primeiro a adentrar o laboratório, sendo seguido por Alex e pelo homem que havia projetado e construído a Regaleira.

Sob um misterioso silêncio, o alquimista fechou a porta atrás de si.

*Sintra, Portugal*
*Noite de 22 de novembro de 2001*

Alex tentava ajustar a visão e o corpo ao ambiente sombrio.

O primeiro sentido afetado foi o olfato. No laboratório alquímico, o cheiro era forte, lembrando essências químicas, enxofre em combustão, compostos em intensa fervura, borbulhando e enchendo o ar de singulares perfumes. Por toda a sua extensão, uma infinidade de velas altas queimava em profusão, no topo de castiçais prateados.

Com esforço, o homem firmou a visão. Era uma sala de tamanho médio, com teto baixo e atulhada de objetos, que dava uma primeira impressão de caos ordenado, da bagunça criativa de um estúdio artístico onde, em vez de telas, tintas ou pincéis, figuravam labaredas de fogo, utensílios metálicos, especiarias e minerais de diferentes cores. A impressão atordoante era intensificada pela luz oscilante, tão diferente daquela dos cômodos abaixo do laboratório.

Labaredas maiores ardiam em diferentes fornos, dois deles com pesadas portinholas de ferro entreabertas. Acima de uma enorme mesa de trabalho, figuravam tubos metálicos, frascos de vidro e pequenos pratos de madeira e estanho, entre outros vasilhames de vidro e zinco.

Em meio a esses recipientes, repousavam substâncias variadas, farelos multicoloridos e ervas distintas em tamanho e essência, reunidos em feixes por tecidos e identificados com pequenas inscrições feitas à mão, numa caligrafia rebuscada e exótica. Havia também sobre o mesmo tampo retangular, bastões de madeira com curiosos símbolos, pranchas de barro com antigas inscrições subtraídas de línguas mortas, além de bússolas, réguas e astrolábios.

Alex foi invadido por uma leve tontura, produzida pelo aparente caos sensorial de cheiros e luminosidades diversas, fervuras borbulhantes e crepitações de lenha, galhos e folhas, todos em natural combustão, se mesclando e se transmutando em cinzas. Cerâmicas de diferentes tamanhos também povoavam o chão, tornando a exploração do espaço um desafio, enquanto as janelas, cobertas de grosso tecido, já haviam despedido o dia.

"Este é um lugar de criatividade, Alex", disse Samael, perto do ouvido do homem. "Assim, ele espelha os espaços mentais de seus criadores, espaços nos quais os tigres da ira suplantam os corcéis da instrução. Tais espaços são teatros idílicos em que ideias correm soltas, livres e fluidas, até explodirem em supernovas de compreensão e poesia. Este é um dos últimos laboratórios de alquimia da Europa, e esse, um dos últimos casais praticantes da Grande Arte."

Diante do diabo e do homem, o mago luso-brasileiro que havia construído aquele lugar esperava. À época da visita que Alex e Samael faziam à sua casa, o alquimista tinha em torno de 50 anos. O cabelo cinzento e cuidadosamente penteado caía sobre uma barba imensa, lembrando a Alex a figura de um antigo imperador. Todavia, ele não estava sozinho.

Do fundo do laboratório surgiu uma dama que Alex não demorou a reconhecer como Perpétua Augusta Pereira de Melo. Era uma mulher de meia-idade, assim como seu parceiro, e trajava um vestido escarlate elegante e sóbrio, com o tecido combinando com o rubi que pendia de um delicado colar. Sua figura revelava mistérios e histórias. Ela ficou ao lado do esposo, com ambos formando uma onírica imagem recortada do passado.

"Ele é o amigo de quem me falou, Samael?", perguntou a mulher, fazendo Alex questionar se de fato não seria ela a dona daquela casa e do paraíso reencontrado de Sintra.

"Sim, minha cara dama", respondeu o serafim. "Um amigo recente, mas já um grande camarada. Este é Alex Dütres. Não um especialista em magias arcanas e um praticante experiente, como vocês, mas um verdadeiro apreciador de antigos segredos, um especialista em arte sacra e um investigador de mente aberta. Resumindo, um leitor, como nós."

A mulher estendeu a mão.

"Muito prazer. Seja bem-vindo ao nosso lar, Alex."

O gesto foi repetido por Carvalho, com um leve e amistoso sorriso nos lábios.

Alex fitou os dois alquimistas, sem encontrar as palavras adequadas. Sim, ele era um leitor, e mais do que nunca se orgulhava disso, sobretudo em uma tal jornada que dava visão, som e essência a tantas reflexões suas sobre os originais criadores da Quinta da Regaleira.

Ele estudara a biografia dos Monteiro, o casamento de António com Perpétua em meio a conflitos familiares e sociais, a amizade de ambos com Fernando Pessoa, sua correspondência com Aleister Crowley e Yeats, além de suas relações, quando jovens, com Éliphas Lévi, Helena Blavatsky, Arthur Edward Waite e Violet Evans, vulgo Dion Fortune, entre outros nomes do esoterismo do século XIX e início do XX. Todos esses admiravam o casal de alquimistas lusitanos que dedicara sua vida à ciência, à magia e à caridade.

Contudo, o que um dia fora fascínio e histórias, agora se materializava diante de Alex na forma concreta daquele casal de exploradores da arte e da mente. Ao contrário de tantos outros que haviam enriquecido suas vidas com pinturas, tratados, poemas ou romances, António e Perpétua haviam dado às gerações vindouras uma casa e um jardim, um tomo de arquitetura e beleza, um lugar para povoarem seus sonhos de anseios, desejos e ideias.

Monteiro Carvalho tomou a palavra, na ponta da grande mesa.

"Que comecemos então o experimento da noite, ofertando ao nosso visitante não apenas nossa dádiva de magia e mistério, como também a história da nossa confraria."

Na outra extremidade, Alex não conseguia tirar os olhos da cena como um todo, enquanto ouvia a voz de Monteiro. Samael assistia a tudo sentado na lateral da mesa, entre ele e os anfitriões.

Perpétua, ao lado de Monteiro e de frente para Alex, assumiu a fala, no que parecia se constituir um dueto entre ela e seu cúmplice na criação daquele lugar e daquela magia.

"A alquimia sempre foi a ciência e a arte de poucos. Hoje, ciência e religião são vistas como inimigas da magia e dos antigos mistérios, esses não raro reduzidos à tola superstição. No entanto, quando recuamos no tempo, elas eram irmãs e uma única entidade, uma arte: a Grande Arte. Integramos essa longa genealogia, que remonta ao mítico Hermes Mercurius Trismegistus e sua *Tábua de Esmeralda*, ao poeta Lucrécio, aos pintores Leonardo da Vinci e Ticiano, ao imperador germânico Rodolfo II, aos estudiosos da natureza Paracelso, Isaac Newton e Arnoldo de Villanova, além de poetas modernos como Goethe, Blake e Baudelaire."

Enquanto falava, Perpétua começou a separar ervas e escolher alguns compostos químicos, depositando-os em um recipiente de madeira. Em minutos, com um bastonete metálico cuja extensão estava preenchida de hieróglifos de aparência egípcia, a mulher vestida de sangue, com o fogo queimando nos olhos, começou a misturar seu conteúdo.

"Há indícios de seu surgimento três séculos antes de Cristo", agora era Carvalho que assumia a narrativa, auxiliando a mulher em sua preparação. "A alquimia nasceu quando o macedônico Alexandre fundou, na foz de um Nilo que separava desertos e impérios, a cidade egípcia que receberia seu nome e que se tornaria o centro mundial do conhecimento, culminando na maior biblioteca da Antiguidade. Foi em Alexandria que surgiu, em terminologia egípcia, a *khemeia*, uma das fontes da palavra 'alquimia' e da palavra moderna 'química'. A *khemeia* tinha a ver com mistérios profundos, enigmas arcanos e rituais sagrados.

"Mesmo depois da cidade de Alexandre sucumbir diante de Roma e dos cristãos, a alquimia sobreviveu, por séculos, nas sombras, às escondidas, sempre com o risco de seus praticantes serem acusados e condenados. Foi quando, entre os séculos XVI e XVII, ocorreram as guerras místicas, que alguns referenciam como Grande Inquisição. Pouco a pouco, pensadores, investigadores e praticantes da Grande Arte foram catalogando saberes que, por séculos, foram explorados por alquimistas, astrólogos, curandeiros e magos. Falo de Francis Bacon, René Descartes, Nicolau Copérnico, Johannes Kepler, Robert Boyle e Antoine Lavoisier."

Era um diálogo silencioso, o dos dois, com a mulher indicando com um olhar ou um gesto as substâncias que o homem deveria buscar, numa fusão de energias consoantes e unidas.

"Infelizmente, alguns desses exploradores", continuou Perpétua, fundindo palavra e ação, história e memória, reflexão e criação, "se tornaram inimigos dos nossos experimentos, como Boyle, que apoiou uma lei contra experimentos alquímicos. Foi a partir desses pensadores que o Iluminismo dos séculos XVIII e XIX deu luz a outros mestres, como Lavoisier, o fundador da química moderna. Entre seus feitos estão a descoberta do oxigênio, o estudo da combustão e da conservação das massas, além da publicação de um dos primeiros tratados de química, fornecendo assim a nomenclatura para mais de trinta elementos, um ato que resultaria na tabela periódica de Mendeleev. Além desses achados, esses dois séculos também retomaram a ideia antiquíssima dos átomos, fazendo avançar uma compreensão da matéria e do modelo atômico.

"Porém, apesar de todas essas conquistas, a magia, a alquimia e a espiritualidade foram sendo deixadas de lado até se tornarem para muitos uma busca obscura, exótica, vergonhosa e tola, sobretudo aos defensores da ciência e da razão. Assim, uma humanidade encurralada precisava escolher se abraçava pensamento ou crença, razão ou dogma, ciência ou religião, numa encruzilhada que desafiava a natureza humana, um compósito de sentimentos e pensamentos, de lógica e criação, de saber e intuição."

Perpétua e Carvalho formavam uma dupla de magos instrutores diante de Alex, mostrando a ele a prática de sua arte, cercados de enigmáticas poções, tubos fervilhantes e instrumentos mágicos, que reagiam ao toque de seus dedos e ao calor do fogo e da luz.

Após sorver o aroma do misterioso preparo, a mulher prosseguiu:

"Mas a era posterior ao Século das Luzes, com o surgimento da psicologia enquanto disciplina mais ampla, que levaria à psicanálise clínica de Freud e à analítica de Jung, além de movimentos como o simbolismo, o modernismo e o surrealismo, tornou evidente que uma visão fria da ciência, dissociada de ética, espiritualidade e imaginação, poderia resultar em anomalias atrozes. Goya estava parcialmente certo. Não era apenas o sono da razão que criaria monstruosidades: a completa obsessão do homem com o saber, geraria espectros e maquinários ainda mais terríveis no futuro, como você e Samael sabem tão bem."

O homem pensou nos desumanos campos de morte nazistas e nas bombas atômicas norte-americanas devastando o Japão, reduzindo cimento, cerâmica e carne a pó.

Samael olhou tristemente para a mulher, intuindo o terrível sentido de sua última frase. O diabo então se posicionou atrás do casal de alquimistas, pousando as mãos em seus ombros e sussurrando em seus ouvidos palavras de compaixão.

"Não se preocupem com o futuro, meus amigos, vocês partirão antes dele, mas sua obra e seu exemplo sobreviverão."

Com um olhar terno e doce, Monteiro assentiu e se voltou para Alex, afastando-se de Perpétua e de seu preparo, e acendendo uma pequena chama no meio de uma base metálica.

O pequeno fogo surgiu e se expandiu, jogando luzes no rosto das três figuras.

O casal continuou sua tarefa. Perpétua inseriu o sumo de ervas, essências e outros enigmáticos ingredientes num recipiente metálico e o entregou a Carvalho, que o depositou na pequena fornalha que havia ateado sobre o fogareiro de mesa.

Nesse momento, a voz do demônio surgiu, ecoando pelo laboratório.

"Durante todos esses séculos, a alquimia foi sinônimo de liberdade, de encontrar as próprias respostas, de verificar os próprios caminhos, de ousar os próprios desejos. Entende por que ela me interessou?", perguntou o anjo caído, sem esperar qualquer resposta. "Com ela, eu via nos seres humanos o desejo e o ímpeto que me nortearam desde o início, mesmo quando Deus se pavoneava, dizendo que tinha tudo sob controle. Que Ele tivesse todas as respostas. Eu queria encontrar as minhas. E as encontrei nesses amantes de saber e revelação, irmãos de jornada e busca, parceiros de crimes e condenações. Não surpreende que a magia tenha sido perseguida e reduzida a pó por monarcas, papas e detentores do poder."

Carvalho ajustou a fornalha, mexendo o conteúdo pastoso do recipiente metálico e depositando-o num frasco de vidro esverdeado, em um formato circular na base que ia afinando até a boca. O líquido agora estava mais denso, com uma coloração amarelo-clara.

"Para fugir da destruição", falou o alquimista, "a magia se disfarçou. De arte. De livros. De ciência. Mas seu objetivo era o mesmo: comunhão, compreensão, fusão com Deus e com o mundo, com os homens e com as estrelas. Simplesmente por ousar sonhar esses sonhos, nossos irmãos foram mortos pela Inquisição. Homens e mulheres que guardaram o fogo e entenderam seu poder transformador foram nele jogados e queimaram nas chamas que tanto admiravam."

Agora era Perpétua que se aproximava do frasco transparente, utilizando outro bastonete, limpo e também gravado com diferentes signos, para misturar a essência, que ficava mais e mais clara, fervendo seu sumo sobre o brilho tépido de uma chama contida.

"Entre os vários objetivos dos alquimistas", disse a mulher, "estava a busca incessante por uma rocha sagrada cuja composição seria capaz de transmutar metais comuns em materiais nobres e preciosos. Além disso, essa rocha sagrada, essa pedra filosofal, estaria conectada a uma substância cuja essência aperfeiçoaria qualquer material, por isso sua relação com o elixir da vida eterna, outra busca incessante dos alquimistas, segundo o senso comum.

"Para essa série de experimentos, eles partiram de Aristóteles, o inventor da abordagem científica moderna, baseada na decomposição e na análise. Para a teoria dos quatro elementos de Empédocles, segundo a qual tudo seria feito de terra, água, fogo e ar, Aristóteles adicionou características fenomenológicas, como quente, frio, seco e úmido."

Monteiro misturou um pouco de água à poção, fitando de perto sua fervura.

Perpétua aproximou o rosto do preparo para sorver seu perfume, logo desviando o olhar faiscante para a face atenta de Alex. Sua voz retornou mais calma e baixa, mas ainda grave e forte, uma voz que fez o homem pensar na amante e amiga que deixara em Berlim.

"Com essa busca em mente, da pedra e do elixir, os alquimistas foram os primeiros a inventar uma série de técnicas para a manipulação dos elementos, como destilação, filtragem, fusão, fervura e sublimação, práticas básicas em qualquer cozinha ou laboratório moderno.

"Obviamente, a busca por essas duas dádivas, riqueza e eternidade, era tanto literal quanto metafórica. Alquimistas de verdade não estavam interessados exclusivamente nem em uma coisa nem em outra, uma vez que suas investigações objetivavam não somente transmutação e aprimoramento físico, mas alterações mais espirituais e mentais."

A mulher ficou em silêncio enquanto retirava o recipiente do fogo e avaliava o resultado do preparo, indicando ao parceiro que estava pronto.

Carvalho apagou a fogo e buscou num armário antigo, que ocupava uma parede inteira do laboratório, quatro taças, altas e imperiosas, adequadas para raros vinhos e poções.

*Será que vamos beber a poção alquímica?*

A ideia não deixou Alex confortável, embora estivesse com a garganta seca.

"Nesse sentido, meu caro", continuou Samael, "alquimistas e magos fizeram no decorrer da história o mesmo que poetas: dedicaram-se à manipulação de símbolos e metáforas, inscrições e versos, letras contaminadas de poder e magia, para produzir efeitos, alterar percepções e quebrar barreiras, psíquicas, corpóreas e sociais. A magia não fala com nossa porção racional, nossa capacidade lógica, nossos templos mentais apolíneos. A magia e a arte, a alquimia e a verdade, falam com nossos instintos, com nossos ímpetos primitivos, nossos saberes mais profundos e arcanos. Elas cantam e dançam no compasso dionisíaco de nossos delírios mais recônditos e enigmáticos, ensejos que partem de nossas caixas torácicas."

Carvalho voltou à mesa com as taças e as repousou nela. Sua voz passeava pelo recinto.

"As buscas alquímicas e mágicas, as perambulações pelo território místico da Regaleira e as explorações deste palácio arcano servem de simbólico equivalente para um processo alquímico através do qual o homem transformará chumbo em ouro, vento em diamante, água em sangue, terra em carne. Trata-se de uma transmutação externa e interna, na qual o homem se tornará infinito, regenerando alma e corpo à luz das estrelas."

O alquimista depositou no interior das taças quatro pequeninas pedras esverdeadas, para então preenchê-las com o misterioso compósito que acabaram de preparar. As taças acolheram o líquido ainda fervente, que possuía uma admirável e atraente coloração violeta.

A mulher se afastou da mesa e, fitando os olhos de Alex, apontou para as taças.

"Aqui, os deuses, os fantasmas e as estrelas estão presentes. Neste elixir, a vida sempre mutável, com seu compósito de cor, calor, luz e magia, borbulha e nos convida. O que você viu, Alex, foi uma expressão do fogo sagrado, da luz divinal, da poeira estelar, da música da terra e das nossas artérias. Eis a Chama Violeta, caros senhores. Eis a vida e a morte, o amor e o ódio."

Carvalho tomou nos dedos uma das taças e bebeu seu conteúdo.

Samael pegou a segunda taça, trazendo-a para perto das narinas, respirando seus vapores e ofertando os olhos felinos ao esfumaçado da poção. Só então falou, sorrindo:

"Enquanto isso, o planeta valsa sua silenciosa melodia ao redor de um apaixonado sol, dois pontos diminutos num oceano de escuridão, entre berçários e cemitérios de estrelas, que passeiam, pulsam e vivem a vida de um universo indiferente ao passado ou ao futuro, de um universo que continua viajando, vivendo, existindo."

O demônio bebeu o líquido e estreitou os olhos, devolvendo ao fogo sua luz e visão.

Por fim, a sacerdotisa daquele ritual antigo bebeu o sumo misterioso e recitou as palavras sagradas da tradição alquímica.

"Eu sou a fulguração das estrelas, a sabedoria dos anjos, o conhecimento dos demônios, a coragem do soldado, o apogeu do universo, o trabalho perfeito da glória real, da arte suprema. Eu sou o sopro secreto de Deus, a irmã gêmea da filosofia, o apoio dourado dos reis, a força dos mestres, o suor dos profetas, a inveja dos sábios, o tesouro do amor, o espelho da conquista, a derrota da tristeza, a marca da natureza humana. Eu sou você."

Com o coração pulsando e tremendo diante do que viria, Alex deu um passo em direção aos alquimistas e ao demônio e tomou para si a quarta taça. Como se fizesse um brinde, ele a levantou diante dos outros três e bebeu seu conteúdo.

Era acre e forte, cheio de vida e ardor, com uma textura espessa e ardente, queimando sua língua com um gosto metálico. Aquele era o gosto dos lábios saciados de Joana.

Alex repousou a taça na mesa e precisou se segurar no tampo rústico de madeira.

O laboratório girava e derretia, pulsava e se encolhia, numa cosmovisão que dissolvia e fundia os limites dos objetos, das essências, dos seres. Alex sentiu as pernas falharem.

"Não esqueça de respirar, meu amigo", aconselhou o demônio.

O homem então avistou oito grandes e poderosas asas pretas crescendo atrás de Samael, enquanto Carvalho retirava do interior do colete um dourado relógio de bolso.

"Está na sua hora, meu caro alquimista?", perguntou o anjo ao amigo do passado, com suas trevosas asas o envolvendo em um abraço.

"Sempre", respondeu Carvalho, desviando o olhar do intrigado maquinário do famoso relógio Leroy para Alex, cujas pupilas ardiam. "Diga-me, caro estranho, o que é mais intrigante? Um Deus capaz de criar um relógio que não atrasa ou um Deus que dá luz a um relógio capaz de se ajustar aos revezes do tempo e do espaço, ao compasso dos dias e das noites, ao fluxo rítmico das estrelas e ao movimento contínuo das espécies?"

"Entendo seu argumento", disse Alex, ardendo em febre e sentindo as palavras despencarem logo após deixarem a barreira dos lábios úmidos e ferventes.

"Entende mesmo?", perguntou o demônio, agora transmutado em besta medieval com chifres na testa, pele avermelhada, pernas de bode e cascos que batiam no piso de pedra, avançando em direção ao homem. Os quatro pares de asas escuras continuavam atrás dele.

Ao lado do diabo horrendo, Alex viu a mulher escarlate do apocalipse. Sorrindo com os lábios de Perpétua Augusta, ela lhe ofereceu a taça da ira, a taça da vida.

"Mas por quê?", gritou Alex. "Por que não revelar tudo isso aos homens e mulheres? A humanidade daria a vida para saber tudo isso... para saber... que o poder... está dentro... deles..." As palavras do homem não faziam mais sentido, tudo parecia girar e decair em sombras. E o diabo, o próprio diabo medonho vinha em sua direção. "As guerras, as guerras entre teístas e ateístas... acabariam... além de outros tantos conflitos... as mortes... todas elas..."

Foi quando Alex viu, saindo das sombras, atrás do demônio, da dama escarlate e do civilizado alquimista, a figura de seu tio, a imagem do homem que o havia amado e punido.

O velho teólogo abriu os lábios para falar com Alex, um homem que ele, décadas antes, havia amado, odiado e envenenado. Mas, de sua boca, partiu apenas silêncio.

Diante daquela visão, Alex despencou no piso do laboratório.

Acima dele, o diabo abria suas asas sombrias, enquanto o alquimista guardava seu relógio, pegava seu casaco e lhes dava as costas, com a dama de sangue e fogo o seguindo.

O monstruoso Samael, sorrindo, aproximou-se de Alex, com a sombra do tio assassinado atrás dele. Nesse instante, o laboratório não passava de um borrão de cores.

"Não esqueça, meu amigo", falou a criatura monstruosa, com a voz mais terna que Alex já ouvira, "que aquilo que não aprendemos sozinhos, ninguém pode nos ensinar. A humanidade está engatinhando. E, como você, ela mal aprendeu a aprender..."

*Sintra, Portugal*
*Noite de 22 de novembro de 2001*

Noite.

Silêncio e escuridão.

Um barulho de carro buzinando e passando a poucos centímetros de seu rosto.

Alex acordou no meio da rua, com Samael, agora em sua forma humana, arrastando-o pela via e salvando-o de quase ser atropelado.

Diante deles, com os portões fechados e da noite que caía, estava a Quinta da Regaleira.

"Você está bem?", perguntou o demônio.

Alex se levantou, endireitando o corpo e conferindo a roupa.

"Sim, estou. Quer dizer, mais ou menos. O que aconteceu?!"

"Depois ou antes da bebedeira com os Carvalho Monteiro?"

O homem demorou a entender a pergunta, revisitando na mente o que acabara de acontecer. Alex levou a mão à testa e coçou os olhos, ordenando que despertassem.

"Depois, eu acho...", foi sua vacilante resposta.

"Bem, depois do trago, eu e você fomos expulsos pelos seguranças como dois arruaceiros, e você desmaiou bem aqui, após deixar o paraíso, o que é compreensível."

Samael ajudou Alex a se firmar e o guiou até o meio-fio da calçada.

Os dois se sentaram e ficaram ali por alguns instantes, meio bêbados, com os últimos turistas se desviando deles. Sentindo-se metralhado, o anjo caído suspirou:

"Fala logo, parceiro. O que está passando pela sua cabeça?"

Alex respirou ainda mais fundo, antes de abrir os lábios.

"O que diabos vocês querem de mim?!"

Samael o observou por alguns segundos e então, mirando seus olhos, respondeu:

"Que você os convença."

"Que eu convença quem?"

"Os demais anjos."

"A fazer o quê?"

O anjo pensou um pouco antes de responder, como se buscasse as palavras corretas.

"Em breve, nos encontraremos de novo. Eu de um lado e Barachiel do outro. E na plateia, os demais anjos, que continuam querendo manter o céu aberto, à espera de um Deus que não virá. Ao menos essa é minha opinião. Barachiel pensa diferente. Ele tem fé e nunca desiste de sua espera. Já eu, penso que temos mais o que fazer do que esperar por alguém que não quer ser encontrado. Em termos simples, o que queremos de você é que você defenda o seu pleito."

"Qual pleito, cara? Estou bêbado de um drinque alquímico depois de ter minha cabeça ferrada por um demônio e um casal de... alquimistas! Eu realmente não sei o que querem que eu faça. Se pelo menos Deus nos ajudasse... ao menos um pouco..."

"Deus não está aqui para nos ajudar, Alex", foi a resposta do demônio. "Ele está aqui para ser. Assim como nós. E, quando chegar o momento de apresentar o seu pleito, um conselho, se você me permite: não defenda o meu pleito, nem o de Barachiel, ou o de Deus, seja lá o que isso signifique."

Sorrindo, o demônio arrematou:

"Defenda o *seu* argumento, Alex. É isso que esperamos de você. E, para tanto, não pense. Não acuse. Não julgue. Não debata. Não ataque. Não proteste. Não ironize. Não aceite. Não guerreie. Não implore. Não ordene."

Alex olhou para o demônio, finalmente entendendo o sentido de suas palavras.

"Apenas seja, meu amigo. Quando chegar a hora, apenas seja quem você é. Seja quem você sempre quis ser. Quem você sempre foi. Como esta natureza assombrosa ao nosso redor."

Samael deu um tapa delicado na face de Alex e então se levantou.

"Me perdoe, mas como os Monteiro lá em cima, está na minha hora, e você, Alex, precisa encontrar o caminho de volta com seus próprios pés.

"Foi um prazer, camarada. Como Barachiel me avisou, você foi uma companhia excepcional. Nos vemos em breve."

O anjo deu as costas e seguiu seu caminho, na direção contrária à de Sintra.

"Espere!"

Samael parou no meio da rua e se virou para Alex.

"Tem uma coisa que preciso pedir. Queria ter pedido a Barachiel, mas não tive coragem. E agora, lá em cima, no laboratório de Perpétua e de Monteiro... eu o vi."

O demônio enterrou as mãos nos bolsos das calças puídas e deu de ombros.

"Você viu seu tio, não?"

"Sim, eu o vi. E preciso saber. Você estava lá na noite em que ele morreu? Quando meu veneno fez seu trabalho? Você estava lá? Eu sei que Barachiel estava."

Samael respirou fundo, fitou a lua que brilhava entre nuvens de chuva e assentiu.

"Você conseguiu ler na mente dele seu último pensamento? O que ele sentiu? Foi ódio? Ele sabia que eu o tinha assassinado, não? Ele me amaldiçoou e me condenou, não foi?!"

Lágrimas começaram a escorrer nos olhos de Alex, reavivando sentimentos antigos, traumas alocados nos territórios mais profundos de sua consciência.

"Sim, estava lá, e sim, escutei seu tio antes de ele partir. O velho o amava e o entendia. Mais do que você imagina. Nós, anjos — caídos ou não — não gostamos de ler pensamentos, mas escutamos preces. E eu escutei, sim, o que ele disse, pois foi sua última prece."

Nos olhos de Alex, lágrimas de tristeza se mesclavam à raiva e ao ódio, à fúria que habitava seu coração havia décadas.

"E o que o bastardo orou? O que o maldito disse?!"

Fitando Alex com os olhos repletos de compaixão, Samael falou:

"Lourenço suplicou por luz e felicidade para você. Implorou a Deus e a nós que o ajudássemos a encontrar as respostas de que você precisava. Pediu que você encontrasse o que sempre buscou. E pediu, a Deus e seus anjos, que você perdoasse a si mesmo."

Tendo dito tudo o que poderia dizer, o demônio partiu, adentrando a noite de Sintra.

Alex explodiu em choro, deixando que as lágrimas viessem puras, plenas, imensas, como um dilúvio de águas a limpar anos de mágoas e ódios.

O homem deixava ali, imersa em lágrimas, toda a sua dor, sabendo, naquele momento de absoluta solidão, o quanto aquela purificação significava.

Após alguns minutos, Alex enxugou as lágrimas e se levantou.

Fitou a escuridão onde Samael havia desaparecido, e depois a quinta que tanto amava.

E foi assim que ele deixou os alquimistas em seu palácio e o demônio em seu jardim, e seguiu pela via tortuosa de Sintra em direção à estação de trem, em direção a Lisboa, em direção a seu iminente teste de fé, a um inevitável juízo final.

# INTERLÚDIO

*Berlim, Alemanha*
*Madrugada de 26 de novembro de 2001*

Alex fitou o conjunto de cores, perfumes e prazeres que o transpassavam no quarto parcialmente iluminado, em meio à noite de Berlim.

Velas de diferentes tamanhos ardiam no chão, enquanto delicados filetes de vento adentravam a janela do apartamento e tocavam com volúpia os cortinados da madrugada.

"Isso foi bem surpreendente", falou a mulher vestida de fogo e luz, entre lençóis úmidos de suor e revestida de um mesclado aroma de vinho, desejo e flores.

Nu e ainda recuperando o fôlego, Alex a olhava com deleite.

Diante da nudez um do outro, de volta ao paraíso de seu prazer, os amantes se sentiam vivos enquanto se entregavam àquela intimidade. A imagem de Joana incendiava Alex de um êxtase antigo, daqueles vivenciados nos sonhos da alcova da juventude, quando o futuro se descortina pleno, com amores intensos, sensações variadas e promessas de comunhão.

A mulher sorriu, sabendo-se amada e por certo cobiçada, idolatrada até. E, gesticulando com os dedos longos, por entre fumaça de velas e perfumes, continuou:

"Eu esperava um demônio egocêntrico, sabia? Autocentrado, narcisista e vaidoso, como ele inclusive se reafirmou para você, mas o que você me traz em sua narrativa é um anjo rebelde, dedicado ao cosmos e aos milagres naturais, um vibrante espectador da natureza, um diabo cuja maldição está na bênção de deixar a Bíblia e a religião de lado e se centrar na magia do universo, nos enigmas da natureza. Fiquei perplexa com o quanto a voz dessa criatura, já tão explorada por poetas, escritores e teólogos, silenciou diante desses assombros. Essa visita, Alex, essa visita demoníaca leva a história toda para outro lugar."

Ao lado da mulher, no chão de madeira do quarto, o caderno no qual Alex registrara sua visita a Sintra repousava, depois da segunda leitura dela.

De fato, pensou Alex, havia algo ali a ser pensado, investigado, compreendido. Ele deixara Lisboa dois dias depois de seu encontro com o demônio e o casal de alquimistas em Sintra. Embora soubesse que seu destino seria retornar à Berlim e a Joana, ele queria se dar ao menos um par de noites para refletir sobre o que vira. Foi quando a ideia de um relato escrito surgiu em sua mente, sobretudo por temer que sua memória febril viesse a falhar.

Assim, possuído de ímpeto e lembrança, ele voltou ao hotel em Lisboa, munido de caderno e canetas macias, e começou a tomar notas. Primeiro, de forma mais esparsa, depois se entregando ao fluxo da história que queimava em sua mente, sabendo que escrevia para Joana.

Para Joana, por Joana e, sobretudo, por ele, para se fazer conhecido a ela, para que ela entendesse o que aqueles assombros significavam em sua percepção, sobretudo a visão de seu tio, uma visão tão permeada pelo sofrimento e pela revolta.

Enquanto narrava aqueles eventos, a foto de seus pais lhe fazia companhia, como um sagrado relicário sobre o tampo de madeira. O par de médicos voluntários sorrindo para a lente, em meio à savana selvagem que lhes roubaria a vida. A imagem, retirada das cinzas por Barachiel e dada de presente a Alex, agora servia de amuleto pessoal. Atrás da foto, a mensagem deles ainda aguardava, escrita antes da febre chegar e findar com suas vidas.

Alex temia que a visão da letra de sua mãe — era sempre ela que escrevia — não apenas constituísse a derradeira prova daquele absurdo como o conduzisse à loucura, ao desalento, a uma crise mental, por mais forte que ele sempre tenha sido, por mais corajoso que se julgasse.

*Para os pais, continuamos sempre filhos*, pensou Alex.

Finda a escrita de sua história, o homem fechou o caderno, reuniu as roupas e objetos pessoais em uma mala, com a foto protegida no casaco, e fez o trajeto até Berlim de avião, finalmente enfrentando seu medo e sua resistência. Foi um voo tranquilo, de apenas duas horas, sem turbulências, crianças ou anjos lançando-o numa trama espiritual milenar.

Quando chegou a Berlim, foi direto para o apartamento de Joana.

Assim que a mulher abriu a porta, Alex a beijou demoradamente, sentindo o desejo de ambos se encontrar, enquanto os ruídos da rua chegavam aos seus ouvidos desatentos e os felinos rondavam a sala. O gosto dos lábios de Joana despertava em Alex antigas lembranças, além de anunciar à sua imaginação uma gama de novas possibilidades.

Eles fizeram amor várias vezes naquela noite, entre conversas calmas e íntimas. Na manhã seguinte, à mesa do café, Alex lhe entregou o caderno.

Depois da tarde de leitura, eles trocaram ideias, numa linguagem cheia de ditos e não ditos, num diálogo repleto de sinuosidades sutis e intenções desveladas, perpassadas por olhares fixos, lábios entreabertos e suspiros cálidos, que, por fim, os levou novamente à cama.

Agora, ambos estavam perto do leito, no espaço entre a cama e a janela alta, nus e ainda febris, com os corpos cercados de velas e uma segunda garrafa de vinho.

"Concordo com você", disse Alex, depois de servir uma taça a Joana e trazer a sua para junto do corpo. "Nunca imaginei toda essa loucura como um mistério teatral medievo, comigo fazendo as vezes de um homem comum sendo visitado por um anjo bom e depois por um diabo mau, com um desses seres me prometendo o céu, e o outro, os prazeres que resultariam no inferno. Desde o início, depreendi de Barachiel que essas criaturas, esses anjos, transcendiam o bem e o mal, que eles nada tinham do dualismo comum que constitui a base das religiões.

"Mas nada, nada mesmo, minha querida, poderia me preparar para um anjo devoto de arte e um diabo advogando natureza e ciência. Além disso, outra impressão que tive: não são inimigos, esses dois. Na verdade, são bons camaradas, sabe? Claro, com seus conflitos aqui e ali correndo o espaço de suas naturezas peculiares, mas o modo como suas vozes mudam quando falam um do outro só me comunica um amor puro. Eles se amam.

"E não me parecem lutar em lados opostos. Ao contrário. Estão no mesmo barco, vivendo a mesma tragédia, ambos órfãos, esperando o retorno de Deus, entregues à mesma vivência e a experiências similares, embora partindo de perspectivas diferentes."

"Como nós, Alex", disse a mulher, depois de beber da taça. "Concordo com você e isso me parece o mais crível em sua narrativa e no que esses espíritos produzem: eles não querem provar pontos de vista, não querem salvar ou condenar sua alma. Há um contraste inegável nesses dois, mas um contraste que, a meu ver, é mais complementar do que antagônico."

"Exatamente. Mas eles também não são desprovidos de nenhum interesse, pois querem algo de mim, embora eu ainda não esteja tão certo do que seja."

"Sim, é claro que querem, Alex. Mas acho que, dentro do que eles querem, não parece que tenham por objetivo que você, no final das contas, dance a música deles ou defenda seus interesses. O objetivo deles, como Samael mesmo disse, é que você apenas atue, reaja e fale como você faria em qualquer outra ocasião, a partir de sua individualidade.

"Como você fez no leilão de Illians, reagindo a *Jó* de modo tão engraçado e ao mesmo tempo tão verdadeiro", a mulher sorriu ao lembrar do passado. "Mas, voltando a seus anjos, me parece que se trata menos de um convite para você mudar de lado, para o céu ou para o inferno, e mais para comunicar o seu próprio lado, o lado da humanidade."

"Sim, pode ser isso, mas não sei ao certo. Ainda há questões em aberto em todo esse drama. Por mais que eu entenda o que você diz, acho que Barachiel quer algo específico de mim, que espera algo das minhas palavras, e que isso, seja lá o que for, não esteja em total concordância com o que Samael espera ou deseja, se é que ele espera ou deseja algo de mim.

"Além disso, mesmo não sendo antagônicas, suas narrativas tem algo de opostas, não?"

"Você acha?", perguntou Joana, fixando ainda mais o olhar em Alex. "Não tive essa impressão. Você está querendo dizer da distância entre a Bíblia e o mundo material? Bem, Barachiel insistiu no aspecto metafórico de boa parte da narrativa bíblica. Ou seja, esse anjo parece saber muito bem que a prática de se ler a Bíblia de maneira literal é um hábito moderno, advindo do protestantismo e reforçado no século XIX. Antes, a Bíblia nunca foi lida dessa forma. Veja as obras de Karen Armstrong e Jack Miles, por exemplo, e de tantos outros pensadores e pregadores sofisticados que tentam abrir os olhos dos crentes de hoje para essa verdade, para a dimensão metafórica dos textos bíblicos. Por isso há dois relatos de criação, não porque um é verdadeiro e o outro é falso, mas porque são duas leituras poéticas válidas. Precisamos reaprender a fazer isso. A ler a metáfora, a abraçar o símbolo, compreendendo seus sentidos profundos. Barachiel parece ter lido todos eles e adoraria vê-lo dando uma bela palestra sobre o tema."

Os dois amantes riram ao imaginar a cena, ambos cogitando onde estaria o diabo e Deus nesse memorável simpósio. Um deles estaria na plateia, aplaudindo.

"Sim, você tem razão. Bem lembrado."

"E, quanto a Samael", retomou Joana, não perdendo sua linha de argumentação, "ele também não me parece estar longe dessa mesma compreensão. Obviamente o cosmos não começou como o Gênesis conta, embora o poeta do primeiro capítulo tenha passado raspando, ainda mais depois da narrativa desse demoníaco darwinista e de sua versão dos fatos."

"Como assim, minha querida?", questionou Alex. "Você está me dizendo que a Bíblia, sobretudo no tão criticado relato de criação, estaria próxima da verdade? Mas o que Samael me mostrou e o que Darwin demonstrou apontam para outra direção, não?"

Joana cruzou os braços, dando o sorriso aberto que Alex adorava.

"Meu Deus, como você é literal, meu querido. Vamos lá. É claro que a Bíblia e seus relatos, sobretudo os primeiros capítulos, são pura invenção. Mas isso se você os ler a partir de uma perspectiva realista. Por outro lado, eles sempre foram bem assertivos, não? Você não tem essa impressão? Analise em perspectiva, *cowboy*. Poetas são gigantescas sensibilidades que voam livres pelos céus, enquanto seus contemporâneos caminham como lesmas. Por isso a poesia e a arte sobrevivem, como nada neste mundo é capaz de sobreviver."

Joana ficou em pé no quarto às escuras e alongou os músculos.

Alex permaneceu sentado, adorando a visão do corpo da mulher de um ângulo inferior.

"Veja bem, Alex, um dos acertos da Bíblia está em explicar como as diversidades animal e humana surgiram neste planeta. Com luz no primeiro dia, divisão de terra e água no segundo, plantas surgindo no terceiro e atmosfera no quarto dia. Foi no quinto dia que as coisas começaram a ficar interessantes, quando peixes e pássaros deram as caras. Na primeira hipótese, o poeta acertou na mosca. Na segunda, nem tanto. Demoraria muito para pássaros aparecerem. E no sexto dia, Deus criou os mamíferos e, finalmente, o herói da história, o homem.

"Mas deixe-me ater aqui, pois nesse ponto, mesmo que metaforicamente, a Bíblia acerta o alvo. Estamos no segundo capítulo, quando o narrador nos dá um *fade in*, sendo que, no anterior, temos apenas um *fade out*. Mas agora a conversa é outra e estamos aqui embaixo, com o Senhor Deus Criador, que finalmente resolveu parar de falar para tentar a sorte como ceramista, se divertindo com barro e lodo e, com isso, sujando literalmente as mãos. O jardim já está cheio de plantas, animais e outros portentos da criação, mas Ele não está satisfeito. Então, cria Adão da terra, do barro, da lama. Aqui a Bíblia acerta parcialmente, afinal os homens não saíram da terra, e sim do mar. Mas tudo bem, os gregos cometeram o mesmo erro.

"Na sequência, Ele cria a primeira mulher, Eva, ao colocar Adão para tirar um cochilo. Arranca uma costela do sujeito, numa cirurgia meio atabalhoada, e dela faz Eva. Apesar da dimensão patriarcal dessa história, há algo interessante aí: a criação é orgânica, tem a ver com nervos à mostra, carne sangrando, dor e surpresa, sangue e assombro. E quando Deus termina o serviço, diz a Adão e Eva: 'Agora, é com vocês. Se amem e povoem a terra, nomeando as coisas e os seres. E a humanidade obedeceu à risca, não? Você não concorda?"

Ainda alongando o corpo, a mulher, cuja silhueta era beijada pelos focos de luz das velas ao redor, esperou do homem uma resposta.

Ela não veio, mas Alex riu alto, espalhando seu riso pelo quarto.

"Belo argumento, minha bela. Então, a Bíblia não errou tanto assim", replicou Alex.

"Exato. E para voltarmos um pouco, o Gênesis também se sai bem ao falar da criação da luz. Todos se esquecem de que antes de ser diabo, satã, Mefistófeles ou Samael, o primeiro anjo se chamava Lúcifer, aquele que traz luz. Pois então, a luz não está presente apenas na origem do universo, como fomenta toda a evolução posterior. Samael é muito preciso nesse aspecto: nada existe sem luz. Na verdade, só sabemos da existência do universo e de suas galáxias distantes porque é a luz delas que sobrevive à sua morte e chega até nós. Aquela velha história de vermos, numa noite estrelada, fotografias antigas de estrelas que já morreram.

"E a luz também constitui um elemento essencial para a evolução animal: o desenvolvimento de canais de percepção que permitiram a criaturas detectarem, reagirem e interagirem com mudanças energéticas que envolvem luz e escuridão. Embora muitos animais se tornem melhores que nós em capacidades específicas, como cobras que possuem visão infravermelha de longo alcance e pássaros que são capazes de detectar ondas ultravioleta, somos nós que desenvolvemos uma aparelhagem perceptiva que nos permite acessar, mesmo que em diferentes graus, todas elas. Não é de se surpreender, portanto, que, para a humanidade, a luz tenha se tornado um sinônimo de consciência, de saber, mas também de cegueira."

"E, nesse aspecto, Samael traz as duas coisas, não?", falou Alex. "Luz física e luz espiritual, tudo através de uma defesa apaixonada da ciência. Sim, você tem razão."

"Mas há outra questão aí, já que você trouxe essa oposição", devolveu Joana, novamente se aproximando de seu amante, com o corpo nu a poucos centímetros de Alex. "Acho que há uma imensa simplificação quando você alude a Samael apenas como defensor da ciência. Sim, ele fez isso, com sua narrativa sobre o cosmos e seu fascínio por cientistas. Mas seu passeio terminou num lugar no mínimo improvável, não? Digo, você não pode dizer que o demônio é um defensor da ciência se o término do passeio de vocês resultou numa bebedeira alucinógena na companhia de um mago alquimista e sua esposa, bruxa e musa, pode?"

Alex pensou um instante e assentiu, bebendo um gole de vinho e adorando o fato de o sabor da bebida alterar-se em seu paladar, sobretudo mesclado ao gosto de Joana.

"Sim, eu entendo. E pensei muito sobre isso. Há magia nesse demônio. E uma defesa muito poderosa dela, talvez até mais surpreendente do que sua narrativa do mundo natural. Mas não sei se esse ápice adiciona outro elemento ao seu próprio argumento ou se ele apenas reforça o principal: há magia na ciência e a própria ciência nasce da magia."

"Precisamente. E isso sempre me encantou, *cowboy*. Em minhas leituras, a magia, tanto a de palco, fruto de treinamento, fumaça e espelhos, quanto a mística e transcendental, sempre ocupou bastante espaço. Lembro de conversas deliciosas com Georg sobre esse tema. Para ele, a arte de Illians era a própria concretização da ciência e da religião, tudo resultando em peças que poderiam, assim como a pedra filosofal e o elixir sagrado, alterar o mundo físico e a percepção de seus espectadores. Da minha parte, a conclusão era a mesma, mas voltada ao cinema, uma arte que resume toda essa ambivalência: cinema é quarto escuro e audiência cativa, uma projeção, uma abstração, um truque hipnótico feito de luz e sombra.

"Deixe-me elaborar melhor o que estou pensando. Vivemos numa sociedade, e concordo que o cristianismo é muito responsável por esse dualismo e suas péssimas conclusões, que adora separar o corpo da alma, a razão dos sentimentos, a ciência da religião, e o materialismo da imaginação. Quanto à magia, ao tarô, à astrologia e outras searas, eles estão numa condição ainda pior, sendo reduzidos à superstição.

"Eu nunca vi as coisas assim: religião é corpo e alma, arte é corpo e alma, magia é corpo e alma. Um santo vive na carne e tem uma forte compreensão dos sentidos corpóreos, que redundam em êxtases ou em caridade, na ajuda de um corpo a outros corpos. Pergunte a um pintor ou cineasta quão material e corpórea é sua arte, e ele lhe dará uma aula: ter uma ideia para um quadro ou filme é fácil, mas transformar essa ideia em realidade, em um objeto real, requer empenho, disciplina e alteração extrema do mundo físico. Com poetas e escritores não é diferente. As pessoas pensam que escrever livros é só ter ideias e ignoram as centenas de horas de escrita, as dores musculares, a vista esgotada. Estou divagando. Mas voltando ao ponto e à sua história: o que Samael demonstrou é que uma visão mística ou mágica da realidade está presente na natureza e que a prática da magia e da arte não acontece dissociada do corpo.

"Em outros termos: é quase como se ele comunicasse que a alma e o espírito, e com eles o céu e o inferno, pouco importam. O que importa é aquilo que funde mente e carne, alma e corpo. É o que vivemos aqui, nesses corpos e neste planeta. E, levando essa questão adiante, não sei até que ponto o suposto autoexílio de Deus não partiu da percepção do próprio Deus de que o próximo estágio da criação não seria a alma deixar a terra e ir para o céu, e sim o céu deixar que suas almas e anjos quedassem ou se aprimorassem, se transmutando em corpo."

"Sim, estou entendendo, Joana. Essa perspectiva altera uma série de coisas. E reforça a queda para cima dos poetas. Adão e Eva, perdendo o paraíso e ganhando o mundo."

"Sem dúvida: altera toda a história da religião e da cultura ocidental, que sempre insistiram no pecado do corpo e na renúncia da carne para abraçar os etéreos prazeres do paraíso."

Agora ambos dividiam a mesma taça, com a mulher a segurando e retomando sua fala:

"Outra coisa que fiquei pensando, a partir desse ponto. Anjos que caem e possuem corpos só têm a ganhar, não? Eles mantêm suas almas, suas fagulhas de individualidade, e adicionam a elas tudo o que os sentidos corpóreos podem oferecer. Lembre-se do relato de Barachiel descendo à terra com Deus até a tenda de Sara e Abraão.

"Por outro lado, homens e mulheres que ascendem aos céus só perdem: perdem o corpo e, com ele, suas múltiplas dimensões sensoriais. Essa é a falha de Dante e de toda a aporia do inferno medieval, que cria uma infinidade de torturas que são possíveis apenas através dos sentidos corpóreos. O fato de Samael citar Lucrécio foi ótimo, pois ele já anunciava essa mesma imprecisão na crença romana: não haveria vida após a morte se não houvesse corpo. Nesse sentido, quando o dogma romano forjava soldados dispostos a morrer pelos Campos Elísios, a fé cristã formava fiéis obcecados pela morte e pouco dispostos a experimentar a vida."

Alex ouvia tudo com atenção, tentando organizar dentro de si a série de argumentos que Joana adicionava à sua narrativa, sobretudo para ajudá-lo a compreendê-la.

Quanto à mulher, ela o olhava com compaixão e carinho, com uma expressão que prenunciava a dificuldade de sua próxima pergunta. Depois de respirar fundo e ajustar a voz, Joana mirou o homem com profunda doçura e perguntou:

"O que significou a visão de seu tio? Isso, claro, se quiser ou puder falar sobre isso."

Alex agradeceu com um leve sorriso a delicadeza de Joana, revivendo na mente a noite de Sintra. Lembrava-se do demônio medieval em que Samael havia se transformado e do tio surgindo atrás dele, numa visão que reavivava em seu peito tanto suas tristezas e aflições no antigo quarto de contrição quanto a culpa de tê-lo assassinado.

O homem desviou o olhar do rosto da mulher e fitou a noite.

"O ódio é sempre espontâneo e onipresente, não?", disse ele, antes de voltar a fundir seu olhar ao de Joana. "Quer dizer, o ódio é um combustível de fácil acesso. É o fogo que atiça nossas doenças imaginárias, as energias infernais que arruínam a vida. Agora, o amor... o amor é tão desafiador, tão mais difícil, tão afrontoso e corajoso." Esboços de lágrimas rolaram pela face do homem. "Eu sempre aceitei o ódio de meu tio como algo inerente à minha memória e à interpretação que sempre fiz dos anos em que vivemos juntos. Agora, imaginar que aquilo era amor, apesar de equivocado, e que foi amor que ele me dedicou em seus momentos finais, mesmo sabendo o que eu lhe fizera... Ainda não sei como lidar com isso.

"Nem como lidar com a visão dos meus pais, com o presente que Barachiel me deu. Eu consigo olhar para a foto, ela me acompanhou em Lisboa, enquanto eu escrevia toda essa história para você. Mas ainda não sou capaz de encarar a mensagem atrás dela.

"Mas quanto a meu tio, acho que essa experiência curou uma ferida, sabe? Cauterizou um corte profundo, antes aberto, me dando forças para continuar, para encarar o ato final desse drama, seja ele qual for, quando finalmente terei de enfrentar esses anjos, essas criaturas tão..."

A palavra ideal fugia da paisagem intelectiva de Alex até ser encontrada.

"Humanas. Sim, é isso. Como essas criaturas me parecem humanas, Joana."

"Que bom que você percebeu isso. Esses anjos, Barachiel e Samael, sobretudo quando acessados através da sua voz, são essencialmente humanos. São grandes sonhadores e investigadores que nunca se cansam, mas também seres falhos, imperfeitos, repletos de desejos a serem satisfeitos, como nós, e cheios de perguntas. Não perca isso de vista, *cowboy*. Acho que essa informação será essencial quando o seu momento chegar."

"Quando o meu momento chegar... Eu ainda não faço ideia do que isso significa."

"Você vai saber, vai descobrir", disse Joana, dando-lhe um sorriso. "Na verdade, meu querido, eu penso mais é no depois, sabe? Depois da partida desses anjos e demônios, e da vinda, ou não, do próprio Deus... o que será da sua fé? Já pensou nisso?"

"Essa é uma grande questão, meu amor, talvez a mais importante de todas."

Joana sorriu do modo como Alex a chamara, fixando os olhos no amante e amigo.

"O que podemos pensar sobre Deus e o diabo", retomou Alex, "sobre o bem e o mal, sobre anjos e monstros, em meio a ataques terroristas, extremistas religiosos, autoajuda de quinta categoria reduzindo a fé a pensamento positivo, líderes religiosos perversos em busca do vil metal, ou líderes cristãos tão perdidos quanto qualquer um nesse vasto planeta?

"Digo, como crer, como ter fé, depois da ciência ter nos dado teorias, evidências e provas inegáveis de que religiões literais e design inteligente não passam de balela? E a filosofia não nos ajudou muito, não é? Críticas, teorias e academicismos de vários lugares nos mostram que, textualmente, a Bíblia é uma colcha de vestígios, lendas e histórias como qualquer outra.

"Mas é o problema da fé que me pega, sabe? São Tomé sempre foi o meu guia, pois, sim, eu preciso, Joana, tocar as chagas de Cristo, ver sua face de luz, ouvir sua voz. Eu preciso ver... nós precisamos... Será que é tão difícil para Deus entender isso?!"

"Ah, meu amado, embora eu entenda tudo isso, nunca se esqueça do que nosso bom Cristo nos disse. Nunca se esqueça de que é preciso ter olhos para ver e ouvidos para ouvir."

Alex compreendeu o que ela estava dizendo. E a importância daquela informação o impactou, sussurrando no ouvido de sua mente mais um de seus erros.

Pela primeira vez, Alex soube o que deveria fazer no presente e no futuro.

Num ímpeto, ele beijou os lábios de Joana e depositou com cuidado seu corpo sobre o dela, os dois sentindo a dureza do chão de madeira contra o desejo que os unia.

Fizeram amor mais duas vezes naquela noite enquanto os ventos frios do oeste chegavam curiosos para visitar seus corpos e beijar-lhes a pele.

*Berlim, Alemanha*
*Tarde de 28 de novembro de 2001*

O aeroporto estava lotado, com pessoas indo e vindo.

Além da excitação dos viajantes, era palpável a tensão, tanto pelos novos dispositivos de segurança quanto pelo medo de novos ataques terroristas depois do Onze de Setembro.

Alex andava de mãos dadas com Joana. Ela vestia um tailleur claro sobre uma camisa escura e um delicado colar de pérolas. Quanto a ele, um conjunto de casaco e calça azul-escuro, sob uma capa de viagem.

No bolso interno, estava a foto de seus pais, que ele carregara nas últimas semanas.

O casal caminhava em silêncio, os olhos de ambos dizendo tudo o que havia a ser dito.

No carrinho que empurrava com a mão esquerda — a direita segurava com força os dedos de Joana —, havia duas pequenas malas. Numa delas, a meia dúzia de roupas que precisaria para a viagem. Na outra, Joana alocara o pequeno tesouro que Alex pedira emprestado. A mulher confiava nele, pouco importando o que aconteceria com aquela relíquia.

No portão de embarque com destino a Veneza, o homem deixou o carrinho de lado e se despediu da mulher com um beijo.

Agora era ela que, um pouco sem jeito, tinha algo a pedir a Alex.

"Quando ficamos juntos pela primeira vez e você me contou sobre Barachiel, me estendeu a foto de seus pais e disse que aquilo serviria de prova.

"Eu recusei a fotografia porque não precisava dela para acreditar em você e porque compreendi que não estava pronto para ela e para a mensagem dos seus pais."

Alex a fitava, intuindo que um importante momento de sua viagem, de sua jornada pelo mundo e para dentro de si, havia chegado.

"Você quer me mostrar agora? A foto dos seus pais? Acho que agora, nesse momento, estou pronta para conhecê-los."

O homem sorriu e tirou a imagem do bolso interno do casaco, com a borda superior da polaroide chamuscada.

Joana fitou a fotografia, então mirou fixamente seu amante e amigo.

Seus olhos percorreram o rosto de Alex, subindo pelo queixo anguloso e barbeado, pelo nariz determinado e reto, pelo arco dos olhos intensos e doces, pelas sobrancelhas cerradas, pelo cabelo escuro e pela pele bonita, marcada apenas por duas cicatrizes de catapora.

Joana encontrava os traços do casal que partira no homem adulto que amava.

Depois de lhe beijar mais uma vez a boca, ela disse:

"Seus pais estão vivos em você, Alex, na sua força, na sua paixão, na sua piedade, na sua busca. Você é como eles, procurando respostas onde elas não são fáceis de encontrar."

A mulher devolveu a foto a Alex e voltou a beijar seus lábios, agora com a paixão que definia o carinho e a fome que sentiam um pelo outro.

"Algo sussurra em meu ouvido, meu querido, que está na hora de você ler o que eles escreveram para você no verso da fotografia. Boa viagem, *meu amor*."

Joana lhe deu as costas, ignorando a emoção que o assomava e o coração palpitante que deixava Alex onde ele deveria estar: diante do auge de sua jornada.

Ele a observou desaparecer na multidão que enchia o aeroporto.

E então, respirando fundo e murmurando uma antiga oração, ele virou a foto e viu.

Com letra azul borrada, reconheceu a caligrafia de sua mãe.

*Querido filhinho,*

*Espero que esteja bem. Sempre nos lembramos de você com muito amor e saudade. Aproveite sua casa, o lar que construímos para que você tenha saúde e segurança.*

*Mas nunca, nunca mesmo, esqueça que o mundo é o seu verdadeiro lar. Quando encontramos um propósito, estamos sempre em casa.*

*Com amor,*
*Mamãe & Papai*

*PS. Nos vemos em breve.*

Alex guardou a foto no bolso e sorriu.

Não havia lágrimas em seus olhos, apenas um leve sorriso que se prolongou no saguão do imenso aeroporto, alheio às pessoas que cruzavam sua vida.

Certo de que sua mãe tinha razão e se concentrando na sabedoria de suas palavras, Alex adentrou o portão de embarque.

Seu destino era ir ao encontro de anjos e demônios na casa de deuses antigos.

Com passos firmes, ele deixou sua casa e tomou o caminho do lar.

# O Juízo Final

*De Veneza a Vicenza, Itália*
*Manhã de 29 de novembro de 2001*

Alex abriu os olhos para a imagem de Veneza que se descortinava na janela.

A cidade afogada surgia como uma flor umedecida, com suas pétalas embebidas dos canais que lhe davam forma e ameaçavam engolir sua história de guerras, arte e cultura.

O homem se detêve diante da paisagem abaixo de seus olhos, fixando-se no resistente portento da artesania humana ante os avanços de uma natureza assombrosa e impassível.

Afrontando-a, homens e mulheres trabalharam por séculos a fim de que a cidade não afundasse. Alex se sentia assim naquele amanhecer, com o avião pousando na cidade imemorial enquanto ele lutava contra uma inquietação que ameaçava afogar seus pensamentos.

Nas próximas horas, encontraria anjos e demônios, e, por mais que ansiasse por uma revelação como essa durante toda a sua vida, não era gratidão ou fé que ardiam dentro dele.

Era medo.

Medo daquelas criaturas, de sua reação, da aparição de Deus, e, acima de tudo, medo de que seu próprio plano fracassasse.

*O que vocês querem de mim?*
*Que você nos ajude a trazer Deus de volta.*

Tanto a pergunta do homem quanto a resposta do anjo doíam na mente, fazendo de sua jornada, de sua busca pessoal e humana, uma missão que pesava em seus ombros e em seu coração.

O avião pousou sem maiores percalços no Aeroporto Internacional Marco Polo. Alex deixou a aeronave e se encaminhou ao portão de desembarque. Carregava uma mala pequena e uma bolsa, uma contendo poucas roupas e a outra, o empréstimo de Joana, o sagrado relicário que estava no cerne de seu plano para aquele dia, um plano que nada tinha a ver com trazer Deus de volta.

Ao contrário, Alex vira e ouvira o bastante para intuir que Deus, onde quer que estivesse, o que quer que fosse ou desejasse, deveria ser deixado em paz.

O homem entregou seu documento no balcão da agência de aluguel e recebeu de volta as chaves de um carro. Encontrou o moderno Alfa Romeo na garagem do aeroporto, na área reservada à agência que contatara ainda em Berlim. Depositou a bagagem no chão do carona e deu a partida, testando o motor e arrancando.

Desviando de Veneza, a capital dos seus sonhos de outrora, quando embarcou pela primeira vez para conhecer o mundo e a si mesmo no processo, ele optou pela placa que indicava Vicenza, a pequena cidade que serviria de palco para o clímax daquele drama.

Vicenza ficava a menos de oitenta quilômetros de Veneza e Alex alcançaria seu portão de acesso, resquício de séculos de proteções e invasões, dentro de uma hora.

Ele acionou a quarta marcha e acelerou, sentindo a potência do vento e a beleza do verde italiano beijar-lhe a vista, quase se esquecendo de que talvez estivesse dirigindo em direção ao seu fim. Embora odiasse a sensação do cinto de segurança, havia um conforto em acelerar sentindo o corpo abraçado, algo que contrastava com o cenário desolado de seu espírito.

Até porque — ele ria do absurdo da situação —, caso acontecesse um acidente, não viriam anjos para protegê-lo. Ao menos, ele julgava que não.

Dentro de Alex, enquanto domava as curvas da estrada que o levaria ao seu objetivo, um renovado senso de propósito queimava toras de resolução e ímpeto, como se pela primeira vez em meses, talvez em anos, ele soubesse exatamente o que deveria fazer.

Ao acelerar até a última marcha do carro prata-chumbo, Alex lembrava-se de Barachiel, o anjo sentado a seu lado no voo que o trouxera do Brasil, e de Samael, o demônio cientista, alquimista e punk rock que o guiara pelos segredos da Regaleira de Sintra. Os dois velhos amigos, a serpente e o serafim, ofertando ao seu ouvido suas respectivas versões da existência. Duas visões belas e intensas, mesmo que antagônicas, vividas em meio a sofrimento e júbilo, como o próprio Alex vivera sua vida até ali. O problema deles era também o seu: como viver em um mundo destituído de Deus, no qual os problemas, horrores e pandemias cresciam ano após ano, culminando em terroristas mundiais e sua guerra santa?

Mas também havia Joana.

Alex, com o pé colado no acelerador, os braços rijos e os dedos firmes no volante do carro, sorria ao lembrar dela. A mulher e a amante, sua amiga, a viúva brasileira do colecionador alemão de arte sacra Georg Strauss, um obcecado por Emanuel Illians assim como ele próprio, a dama que surgira em sua vida como uma dádiva, numa verdadeira bênção sagrada e profana, que trazia a ele amor, cumplicidade e desejo, além de respostas, reflexão e comunhão.

E Alex a amava, sabendo que a levava consigo ao seu derradeiro clímax, ao ato final naquele dia de sol em Vicenza. Dentro dele, fortalecendo seu corpo e desejo, era a visão de Joana que queimava: seu prazer, suas afrontosas ideias e sua pujante fé, uma mulher que havia transformado sua vida e todo o seu mundo interior. O homem ansiava, acima de tudo, sobreviver àquele dia para justamente retornar para ela, para seus braços e gozos, para os sonhos que sonhariam e concretizariam juntos, lado a lado, como irmãos e amantes.

Antes disso, porém, ele tinha uma árdua missão a executar. Uma missão que nada tinha a ver com o regresso de Deus, mas com o desafio que proporia a seres muito mais antigos, sábios e poderosos que ele. Seres que possuíam igual capacidade para o amor e o desejo, assim como para a ira e a destruição, sentimentos que Alex intuía em ambos, tanto em Barachiel quanto em Samael. Pelo visto, a ideia do primeiro era trazer o paraíso com suas miríades de anjos e guardiões até a cidade de Vicenza para um derradeiro tribunal.

Na verdade, não até a cidade em si, mas a um pequeno construto humano, datado de quatro séculos antes, que fora projetado pelo mestre renascentista Andrea Palladio.

O Teatro Olímpico fora construído entre 1580 e 1585, embora seu idealizador não chegasse a ver em vida o resultado do seu trabalho. Contudo, a estrutura arquitetônica, com seu auditório coroado de estátuas de deuses gregos e romanos, cuja genealogia viria a nomear seu título, acabou ficando à sombra do cenário criado por Vincenzo Scamozzi para uma apresentação de *Édipo Rei* em 1585. O cenário, que mostrava um horizonte distante e infinito, dava aos espectadores uma visão das sete portas de Tebas, a cidade que servia de pano de fundo para o drama dos labdácidas. A construção cênica fora tão elogiada, com seus blocos de madeira e estuque imitando mármore, que ninguém tivera a coragem de aconselhar seu desmonte. Quatro séculos depois, o teatro continuava recebendo peças, concertos e colóquios, entre outras apresentações cênicas, todos ainda emoldurados pelos sete pórticos gregos.

Assim, no Olímpico daquele teatro humano, todo e qualquer visitante, fosse ator, músico ou estudioso, mergulhava nas ruas da imortal cidade dionisíaca, sob o austero olhar de deuses pagãos imemoriais. A ironia daquele dia, pensou Alex ao ultrapassar o arco da cidade, era que o teatro pagão e sua cena tebana estavam prestes a receber literais entidades divinas.

Alex encostou o carro numa rua paralela ao teatro, pegou a bagagem menor, a dádiva que lhe fora dada por sua santa Joana, e adentrou o hall do Olímpico.

A bilheteria fechada o fez olhar para os lados.

"Sr. Dütres? Alexander Dütres?"

Alex se virou em direção à voz feminina, que falava inglês com um forte sotaque.

"Sim, eu mesmo."

O homem avaliou a mulher em seu traje social, segurando uma prancheta na qual aparentemente estava o seu nome.

"O senhor está sendo aguardado."

A mulher indicou a antessala do teatro e lhe desejou um bom evento.

"Evento? Que evento haverá hoje aqui?"

A mulher o fitou por alguns instantes, estranhando sua pergunta.

"Um mistério total, senhor. Temos apenas a reserva do espaço e a garantia de que nossas instalações estarão fechadas, exceto para os convidados."

"De quantos convidados estamos falando?"

"Até o momento, apenas o cavalheiro que fez a reserva do espaço e o senhor estão confirmados. O sr. Damiel, inclusive, está à sua espera."

Alex riu, reconhecendo de imediato a referência ao filme de Wim Wenders.

Quando entrou no teatro, o homem lançou um olhar pelo auditório amadeirado.

No centro do palco, lá embaixo, um anjo o esperava.

"Sr. Damiel? Quem mais devemos esperar? Cassiel?", falou Alex, descendo o auditório.

Barachiel riu da pergunta e andou em direção a Alex, subindo pelos degraus.

"Sim, além de todos os demais. Ao menos, é o que espero."

O anjo abraçou o homem.

Os dois amigos se olharam e riram um para o outro, sentindo a profundidade de seu afeto, um afeto construído em meio a um avião em pane e almas em crise.

Lado a lado, eles desceram os degraus até o palco, um espaço que Alex nunca havia acessado em visitas anteriores. Dali, era possível observar a fileira superior de deuses disposta sobre o arco que servia de limite ao pequeno auditório de trezentos lugares.

O silêncio foi cortado por Barachiel, que estudava o homem.

"E então, como foi o encontro com Samael?"

"Estranho e revelador. Como tudo em minha vida desde nosso encontro, ainda em São Paulo, no meio do Ibirapuera. Há quanto tempo vocês têm me observado, Barachiel?"

"Desde sempre, meu amigo. Mas minha decisão, ou melhor, minha certeza de que você era a pessoa ideal para o trabalho, veio momentos antes desse primeiro encontro."

Alex fitou o anjo com um olhar inquiridor.

"A pessoa ideal para o trabalho? Barachiel, por favor, sem meias verdades, insinuações ou enigmas, o que você espera de mim? O que deseja que eu faça aqui, hoje?"

"Ora, eu quero que Deus volte... e se importe. Mas além disso, e estou aqui abrindo meu coração como você abriu o seu, eu torço muito para que Deus preste atenção em nossa conversa.

"O principal, o que espero de você, o que desejo que faça, é falar com os anjos remanescentes, que explique tudo a eles, de sua própria perspectiva, que defenda a humanidade. E daí, quem sabe, Deus também escute... e volte.

"Mas caso isso não aconteça, minha esperança é que você convença meus irmãos angélicos a deixarem sua posição passiva e que eles usem seu poder para ajudar a humanidade. Que façam uso de seu poder para algo positivo, benéfico, construtivo."

Alex desviou do olhar de Barachiel, num movimento que foi percebido pelo anjo como de medo ou receio. Ele colocou a mão no ombro do homem e lhe disse:

"Tudo vai dar certo. Tenha fé."

"E Samael, vai aparecer?", perguntou Alex, desviando-se daquelas palavras.

"Espero que sim, mas sem grandes esperanças. Samael sempre foi um solitário egoísta. Eu o amo, mas ele pouco se interessa por qualquer coisa além do próprio umbigo. Só conversou com você porque implorei, porque eu achava que ele o ajudaria a entender um pouco melhor quem somos e o beco sem saída em que nos encontramos. Mas, para ser sincero, Samael nunca passou de um individualista. Ou tudo é sobre ele ou nada é interessante o bastante. Um pilantra... e um charme, confesso. Não é à toa que é e sempre foi meu melhor amigo."

A voz de Barachiel soava irritada e ressentida, lembrando a voz de um amante abandonado. Alex não conseguiu conter um sorriso, sobretudo ao se lembrar das palavras de Joana sobre o demônio ser a criatura menos autocentrada que ela poderia imaginar, surgindo como um verdadeiro espectador da natureza e do universo.

"Uma coisa que acabo de perceber sobre anjos, Barachiel: vocês perdem o ponto com uma facilidade impressionante, não é?", falou ele, ecoando a sabedoria de Joana.

O anjo olhou para o homem, um tanto inquieto.

"Mas isso fica para outra hora e outra conversa."

O anjo fitou Alex, temendo que o encontro com Samael o tivesse alterado.

"O que Samael lhe contou? O que aquela serpente disse a você?"

"Não vem ao caso, ao menos não agora. Só acho um tanto estranha a visão que você tem dele, bem como a visão que tem de mim. Você me pede para ter fé, sendo que toda a minha essência vai na direção da descrença, do meu ceticismo. Mas, de novo, podemos conversar sobre isso em outra ocasião. Isso, claro, se sobrevivermos à fúria de Deus e de seus anjos."

Barachiel o encarou, tentando entender o sentido por trás de sua fala. Agora, era o homem que parecia ler seus pensamentos.

"Não há segundas intenções aqui. Eu disse o que queria e tenho medo do que pode acontecer. Uma parte de mim adoraria ter Samael por perto; afinal, aos meus olhos, vocês dois se tornaram bons amigos. Para alguém que nunca teve muitos, isso é uma dádiva."

Barachiel sorriu diante das palavras de Alex, embora continuasse inquieto.

"O sentimento é recíproco, meu caro Alex. Sobre Samael, curiosidade sempre foi seu principal combustível. Então, talvez, por simples curiosidade, ele apareça."

Alex riu.

"Posso lhe fazer uma pergunta?"

"Claro."

"O que você acha de Deus? De verdade. Você mencionou que tem esperança de que Ele esteja nos ouvindo, de que apareça, de que mude o modo de ver e ser, que passe a se importar. Mas o que você intui sobre Ele, em seu coração, no solo fértil de sua mente? Afinal, você O conhece, certo? Você conviveu com Ele por muito tempo."

Barachiel caminhou pelo palco do teatro, pensando na resposta que daria e percebendo o quanto aquele homem crescera desde a última vez que o vira. Teria sido Samael o responsável por aquilo? Ou seria obra de Joana? O anjo gostava do que via, sabendo, em seu coração, que havia escolhido o humano ideal para o que tinha em mente.

"Você tem razão em indicar minha intimidade com Deus, minha experiência em lidar com Sua personalidade criativa e instável, se é que podemos colocar nesses termos. Mas eu realmente não tenho uma resposta a dar, Alex. No passado, talvez tivesse. Hoje, tenho apenas fé. Em mim.

Em você. Mas em Deus? Eu realmente não sei se Ele ainda vive. Se vive, como consegue ficar indiferente a tudo isso? Falo do Onze de Setembro e de todo o resto, século após século. Como Deus permitiu tudo isso?"

O homem alterou o semblante, indo rapidamente da compreensão à inquirição.

"Me perdoe a interrupção, mas... como *vocês* permitiram o atentado de Onze de Setembro? Ou mulheres queimadas na estaca por simplesmente questionarem, estudarem, curarem? Ou mesmo as vítimas inocentes de tantas guerras? Ou o holocausto e seus industriais campos de morte? Como *vocês* puderem assistir a tudo isso sem fazer nada?"

"Não cabe a nós interferir", respondeu o anjo, alterando o tom de voz.

"Com todo o respeito, Barachiel, mas essa é uma porcaria de uma resposta, não? Segundo *quem* vocês não podem interferir? Deus? Um Deus que sumiu há dois mil anos? Que deixou o céu, a terra e os infernos de uma humanidade sofredora literalmente ao deus-dará? Me perdoe, Barachiel, não estou sendo cínico. É apenas revolta, o puro e simples protesto de uma voz humana incapaz de testemunhar o martírio da humanidade e não fazer nada."

O anjo olhou para o homem e teve pena dele e de si próprio, envergonhado de sua passividade, de sua incapacidade, de sua covardia. Sem escolhas mentais ou espirituais, sem nenhuma definição filosófica ou escape teológico, ele sabia que Alex estava certo.

E, pela primeira vez, Barachiel baixou os olhos e reconheceu sua responsabilidade.

"Sim, você tem razão. Nós deveríamos ter feito alguma coisa."

Alex olhou firme para o anjo, mas, ao mesmo tempo, sabendo que fora simplista inquiri-lo daquele jeito. Mesmo assim, era isso que esperavam dele, não? Que os questionasse?

Os lábios da criatura se abriram, emparedados com seus olhos escuros e tristes, olhos que haviam testemunhado milagres e horrores que Alex apenas começava a compreender.

"Estamos aqui também por isso, meu amigo. Para, através de você e de sua voz, de sua articulação e de sua capacidade de entendimento e compaixão, entendermos o que deveríamos ter feito e o que precisaremos fazer daqui para a frente, pelos anos, décadas e séculos que se seguirão a esse encontro, a esse tribunal divino que trouxemos para a terra para... para..."

Alex inquiriu o anjo com os olhos, antes de questioná-lo com palavras. "Para o quê?"

"Para nos julgarmos", disse o anjo, depois de um longo suspiro. "Eis a razão deste juízo final. Não são vocês que estão aqui para serem julgados. Somos nós."

"E Deus?"

"Sim, e Deus."

"Voltemos a Ele então, Barachiel, pois preciso compreender o que você espera disso tudo. Se isso é um tribunal e vocês são os réus, o que faço aqui? Sou um advogado de defesa? Não esperem isso de mim. De acusação, então? Me perdoe, mas você ou Samael fariam melhor esse papel. E o que você intui que acontecerá hoje? Acha que Deus, o onipotente, o Criador, a divindade que morreu, ressuscitou e se autoexilou, de fato vai aparecer?"

"Toda a minha fé está centrada nisso, Alex. É claro que Deus sabe o que está ocorrendo. É claro que está escutando. Mas o que realmente não sei é até que ponto Ele estará disposto a interferir. Contudo, precisamos tentar, não é? Como um último esforço, como um derradeiro pleito por tudo que a humanidade representa. Ademais, nós confiamos... *eu* confio em você."

Uma fisgada de tristeza transpassou o coração de Alex.

"E não, você não é nem um acusador nem um defensor", adicionou Barashiel.

"Sou o quê, então?"

"Neste juízo final, meu amigo, você será nosso juiz e nosso júri."

Alex olhou para o anjo, sentindo o coração arder. E não tendo coragem de contar ao anjo o que ele pretendia fazer no decorrer daquele absurdo evento, ele apenas olhou ao redor, procurando, nas paredes de Tebas e em seus portões, as energias antigas que precisaria para ser quem precisaria ser. Um sorriso discreto pontuou o território de seus lábios.

"Você está pronto?", perguntou o anjo, inquieto.

"É óbvio que não", foi a resposta do homem, que deixava o cenário antigo para voltar a visão aos olhos compassivos de Barachiel. "Mas ao mesmo tempo, meu amigo... estou. Estou pronto, como sempre estive, desde a minha infância, desde a morte dos meus pais."

"Muito bem", respondeu o anjo, levantando os olhos para o auditório do teatro vazio.

Barachiel deu dois passos à frente, até a beirada do palco, e então falou, voltando seus olhos de fogo até um céu que transpassava o teto do auditório olímpico.

"Meus amados irmãos e irmãs, o homem está preparado, e por isso os invoco. Dispam-se de sua luz, abandonem os céus gloriosos e suas ruas e avenidas de estrelas, e se façam presentes neste lugar, neste vácuo de tempo e solidão, para que este mortal, no altar desta improvisada corte, defenda seu pleito perante nós e, principalmente, ante nosso Criador."

O anjo findou sua fala e ficou parado de costas para Alex, que adorou a teatralidade daquele rito angélico, sorvendo a voz doce daquele ser, tal como havia feito no alto dos céus.

Em sua mente, povoada de referências dramáticas e cênicas, ele aguardou que anjos e demônios surgissem, transmutando aquele minúsculo espaço em uma fração de eternidade, ansiando que luzes eternas cegassem seus olhos de dúvida e o fizessem ver o paraíso. Pensando em Blake e seu belo e erótico juízo final, com famílias, amigos e amantes se fundindo, Alex imaginou que os céus se abririam e que os anjos desceriam em revoada até ele.

No entanto, diante de seus olhos, maravilhados e temerosos, o teatro continuava vazio.

Barachiel respirou fundo e fitou as arquibancadas imemoriais, temendo o pior.

Nada aconteceu, pontuando de silêncio a fala imperiosa do anjo.

Prevendo o desastre, Alex deu dois passos em direção a Barachiel, planejando gestos e palavras de consolo e reflexão, aquietando, como sua mente racional sempre fazia, o desejo de ver anjos, demônios e deuses e exigir deles mais que obrigatórias explicações.

Foi quando, para seu horror, as potestades divinais surgiram.

*Teatro Olímpico, Vicenza, Itália*
*Tarde de 29 de novembro de 2001*

Um feixe de luz cegou Alex por alguns segundos.

Num átimo, todo o auditório do anfiteatro desapareceu, substituindo o cenário de séculos, o estatuário clássico e as arquibancadas de madeira por entidades de luz e fogo.

Quando Alex voltou a abrir os olhos, ele as viu, sentadas no semicírculo das arquibancadas que partiam da orquestra abaixo dele e seguiam, até perder de vista, até o infinito.

Sim, naquele momento, Alex começava a entender.

Acima deles, o teto do Olímpico desaparecera, ficando apenas um céu de estrelas incandescentes. Quanto aos deuses que formavam o arco que emoldurava os limites do auditório do teatro, eles também sumiram, dando lugar a uma audiência etérea e interminável.

Alex se sentiu no antigo Teatro de Epidauro, na Grécia, um anfiteatro ao ar livre feito para comportar milhares de pessoas. Mas ali, diante dele, aquela audiência não era humana, embora vestisse pele, rosto e cabelos humanos. O comerciante de arte sacra olhou de um lado a outro do auditório sobrenatural, enquanto era visto por seres masculinos, femininos e andróginos das mais variadas etnias, faixas etárias e compleições físicas. Peles pardas, brancas, pretas e amarelas, olhos castanhos, pretos, azuis e verdes, roupas formais, esportivas e singelas, de vários tempos e lugares, além de idades jovens, adultas e idosas, davam ao todo da audiência um ar de assombro, como se o céu cristão não passasse de reflexo da própria humanidade.

O homem compreendia agora um pouco mais do paraíso.

Quanto ao anjo que estava ao seu lado no palco, ele voltou a falar, satisfeito.

"Sejam bem-vindos, irmãos e irmãs, a este teatro humano, vindos do céu ou da terra, do passado recente ou do presente inóspito, até este momento fulcral de nossa existência."

Um silêncio sepulcral seguiu a fala do anjo, sendo então interrompido por sussurros e vozes, que pouco a pouco começaram a gerar focos de debate e discussão, dando aos dois seres no palco uma prova de tudo, menos de uma plateia estática e passiva.

Ao contrário, a congregação de anjos parecia variar em energias e opiniões tanto quanto em aspectos físicos e escolhas de trajes. Atrás de Barachiel, Alex fitava a multidão.

Por onde a vista do homem passeava, não havia sinal algum de Samael.

Subitamente, o silêncio voltou a reinar no auditório cósmico.

À direita do palco, uma mulher alta e magra, com cabelos e pele escuros, olhos enigmáticos e lábios bem desenhados, se postou de pé. Fisicamente, ela lembrava um pouco o próprio Barachiel, como se fossem parentes distantes.

"Então finalmente chegou o dia tão esperado, Barachiel?"

Sua voz era grave, potente e inamistosa, numa encarnação de autoridade e liderança. O simples fato de sua postura ereta ter silenciado a massa de debates demonstrava isso.

"Sim, Haniel, minha irmã, o dia chegou", respondeu o anjo.

Alex reconheceu o nome. Ela era um dos sete arcanjos, não?

"Esperamos que dessa vez você tenha algum sucesso em seu empreendimento. Afinal, temos mais o que fazer do que atender a seus chamados e ouvir suas súplicas."

O homem percebeu de imediato o conflito que queimava ali entre Barachiel e a mulher-anjo, um conflito não cultivado por anos e décadas, e sim por milênios. O coração de Alex apertou, temendo menos por si e mais pelo anjo que iniciara aquele drama, sobretudo pela confiança que depositava nele, em suas palavras, em sua coragem em enfrentar aquela corte sagrada e poderosa, mas também inquieta, conflituosa e desarmônica.

*E, sinceramente, não poderia ser diferente, poderia? Afinal, um céu abandonado por Deus não seria tão diferente de uma terra que tivesse o mesmo destino.*

Nesse instante, outro espectador se ergueu, do outro lado do auditório, à esquerda de Alex e Barachiel. Era um homem de pele negra como a noite e lábios esculpidos como uma estátua, com nenhum pelo no rosto, exceto os dois expressivos filetes de sobrancelhas.

Quando ele falou, pesadelos antigos rastejaram das sombras da mente de Alex.

"Haniel, deixe Barachiel fazer o que precisa fazer", a criatura que pronunciara aquela frase era imperiosa como mares revoltos, forte como o sol abrasador, angulosa como os vales do Nilo e altiva como o amanhecer. Alex estudou o efeito que sua voz produzia nele.

O anjo retomou a fala, com a audiência desviando a atenção de Haniel em direção a ele.

"Estamos aqui, Barachiel, meu irmão, em respeito a você, embora já conheçamos boa parte de seus argumentos e o sumo de suas expectativas. Você conhece nossa posição, desde sempre. Estamos esperando pelo retorno de Deus a este mundo, para iluminá-lo e nos instruir. Estamos esperando, e esperando estivemos por séculos. Além dessa sagrada espera, não nos cabe fazer nada. Então, daremos a você o direito que lhe cabe, mas não espere nada além disso."

"Muito obrigado, Metatron", disse Barachiel.

Um arrepio subiu pela coluna de Alex ao escutar o nome.

"Não me agradeça, meu irmão. Eu ainda não terminei."

Alex viu pequenos risos jocosos se espalharem pela audiência angélica, fazendo com que aquelas criaturas parecessem menos divinas do que o homem esperaria. O anjo da destruição, ao menos segundo as tradições mais antigas do Ocidente e do Oriente, continuou:

"Estamos aqui porque o amamos. Mas não confunda gentileza com simpatia. Séculos de debates inúteis mataram, pouco a pouco, o respeito que tínhamos por você. Hoje, Barachiel, você é para nós uma triste lembrança de luz, assim como Samael, seu amigo, um dia o foi. Por falar nele, não o vejo entre nossas fileiras neste dia. Ele não veio? Nem mesmo por você ele matou sua própria covardia e egoísmo para enfrentar nossa presença e exibir sua rebeldia?"

Barachiel deitou o olhar, algo que raras vezes fazia, então voltou a encarar Metatron.

"Ele... ainda não chegou", respondeu o anjo, tentando reunir forças e sabendo o peso que a ausência de Samael e as palavras de Metatron tinham sobre si próprio.

"Covardia típica daqueles que só amam a si", falou Haniel, retomando a palavra.

"Bem típico de suas personalidades julgarem os outros a partir de seus próprios cânones sentimentais e existenciais", ouviu-se uma voz no meio do auditório infinito.

Embora o teto baixo do Olímpico tivesse sumido para acolher as miríades angélicas, as duas portas de acesso permaneceram no centro das multidões espectrais.

Numa delas, surgiu uma esguia figura que Alex reconheceu como a de Samael. O demônio se recostou no pórtico de madeira, cruzando as pernas e os braços e preparando-se para a continuidade do drama que agora contava com seus olhos e ouvidos.

Era óbvio o desconforto que sua presença causava em todos ali.

"Seja bem-vindo, Samael", falou Metatron. "Até quando você se dedicará a percorrer a terra e andar sobre ela?"

"Até o fim do mundo, meu velho camarada de armas", replicou o demônio ao anjo do juízo final. "Afinal, a terra é vasta, suas estradas são belas e seus prazeres, inúmeros."

A fala risonha de Samael foi interrompida por gritos de protesto e condenação.

Rindo, ele olhou em volta e seu olhar caiu sobre o de Alex, depois sobre o de Barachiel, cumprimentando-o com um rápido aceno.

Ambos sorriram ao diabo, sabendo que, ao menos entre os três, haveria compreensão.

Metatron levantou os braços poderosos e pediu novamente a atenção das hostes.

"Silêncio, por favor", ordenou o anjo em meio à multidão. "Não estamos aqui para fazer o jogo de Samael. Por favor, não lhe demos esse prazer. Samael deve receber de nós o que merece: indiferença. Ele já deu seu show. Agora voltemos ao que viemos fazer aqui."

Todos os anjos voltaram a atenção a Metatron, tentando ignorar a chegada do demônio. Apesar da rispidez, Samael o agradeceu, pois sabia que ali, ele pouco importava.

"Com isso dito, Barachiel, nosso velho irmão e antigo amigo", Metatron retomou a palavra, "faça seu pleito, explique suas razões, traga seu companheiro humano para fazer o que quer que ele queira fazer. No entanto, deixarei clara minha posição e creio que meus irmãos e irmãs concordarão comigo: esta é a última vez que atenderemos a um pedido seu. Depois de hoje, você será como Samael para cada um de nós — um proscrito, um errante, um caído.

"Até o retorno do nosso Deus, não haverá lugar para você entre nós. E quando Ele voltar, não tenho dúvidas de que Seu julgamento será igualmente devastador. Temos um propósito, Barachiel, desde a aurora dos tempos, sempre o tivemos, e esse propósito, essa função sagrada, sempre foi a de cantar a glória divina e executar a vontade de Deus."

Algo na voz do anjo da vingança falseou seu tom, indicando ao homem que aquela situação, aquele juízo final, não significava apenas para ele um momento difícil, um teste gigantesco de força, fé e determinação. Todos ali estavam igualmente fragilizados.

"Então, meu amigo, meu antigo irmão", retomou Metatron, agora fitando os olhos de fogo de Barachiel, "estamos de acordo? Vou me sentar agora, assim como Haniel e todos os demais. Ficaremos em silêncio, em respeito a você e a tudo que compartilhamos nessa existência. Faça o que precisa fazer, e então, quando tiver terminado, daremos fim a este vínculo consigo e voltaremos aos céus, retornando às nossas funções e à nossa espera pelo Criador."

Barachiel fitou Metatron e assentiu, comunicando com seu olhar amor e gratidão.

Alex intuía tudo o que estava em jogo ali, sobretudo a esperança de Barachiel. Mesmo assim, aquela audiência de assombros estava mais do que resoluta. Nela, ele via a mesma determinação que havia encontrado em Barachiel e Samael, e, antes deles e de Joana, em seus próprios olhos diante do espelho da racionalidade e do pesar.

Seu coração se apertava mais diante do que viria a seguir e do que esperavam dele, sobretudo o anjo que havia dado início a tudo aquilo, que o havia contatado e chamado, da criatura que o havia invocado com um coração repleto de fé, amizade e esperança.

Foi ignorando seus medos, anseios e preocupações que o homem, sem receber nenhuma instrução e intuindo o que aconteceria a seguir, deu dois passos à frente e se postou ao lado de Barachiel, com a bolsa que havia ganhado de Joana pendurada no ombro direito.

O anjo respirou fundo, olhou tristemente nos olhos do amigo humano e então começou.

A voz de Barachiel retumbava pelas infindas fileiras angélicas, embora com a mesma doçura e cuidado que Alex conhecia tão bem das horas que passara ao seu lado, na intimidade noturna de uma poltrona de avião que cortava a noite sobre mares de milagres e maldições.

"Meus irmãos e irmãs, meus amados. Nossa história é a história deste universo e de seu drama espiritual, seu escândalo supremo, sua épica narrativa de fé, um drama encenado do princípio da criação até este momento, de temores, crise e descrença."

A voz de Barachiel incendiava os olhares do homem e dos anjos diante dele, e também do demônio. Quanta coragem requeria para ele estar ali, naquele momento.

"Desde que das trevas fomos chamados por Deus e passamos a existir", continuou o anjo, com o homem a seu lado, "com nossas vozes de assombro, fomos gratos a Ele por Sua comunhão, Seu fulgor, Seu amor. E isso era bom. Entre planetas que nasciam, estrelas que morriam, monstros que surgiam e assombros animais que viviam, fomos testemunhas, ouvintes e leitores, compiladores de sonhos e atos divinos, até a chegada do homem e da mulher.

"Com a humanidade, aprendemos a arte e a guerra, o amor e o ódio, o aprimoramento e a destruição. E o mesmo aconteceu com Deus. E isso era bom, pois Deus e nós, Seus filhos, passamos a aprofundar nossa compreensão do cosmos que até então nos era vedada.

"Foi quando Deus nos ensinou a descer e a amar como homens e mulheres, a escutar suas vozes e reflexões. E Deus passou a comer e a beber com Seus filhos e filhas, frequentando seus banquetes, rituais e festejos, fossem eles de vida e casamento ou de luto e despedida. E isso também era bom, pois ensinou a Deus e a nós uma sensibilidade nova, com a vida se tornando mais e mais sagrada ante o fato inegável de que, diferentemente de nós, ela findava.

"Mas Deus não interrompeu o Seu e o nosso aprendizado. Ao contrário, Ele se apaixonou, compreendendo o amor familiar, o amor de amigos, o amor entre aparentados de fé e também o amor dos amantes, aquela fagulha do nosso próprio abraço divino no qual os limites, as diferenças, as individualidades se perdem, como era nos mais altos céus, quando éramos apenas um, em comunhão uns com os outros, em comunhão com Ele. E isso também era bom, apesar de um tanto escandaloso, para nós e para os homens, que cantaram nossa queda no amor como mera lascívia e egoísmo. Mas era amor o que sentíamos, e amor era a nossa lei.

"E então aconteceu com Deus o que acontece com qualquer um que se apaixona: Seu coração foi partido, sua amada e amante humanidade o decepcionou, e então ele silenciou diante deles, perdido nas trevas de suas guerras e mortes, de suas violências e ataques, de seus dogmas e execuções. Foi quando Ele se autoexilou no corpo de um infante nazareno, uma criança que não sabia que era Deus e que só depois percebeu sua fagulha divina. E isso... isso não era bom.

"Eu, Barachiel, o anjo da bênção, acompanhei Deus em Seu percurso, como Samael, o contestador, e também muitos de vocês que estavam lá, lado a lado comigo. No monte das Oliveiras, aplaudimos nosso Deus vestido de homem, pois víamos que ali estavam, através de ensinamentos simples e rotineiros, os mandamentos do perdão, da bondade e da esperança. E ali, sentados na relva entre homens e mulheres famintos de pão e júbilo, tivemos esperança.

"Mas nós, nós também estivemos na Gólgota e choramos ao lado do nosso Deus vestido de carne e lágrimas de sangue, implorando que Ele findasse com aquele teatro torpe e horrendo. Mas Ele, como sempre fizera conosco diante de mistérios que não compreendíamos, apenas nos olhava e nos dizia que um dia entenderíamos, que Ele sabia o que estava fazendo, nos dando, por meio de agonia e de lábios devastados, Seu costumeiro sorriso de amor.

"E então fomos deixamos no silêncio. Por anos, por décadas, por séculos.

"Cansado, Samael abandonou os céus para percorrer a terra, seguindo os passos do demônio bíblico. Quanto a nós, ficamos nos céus, esperando o retorno de Deus, de Sua volta para casa, de sua volta para nossos braços. E até agora, foi só isso que fizemos: esperamos."

Barachiel suspirou longamente, fazendo seu olhar encontrar o da audiência divina.

"Mas agora, meus irmãos e irmãs, chegou a hora de Ele voltar. Precisamos que volte. A humanidade suplica por Sua volta, desde que Sua morte se concretizou e Sua ressurreição foi alardeada. O mundo nunca precisou tanto de Deus, com suas igrejas tecnológicas vazias, seus monumentos ao dinheiro e ao poder político prosperando, com as guerras infindas que ensinam ano após ano novas formas de destruir e matar, com o ódio e a intolerância que vicejam onde deveriam ser combatidos: no próprio seio de igrejas, templos e congregações, nos falsos palcos da fé em que o imundo ouro é exigido como prova de doce bondade. Mas como faremos isso?, vocês *me* perguntam, vocês *se* perguntam. Como O faremos voltar?

"Eu tenho uma hipótese, queridos irmãos. Deus um dia caiu por um homem: Abraão. Depois, Ele voltou a cair pelo neto deste, Jacó. Então vieram Josué, Davi, Salomão e Daniel. E, posteriormente, veio Jó, através do também exilado Joel Ben Ishay. É inegável que Deus, nosso Deus, nosso Pai e Amante, nosso Senhor e Pastor, precisa da voz humana. É a voz humana que O alimenta e sensibiliza.

"Durante anos, busquei uma voz que pudesse fazer isso. Por séculos, viajei o mundo, como Samael o fez, mas, diferentemente do meu irmão, não para viver entre os homens e provar seus prazeres, e sim para conhecer suas dores e aflições, até encontrar uma sensibilidade que pudesse nos mostrar uma nova forma de ver e sentir Deus. Uma sensibilidade capaz de fazê-lo voltar, para Ele próprio, para a humanidade que O ama e para nós, Seus filhos.

"E, depois de anos, eu encontrei essa chama, essa voz, neste homem que aqui se encontra: Alex Dütres. Desde criança, este homem é o que a humanidade foi. Ele foi insuflado, inspirado, motivado a crer que Deus era bom, que nós éramos bons, e que tudo faria sentido.

"Este homem conheceu a vida como poucos, desde o amor dos pais até seu abandono e morte, desde o amor da lei até sua punição, desde o carinho do seu preceptor até sua violência, desde o afeto até o assassinato, desde os mistérios da lei até os milagres da fé.

"Alex, antes de nos ver e ouvir, intuía muitas das verdades sobre nós e sobre Deus. Agora, ele compreende a mim e a Samael, e, através de nós, penso eu, compreende todos vocês.

"É a ele que recorro agora, na esperança de que não apenas o céu esteja aqui reunido e presente, mas também de que Ele, nosso pai, nosso Deus, nos ouça e nos escute. Agora, este homem apresentará seu pleito, tendo visto o milagre que somos e o que precisa ser feito.

"E minha esperança, meu mais íntimo desejo, é que, através desse homem, que vivenciou a morte e produziu a morte, que absorveu e viveu os dogmas da religião de Cristo e depois os desprezou, que estudou e viveu através da arte, compreendendo-a como extensão divina nascida no seio humano, que através de sua vida e de suas palavras, Deus possa nos ouvir e voltar aos nossos braços, retomar os céus que criou e consertar os rumos deste mundo. Alex, por favor, nos ajude a fazer com que Ele volte. E nos ajude a entender que devemos fazer algo, mostrando nossa luz à humanidade, e, se preciso for, mostrando a ela quem somos."

Ao terminar seu discurso inicial Barachiel então recuou e deixou o palco do teatro. Em seguida, se sentou entre seus pares e fitou Alex, pedindo com o olhar que ele começasse seu pleito.

Ao redor de Barachiel, a ansiedade e a expectativa não eram menores.

E quando Alex abriu os lábios, o único som que os deixou foi um claro monossílabo:

"Não."

O silêncio monumental foi quebrado apenas por um riso esgarçado de Samael, que continuava ao fundo do teatro, com os braços cruzados e uma das pernas marcando a parede.

Seu riso, porém, mais espontâneo que planejado, logo cessou, com o anjo voltando ao silêncio e rapidamente pensando no que aquela simples palavra significava para Barachiel.

Diante daquela única palavra humana, suas ilusões ruíam e quedavam, uma a uma.

"Sinto muito, meu amigo, mas não posso", continuou Alex, olhando para o anjo. "Não posso pedir que Deus volte. Não posso pedir nada ao Criador deste universo, pois acho que sei o que aconteceu com Ele. Acho que sei o motivo de Seu autoexílio e suspeito saber onde Ele está agora, onde Deus se escondeu para não mais voltar."

O anfiteatro explodiu em protesto, os anjos gritando e debatendo diversas formas de acusações e ataques, muitos atingindo Alex com denúncias de heresia.

Samael descruzou os braços e as pernas e agora sua postura era de pura atenção. Ele realmente havia sido pego desprevenido pelo que estava acontecendo ali. A movimentação dos anjos o deixou preocupado, sobretudo por Alex.

Quanto a Barachiel, o impacto da negativa de Alex o impedia de fazer qualquer coisa.

Foi a autoridade da voz de Haniel que interrompeu o alarido.

"Silêncio, irmãos e irmãs", falou ela, olhando para Alex. "Você, mortal, julga saber mais que nós, seres eternos e imortais, divinais em essência? Como ousa?"

"Me perdoe", replicou Alex, sabendo que estava em território delicado e visivelmente perigoso. "Não quis soar desrespeitoso. Me deem tempo para explicar. Ou melhor, me deem tempo para lhes mostrar. Só então direi a vocês o que tenho a dizer, o que tenho a lhes revelar."

Os gritos e protestos continuaram, até Haniel e Metatron levantarem os braços e assentirem ao pedido de Alex.

Agora, ambos haviam novamente se sentado, garantindo ao homem seu tempo de fala.

Alex respirou fundo, buscando forças e energias para se manter em pé.

*Ainda que ande pelo vale da sombra tenebrosa, não temerei mal algum...*

O homem mortal e imperfeito abraçou dentro de si o verso do salmo de Davi e então depositou no chão do tablado a bolsa que havia trazido até o Olímpico. Com cuidado, ele abriu o fecho e retirou de seu interior um objeto pequeno, enrolado num fino tecido de linho.

Alex desvelou o pequeno ícone e o posicionou diante de si, aos olhos dos anjos que o vigiavam. A estatueta criada por Emanuel Illians agora encontrava sua audiência, uma audiência que havia se reunido por tantas e tantas vezes nos céus para debater e esperar. A figura de bronze imperava, soberana, como um homem de batalhas e dores, um herói de respostas e força.

A escolha do escultor para sua obra recaía no famoso episódio da tempestade, quando Deus surgia em meio ao vendaval para acossar o homem mortal com perguntas irrespondíveis.

O herói tinha a pele coberta de furúnculos e sua força era atacada pela ventania divina, a notar pelos cabelos revoltos e pelos braços fustigados, um protegendo o rosto e o outro com o punho fechado em sinal de resoluta determinação, num ímpeto que acompanhava as pernas, cravadas no chão. Ali estava um inabalável corpo humano enfrentando a fúria de Deus. Mas não apenas isso. Era uma figura de pura fragilidade humana fincada contra os reveses da natureza, contra a vida e a morte, contra tudo aquilo que a existência e suas lutas poderiam significar.

Mas era sua face que mais chamava a atenção de toda a audiência angélica.

Na face de seu Jó, Illians havia reproduzido todos os homens e todas as mulheres, bem como as crianças e os velhos, que já tinham vivido nesta terra. Em seus olhos, estavam forjados no bronze e inscritos no ferro os olhares de sonho e pesar de toda a humanidade.

E ali, entre olhos determinados e lábios feridos, estava toda a criação humana, todos os homens e mulheres que, mesmo prejudicados e feridos, alquebrados e tentados, destroçados e magoados, continuavam vivendo, enfrentando os temporais da existência, lutando contra as respostas das religiões e dos reis, perseverando diante da vida, apesar do silêncio de Deus.

Ajoelhado ante a estátua, Alex se ergueu, vendo no rosto da audiência divina que aquela imagem dizia mais do que tratados, debates ou códigos sagrados.

Só então o homem começou a falar com os anjos.

*Teatro Olímpico, Vicenza, Itália*
*Tarde de 29 de novembro de 2001*

"Em 1680, nasceu em Praga, em uma família de judeus exilados, Emanuel Illians.

"Filho de um comerciante de sapatos, o jovem foi criado para seguir os passos de seus antepassados, crendo no nome divino e estudando a Torá como seu pai, e o pai de seu pai.

"No entanto, o pequeno Emanuel, do alto dos seus 6 anos de idade, começara a fazer outros planos. Desde sua infância, ele fugia de casa e sumia por horas, para invadir a Catedral de São Vito, o medieval templo gótico que se tornaria um de seus marcos mais imponentes de Praga.

"Ele não o fazia por crer no Deus cristão em detrimento do Deus hebreu, o Pai dos Vulcões, o Senhor dos Exércitos, o Javé Elohim, o Criador do Céu e da Terra. Ele o fazia porque, desde sua infância, desde seu primeiro lampejo de consciência, ele reconheceu que Deus morava onde coisas belas moravam. E, naqueles dias, a catedral se tornou seu refúgio.

"'Onde você estava?', perguntavam o pai e a mãe, depois de o procurarem por horas.

"'Eu estava na casa de meu pai', era a sua resposta.

"'Fazendo o quê?!', questionava o velho ancião, pegando-o pelo braço e deixando cair sua preciosa bolsa de couro, bolsa que ele ganhara do avô para guardar os textos e escritos de seus estudos da Torá de Moisés e dos profetas, além dos escritos de sabedoria.

"Com vergonha e medo e, ao mesmo tempo, júbilo e ardor, o infante entregou aos pais o conjunto de papéis de açougue que havia roubado do criador de porcos que morava na casa ao lado, além de carvões, penas e tintas, que havia tomado do lixo da casa do escriturário do bairro. E com esses materiais sujos e inferiores, ele desenhara anjos e demônios, santos e profetas, heróis e dançarinas, corpos e espíritos, elevados pelo amor a Deus e aos homens.

"Com isso, porém, o menino havia ofendido a fé de sua família. Como ele poderia não notar como os machucava? Como os decepcionava? E ainda mais a Javé Elohim? Como ele poderia ter pisado o solo imundo da igreja, um espaço de idolatria e convite ao pecado? Ademais, ele nunca deveria fazer para si imagens de ídolos, nem de Deus nem de homens, ainda menos de anjos e diabos. E assim, o pai de Illians, em lágrimas, disciplinou o menino, deixando vergões em suas pernas e braços. Mas isso, isso era nada perto do que viria depois: após examinar os desenhos do filho, o pai os queimou, com sua mãe chorando até o amanhecer.

"E assim, Emanuel continuou, em segredo, falando com Deus com uma intimidade que lhe era espontânea e natural, pois o seu Deus, o Deus que vivia em sua mente, não era um Deus de ciúme, vingança e culpa, mas de amor, compreensão e arte. E ele seguiu desenhando e moldando figuras de carvão e barro enquanto continuava seus estudos da Torá, aprendia a artesania de seu pai e obedecia a sua mãe com os afazeres de casa. Ele nunca mais cometeria o erro de ser descoberto, nunca mais mostraria sua arte, não a seus pais.

"Foi assim, escondido em sua casa, no velho sótão que ninguém acessava, que Emanuel, ano após ano, na escuridão da noite tardia e na aurora do amanhecer, criava imagens no papel e moldava figuras de barro, exatamente como a Torá dizia que Deus fizera com o homem e a mulher em seus primeiros dias, mas ali, além de barro, papel, água e carvão, Emanuel usava os dedos e o ímpeto de fogo e beleza que ardia em seu peito.

"Em 1695, quando tinha 15 anos, seu improvisado estúdio foi descoberto por um dos irmãos, que fora fazer a vontade do pai e procurar no sótão um conjunto de antigas ferramentas de marcenaria. O filho mais jovem, que sempre se ressentira do amor que o pai dedicava ao mais velho, desejoso de lhe agradar, correu para chamar o pai e a mãe. A mãe de Emanuel, então doente depois de sua sétima e derradeira gravidez, não teve forças para subir ao sótão. Quanto ao pai, ele subiu, degrau a degrau. Ao desvendar o segredo do filho, o velho judeu, entre lágrimas, gritos e dores, despedaçou os troncos e os membros das figuras de barro, rasgou os desenhos feitos com carvão e puniu o filho, quebrando-lhe os dedos.

"Mas, naquela época, Emanuel não era mais uma criança. Ele era um jovem homem agora. E assim, com os dedos enfaixados, com a dor do risco de nunca mais conseguir desenhar e esculpir seus heróis e profetas, ele deixou a casa dos pais, que nunca mais voltaria a ver.

"Em 1697, Illians dormia na rua, passava fome e frio, certo de que sua vida, sua miserável vida, chegava ao fim. Naquele ano, monges da abadia de Praga recolheram vários moradores de rua, e então deram abrigo, cama e comida a Emanuel. O que havia acontecido com aquele jovem? Aquele filho pródigo jogado entre os porcos e tão destruído?

"No ápice de sua febre, o jovem magro e alquebrado, com os dedos curados, mas tortos e imperfeitos, abraçava-se à sua bolsa de couro, a mesma bolsa que trouxera da infância, sabendo que ali estava seu maior segredo, os últimos desenhos que ele conseguira salvar do fogo. Sua família ficara para trás e ele nunca mais teve notícias dela, exceto quando ficou sabendo da morte da mãe. Mas agora, agora não importava mais.

"Um dos monges levou os papéis ao cura do monastério, e este ordenou, enquanto avaliava os rabiscos improvisados que tinha em mãos, que Illians fosse levado a uma cela particular, como a de outros monges beneditinos que ali moravam, e recebesse o tratamento adequado. Foi lá, naquela cela, que Illians se curou, se fortaleceu e enfrentou a si próprio: seus dedos estavam curados e também sua alma. Mas será que ele ainda tinha o talento? A capacidade de criar, de moldar no barro e rascunhar nas folhas suas visões divinas?

"Numa manhã fria de agosto, ele acordou e viu que a mesa do claustro, antes vazia, agora continha papéis, penas e tintas, com sua bolsa repousada ao lado, de volta aos seus cuidados.

"Ele se aproximou da mesa, sentou-se na cadeira rústica e segurou, fraco e alquebrado, a pena. Passados dias de labuta e aflição, sua arte havia voltado, mas ainda de forma incompleta. Algo dentro dele queimava, urrava, ardia, precisando ser libertado, revelado, mas aquela técnica não mais o continha.

"Assim, em êxtase, Illians deixou seu claustro e se dirigiu ao jardim do monastério, um pátio interno no qual flores, magnólias, amores-perfeitos e hortaliças acolhiam a luz do luar. Ele se prostrou ali, no meio da relva, diante de Deus, e orou, as lágrimas escorrendo dos olhos feridos, do coração destruído, até sua oração despertar os outros moradores, os beneditinos, que nunca tinham visto tamanha fé e tamanha gratidão.

"Durante sua oração, Illians olhou para as próprias mãos, para os dedos tortos, mal curados, quase disformes, mas tão repletos da glória de Deus e dos céus, e soube o que precisava fazer. Com os dedos, ele arrancou a relva que o acolhia no meio da noite, cavou a terra molhada de chuva, umidade e pétalas apodrecidas, e trouxe da terra sua matéria-prima, com a qual formou uma pequena figura humana. Illians cuspiu nos dedos para melhor moldar o barro, para melhor dar vida à vida que ele trazia da terra, e dali nasceu sua nova obra, um novo milagre, seu *Adão Redescoberto*, uma peça que por anos ficou à vista de todos na abadia como o milagre supremo que aqueles homens simples e devotos haviam produzido com sua caridade.

"O cura agradeceu aos céus pela bênção e ajudou Illians dali em diante, pagando estudos, fornecendo materiais e o enviando para a Academia Artística de Praga para receber sua formação. Não que Illians necessitasse dela, mas o rigor dos estudos, a disciplina dos mestres, a disputa de outros jovens artistas, tudo forjou nele um ímpeto e uma personalidade ainda mais fortes, dando a seu talento uma direção e finalmente lhe revelando a técnica com a qual ele prosperaria e conduziria sua arte às mais conhecidas galerias do mundo: o bronze.

"Foi com ela que Illians recontou um sem-número de episódios do Velho e do Novo Testamentos, fornecendo a teólogos, estudiosos e fiéis, novos caminhos de percepção sobre Deus, a fé, a caridade e a arte. Em seus trabalhos, os profetas e heróis bíblicos não estavam cercados de milagres e divindades. Seus filhos eram figuras solitárias, como ele, que aprendiam sozinhas, no corpo e no mundo, a serem dignas de um Deus que nunca aparecera a elas.

"Mas não havia ressentimento ou revolta nessas figuras, pois Illians tinha uma tese, uma hipótese, uma fagulha norteadora de toda a sua produção: Deus não precisava dar nenhum sinal, produzir nenhum milagre, mostrar sua face ou sua voz. Deus já havia feito tudo o que precisava ser feito e seria tarefa dos homens abrir os olhos e vê-lo. A criação de Illians era uma arte sem ressentimento ou amargura, que trazia a dor humana ao palco do milagre divino.

"Em 1718, o escultor terminou uma série de estátuas conhecidas como os doze profetas. Àquela altura, Illians havia lido e relido os textos sagrados, tanto da Bíblia de seus pais quanto da Bíblia dos cristãos que ele fora ensinado a desprezar, mas também os textos apócrifos, os livros desprezados por teólogos tradicionais. Enoque era um deles. Macabeus e Tobias, outros. Esses livros tinham em comum um elemento: anjos. Anjos descendo à terra para amar, ajudar e sofrer, anjos caídos e revividos, na terra e no corpo, por meio da terra e do corpo.

"Além desses, Illians tinha uma especial predileção por *Jó*, o enigmático poema que a tradição associara a Moisés, mas que fora composto por Joel Ben Ishay, o jovem poeta hebreu exilado na Babilônia. Através daquela obra, daquele poema, Ishay alterara o curso da história, os rumos do mundo, os caminhos divinos que conduziam o universo.

"E assim, obcecado pelo poema de Ishay, Illians adicionou ao seu conjunto de profetas um décimo terceiro, pois, para ele, Illians, Jó era o supremo profeta do Velho Testamento. Profetas hebreus não contam o futuro. Sua principal função é confrontar autoridades e reis. E foi o que Jó fez, não com reis e príncipes de Judá e Israel. Jó fez isso olhando nos olhos de Deus."

Alex tomou fôlego e fitou a plateia de seres mais antigos que o próprio universo.

A seus pés, um dramático, teatral e eloquente Jó feito de bronze expressava, em imagem, traços, furúnculos e gestos, tudo aquilo que o homem concatenava em palavras.

Alex engoliu em seco para reforçar a garganta e só então continuou:

"Eis o problema desta teologia e de tantas outras, não? Eis a questão primordial que Jó escancara: '*Si Deus est, unde malum? Si malum est, cur Deus?*'. E ali estava esse herói, essa ficção feita de palavras, essa eloquente invenção, esse construto saído da mente de Ishay que Illians transformara, usando o bronze, no profeta supremo de sua teologia invertida: Jó, o blasfemador, o agonista, o trágico rebelde, o insolente questionador das razões da fé e da bondade, o analista da tolice humana e da euforia intelectual.

O herói de um poema que expunha a aliança entre Deus e Satã, entre o bem e o mal, entre a vida e a morte, entre a dor e o prazer, a fórmula que abarcava todo o mundo natural, mas que atacava o absurdo de uma religião que nada dizia a respeito do silêncio de Deus diante do sofrimento de homens e mulheres.

"Jó ultrapassou todas as medidas, todos os dogmas, todas as falsas coerências. Ele era fiel, honesto e amoroso, e respeitava cada uma das leis, de Deus e dos homens. E então, mesmo assim, veio o diabo e o destruiu, como o mal do mundo destrói as seguranças humanas dia após dia, mês após mês, vida após vida. E o que ele fez? O que este herói de artistas e revolucionários ousou empreender? Ele resistiu. A medida, a regra e a lei não significam nada, dizia ele a si próprio, no abismo de sua solidão, no vale da morte de sua fragilidade.

"Só o que existe é a vontade e o desejo, eis o segredo de Deus e do mundo, eis os mandamentos pelos quais vale a pena viver, amar, sofrer e morrer, sem meias verdades, sem supostos motivos, segredos ou promessas, de paraísos ou infernos, apenas aqui, agora, na terra, neste corpo doente, vagando entre espinhos pela terra desolada de sua fragilidade. Jó resistiu, ensinando a homens e a deuses, demonstrando ao próprio Deus que o material que forjava a espécie humana era mais resistente do que Ele, o próprio Criador, poderia imaginar.

"E ele faz isso no corpo, na vivência do corpo, na dor do corpo, na experiência do corpo. 'Eis o homem', é o que Jó diz a Deus e aos amigos, falsos e verdadeiros, tão pobres quanto ele, 'eis o homem em sua miséria, em sua repugnância, em sua sangrenta caminhada pelo charco da existência. Eis o homem quebrado e destruído, mas ainda forte, ainda homem'.

"E como Jacó, um dos moldes de Ishay, Jó luta, corpo a corpo, com Deus, no meio da noite sombria, recusando-se a desistir e exigindo desse magnífico demiurgo de poder uma nova bênção, um novo poder, um novo nome. E esse nome era 'homem', 'mulher', 'humanidade'.

"Há em Jó uma entrega ao sofrimento, à dor de estar vivo. Mas, diferentemente de outros seres que se dobraram e se curvaram, Jó resiste e luta, com palavras e gestos. Sobretudo para mostrar ao Deus das tempestades, ao Deus que pesca beemotes e leviatãs, ao Deus que nomeou estrelas e fez de vulcões Sua morada, a real dimensão da força imperfeita do homem.

"Jó, através de sua voz aberta e exposta, de seus furúnculos de dor, podridão e sangue, colocou seu dedo inquisidor na maior das feridas e falou de forma inequívoca: nós, seres humanos, não precisamos de Deus. Não mais. Não depois do que já recebemos dele. Jó não apenas confronta Deus, mas também nos confronta, nos acusando de buscar Deus erroneamente.

"E Deus, em meio a poder e fúria, viu, entendeu e recuou, sentindo tudo mudar dentro de si, diante da verdadeira tormenta de resistência e paixão que a vida daquele homem empreendia. E diante daquele homem, Deus, transmutado, entendeu o que tinha acontecido, entendeu que a culminância de Sua criação havia chegado, a ponto de corrigi-lo, a ponto de auxiliá-lo, a ponto de dizer 'eu te amo embora não precise de ti', 'eu te amo por não mais precisar de ti', e 'ao não mais precisar de ti, me entrego ao amor por ti, como mãe ao filho, como amante ao amado, como flor ao vento, como mar à praia, como beijo aos lábios'.

"E assim Deus decidiu partir, sabendo que Sua obra estava completa, que seu sétimo dia havia terminado. Antes, porém, havia ainda uma derradeira obra, um drama de encerramento. E ainda no vendaval daquele encontro fictício e poético, enquanto Jó abre os olhos e vê, menos a potência de Deus e mais a fragilidade de seu Criador, Deus engendrou sua ação: e se Ele viesse, amasse, vivesse e morresse para mostrar aos homens seu reconhecimento à perfeição da carne? Ao aprendizado da carne? À sabedoria da carne? E foi exatamente isso que Deus fez.

"O que me faz perguntar a vocês, vocês que estão aí, passando a eternidade à espera como tantos e tantos miseráveis ao redor do mundo: e se o exílio de Deus não passasse de uma última tentativa de viver e então morrer, morrer de verdade, findar, para mostrar a cada um de nós, humanos e anjos, o que deveríamos aprender dali para a frente? E se ao morrer, morrer definitivamente, Deus estivesse nos deixando Sua última lição: 'Vocês não precisam mais de mim, pois tudo o que eu poderia dar, em amor e bondade, em bênção e júbilo, eu já lhes dei'.

"Pelo bem do argumento, pensem nisso, ao menos como hipótese, apenas como possibilidade. Me deem a vantagem da dúvida para que eu possa fazer as perguntas que faltam ao meu raciocínio. Mas de que valeu tudo isso? Todo esse sacrifício, se continuamos de olhos e ouvidos fechados? De que valeu Deus vir e morrer, se continuamos como crianças? São Paulo entendeu tudo e estragou tudo. No fundo, todos os seguidores de Cristo estragaram tudo, transmutando histórias em leis, vivências em dogmas, amor em martírio."

Alex fitava as faces da plateia, sabendo que sua fala produzia reações imprevisíveis. No limite de sua visão, seus olhos tentavam abarcar o todo daquela multidão, fazendo-a entender, imaginar com ele, sonhar com ele uma existência diferente, para todos, homens e anjos.

"O que nos traz a essa estátua, salva do tempo e do fogo e dada a vocês por uma mulher, Joana Strauss, uma mulher que é a representação maior que eu poderia ver, ouvir e saber de tudo aquilo que Deus representa. O que nos traz a este momento. Depois de Jó e de todas as mortes, gemidos e sofrimentos que o procederam, como ainda esperar por Deus? Como ainda esperar que o céu nos ajude? Nós, humanos, vitimados por líderes decaídos, confusos e prepotentes, caímos nessa ilusão. E fizemos pior: pegamos seu derradeiro sacrifício, pegamos a autoimolação de Deus, sua vida humana inspiradora e sua morte revoltante e a transformamos em religiões de dor e miséria, de culpa e arrependimento, de passividade e aflição.

"Contudo, passados dois mil anos, não podemos mais continuar assim, e algo em nós, humanos, algo em mim, Alex, sabe disso: doravante, mesmo que a duras penas, aprenderemos a andar sozinhos, a não esperar mais nada de Deus, pois é isso que Ele nos mostrou, que não precisamos de Sua ajuda, nem de seus pretensos sacerdotes, profetas, pastores e legisladores, e menos ainda de seus códigos sagrados, exceto como arte, inspiração, imaginação.

"Ademais, como podemos ainda esperar por Deus depois de tantos massacres, femininos, infantis, judeus, indígenas, africanos, religiosos? Como podemos sequer ousar cogitar que Deus esteja assistindo ao martírio dos cristãos, à queima de mulheres, à expulsão dos hebreus, sem nada fazer? Como acreditar em Deus ou em qualquer coisa depois dos campos de morte de Auschwitz e das bombas caindo sobre Hiroshima? Depois dos sepultados nos túneis vietnamitas e dos soterrados por toneladas de ferro e concreto das Torres Gêmeas?

"Todas as certezas que herdamos, os territórios de fé e civilidade que construímos, as instituições de ética e justiça que arquitetamos em nossas mentes e cidades, tudo isso, incluindo os valores construídos às duras penas com o sangue dos mártires, dos inocentes, tudo isso caiu por terra, ruiu em contradição, foi hasteado e incendiado em praça pública.

"Todos nós, seres humanos neste planeta, estamos à beira do abismo, às portas do Hades, entre mitos e monstros à espreita, diante dos muros do ódio e do fuzilamento, ou então enterrados até o pescoço, esperando as pedras da condenação ou as lâminas da imolação. Estamos todos, homens e mulheres, vagando no deserto e à mercê de feras famintas.

"Eis a vida humana, caso vocês ainda não tenham percebido, eis a nossa carne, o nosso coração, o nosso cérebro, as nossas vísceras, caminhando sobre o fio da navalha a cada dia, da manhã à noite, dançando sobre os túmulos dos mortos e lutando pelo gozo das nossas almas.

"Vocês, divinos e imortais, anjos não caídos, fazem ideia do que é isso? E aqui, passo a falar menos sobre nós e mais sobre vocês. Vocês também estão encrencados, não estão? Digo, eu esperava anjos que me dessem respostas, mas o que aprendi com Barachiel e Samael e o que pressinto de todos vocês, aqui, diante de seus olhares incrédulos, é que vocês são como nós: vocês esperam por salvação, luz, amor. Mas nada disso virá, não enquanto vocês não deixarem seus assentos celestes e saírem para o mundo para buscar tudo isso por conta própria.

"Este mundo resulta de um Deus de milagres, mas Sua criação precisa de ajuda e vocês podem ajudar. Mas não como anjos, não como seres de poder e eternidade. Deixe-me ser mais claro", falou o homem, tomando fôlego. "Venham para este mundo. Conheçam este mundo. Vivam este mundo. Mas não como turistas, não como visitantes. Venham como Deus veio no fim, como homem. Este mundo, o mundo que convido cada um de vocês não apenas a visitar e explorar, mas a viver, este mundo é o torpe resultado de negativa ambição, de egoísta e simplista busca por poder, de um trágico e errôneo mecanismo social e humano de destruição, de uma teologia infernal de dor, culpa e sofrimento, de fome de comida e de fome de sonhos.

"Precisamos desesperadamente de uma nova fé, de uma nova religião, de um novo mandamento. Não de um evangelho de perdão e amor ao semelhante, de amor por aquele que é igual a mim, ao vizinho que tem a minha face, veste as minhas roupas e lê os meus livros. Não, nada disso. Precisamos, antes, de uma nova e contumaz teologia que ensine puramente tolerância e aceitação. Vocês me entendem? Entendem o potencial do que estou propondo? Vejo em seus olhos que sim, que alguns de vocês já começam a ver.

"Meu pleito a vocês é o seguinte: não somos nós, humanos, que precisamos aprender com vocês, e sim vocês que precisam aprender conosco. E digo mais: Deus foi o primeiro a perceber isso e a agir em consonância com isso. Ele aprendeu que não havia nada mais divino do que pertencer à espécie humana e a batalhar dia após dia, hora após hora, momento de dor após momento de dor, para alcançar a união da amizade e do amor.

"E se tudo isso parece afrontoso ou ofensivo, eu lamento e peço desculpas. Tudo em mim é profundo respeito por cada um de vocês, e especialmente por você, Barachiel, e também por você, Samael, meus amigos, meus companheiros, meus anjos de guarda e contestação, meus demônios de poesia, ciência e magia, que vieram atender às minhas preces, mesmo com um pedido a me fazer. E acreditem, é com amor que atendo a esse pedido.

"Joana, a amiga que surgiu em minha vida quando abri meus olhos, a mulher que aprendi a amar, desejar e admirar, a amante que me ensinou mais sobre o amor de Deus do que qualquer religião, tratado ou milagre, me falou isso, também com palavras de profunda reverência: 'Talvez o objetivo não seja fazer Deus voltar ou mesmo fazer os homens acreditarem. Talvez o objetivo seja salvar esses anjos que estão presos lá em cima e ensinar nossa magia a eles: nossa arte, nosso amor, nossos banquetes, nossa música, nossa vida.'

"Deus, o meu Deus, entendeu tudo quando Joel Ben Ishay pontuou a última frase de seu poema. E Illians soube disso, soube o que Deus soube diante do poema de Jó, então comunicou tudo isso nessa pequena peça de bronze, um pequeno assombro de artesania e idolatria humanas.

"Nesta estátua está a compreensão de Illians do que aconteceu com Deus depois de Jó. E o que aconteceu foi o seguinte: Deus desceu até a terra em forma de carne, como Cristo, mas não um Cristo Deus, e sim um Cristo homem, um Cristo filho, amigo e amante, um Cristo companheiro de lutas e senhor de curas e milagres, um Cristo que bebeu o vinho e dançou em uma festa de casamento, que devolveu o beijo de Judas e baixou a lâmina de Pedro.

"E este Cristo homem confrontou e afrontou o Cristo Deus, dizendo que não subiria mais, nunca mais, uma vez que a vida, a vida humana, falha e limitada, suplantara a eternidade.

"Eis então a súplica que faço a vocês: não ouçam Barachiel, por mais que as boas intenções dele sejam óbvias, não escutem seu pedido de tomarem a responsabilidade para si como anjos, na vã expectativa de que isso também faça Deus voltar. Ele não voltará.

"Lidem com isso. Aceitem isso. E nos ajudem. Mas não como anjos. Nós não precisamos de vocês como anjos, assim como nunca precisamos de anjos ou deuses. Nós precisamos é de seres humanos que saibam o que significa a vida e que vivam de acordo com ela, de homens e mulheres que compreendam o passado e o presente, a dor alheia, o amor noturno, o olhar compassivo, o gesto de apoio, o cheiro das árvores, o fulgor das serpentes, o veneno do escorpião, o ataque do leão, a lágrima de perdão e também o último, o derradeiro, o grato e sábio suspiro antes da morte.

"Não esperem mais por Deus. Ele não virá. Seu lugar não é mais o céu. Ainda mais: deixem Deus em paz. Ele já fez demais. Ele já sofreu demais. Ele já amou demais.

"Também não esperem mais por nós, por nossa eventual chegada no paraíso. Nosso lugar é aqui, e é aqui que deveremos sonhar, prosperar, sofrer e findar.

"Não esperem por nada ou por ninguém. Aprendam com Jó. Aprendam com Deus Cristo. Aprendam comigo e aprendam com Joana. Ajam, vivam, desçam, caiam, mas não como viajantes na carne, e sim como seres humanos dispostos a viver e morrer, como o Jesus amante um dia fez. Aceitem o preço e nos ajudem, pois sim, precisamos de sua ajuda.

"Venham viver entre nós e nos ajudem a voltar ao Éden. Nos ajudem a baixar as espadas de fogo e a reencontrar o caminho da árvore da vida. Nos ajudem a devorar seu sumo, a degustar seus gomos, a beber a água da vida e a sorver seu fruto de beleza e amor.

"Joel Ben Ishay e Emanuel Illians, o poeta e o artesão, perceberam tudo isso e comunicaram tudo isso em seu *Jó*, livro e estátua. E diante deles, diante de uma ficção que era verdade pura e impactante, Deus entendeu, Deus desceu, Deus viveu e Deus morreu, por nós.

"O deserto do sofrimento de Jó termina com Deus. Já o deserto do sofrimento de Deus termina com Jesus, com um homem, com um contador de histórias, com um revolucionário curandeiro, com um amante de vinho, riso e histórias, com um amigo de homens, mulheres e, sobretudo, crianças, com um homem que viveu na carne, tanto o júbilo quanto a dor, sem se saber divino. Deus atravessou o deserto, como Jó, para aprender a alegria de ser tão somente humano.

"Espero que vocês tenham a coragem de fazer o mesmo.

"Eu não tenho mais nada a dizer."

O silêncio imperou no teatro divino, deixando Alex sem saber se sua fala tinha surtido ou não algum efeito.

De imediato, seus olhos buscaram os de Barachiel.

O anjo permanecia estático, sentado e perplexo, com as lágrimas de suas ilusões caindo, quedando em profusão sobre o terno bem cortado que recobria seu corpo.

Em seu olhar, Alex não conseguia distinguir raiva de tristeza, ódio de desolação.

Ao redor de Barachiel, as miríades angélicas se entreolhavam, surpresas, atônitas e perplexas, em um misto de esgotamento e agonia, revolta e protesto.

Foi quando um dos anjos, próximo a Metatron, desapareceu, o corpo evaporando no ar. E depois outro. E ainda mais um.

Alex entendeu que sua intenção fracassara.

Um pesado suspiro se formou dentro dos pulmões, apertando ainda mais o peito.

Nesse instante, Haniel se levantou, contrastando com os demais, ainda sentados.

Todos se voltaram para ela, esperando de seus lábios alguma palavra de protesto ou alento, do mesmo modo que ela fizera no início daquela sessão.

Mas não foi o que a criatura fez. Fitando os olhos de Alex, ela apenas assentiu. E em seguida, começou a caminhar, com suas próprias pernas feitas de carne.

A mulher passou pela frente do palco, olhou para Barachiel e deixou o teatro, com seus passos ecoando no assoalho de séculos, até a saída do Olímpico.

Metatron fez o mesmo, ignorando Barachiel e fitando Alex, dirigin-do-lhe um longo cumprimento. E assim outros também fizeram, pouco a pouco, usando suas pernas, recusando seu ímpeto de energia, fulgor e poder. Eles eram homens e mulheres agora, usando seus corpos com o respeito e a dignidade que a carne demandava.

Outros ainda desapareceram, voltando à sua existência divina. Ainda não estavam prontos, pensou Alex, mas estariam. Em breve. Dentro do tempo deles, da vida deles.

Assim como Alex também estava, finalmente, pronto.

O homem segurou o pequeno Jó feito de bronze e fitou seus olhos de força, sabendo que sua missão, seu drama pessoal, sua jornada divina, findara ali.

Ele enrolou o corpo alquebrado do herói no tecido de veludo, então o deitou no interior da bolsa de mão. Em seguida, deixou o palco do Tea-tro Olímpico em direção ao auditório.

Ao seu redor, um ou outro ser angélico desaparecia, mas a grande maioria deixava o teatro caminhando, em fila, começando a entender a paciência necessária à vida humana.

Alex estacou diante de Barachiel. No rosto da criatura, lágrimas de tristeza e destruição ainda corriam. Aquelas eram lágrimas que ele guar-dara por séculos.

O homem se ajoelhou diante do anjo e tomou uma de suas mãos. Abriu sua palma e a levou aos lábios, sentindo-a ainda divina, e então a pousando no próprio rosto.

"Eis o que somos, se tiver coragem de nos sentir", falou Alex.

Barachiel chorava, enquanto sonhos e ilusões morriam dentro de si.

Alex soltou a mão do anjo e sorriu, erguendo-se e arrumando a alça da bolsa no ombro. O homem deu as costas ao anjo. Agora, a criatura precisaria começar sua própria jornada.

No final do longo corredor, entre corpos que se avolumavam em busca da saída, o demônio esperava. Tirando as mãos dos bolsos da calça ras-gada, Samael aplaudiu em silêncio.

"Arrasou, cara."

Alex parou diante dele e agradeceu por sua presença ali naquele dia.

"Eu não perderia isso por nada."

"Espero que você também tenha aprendido alguma coisa", disse o homem.

"Você está brincando? Estou tentando dar esse show desde o início, mas eles não escutam. Ou, pelo menos, não escutavam."

Alex passou por ele e estacou.

"Quanto a Barachiel... você pode ajudá-lo?"

"Posso. Não hoje, mas com certeza em breve. Afinal, para que servem os amigos, senão para se ajudarem quando estão na fossa?"

"Adeus, Samael. E muito obrigado. Por tudo."

"Adeus, camarada. Mande um beijo para a Joana. Vocês dois são perfeitos."

Alex se virou e abraçou o demônio. Em seguida, foi embora, deixando atrás de si anjos caídos, verdades sagradas e belas heresias.

O sol beijava o teatro e o rosto de Alex.

O homem depositou a bolsa no banco do passageiro do Alfa Romeo.

Deu a partida e acelerou. Furioso, o carro respondeu ao seu comando, com as estradas do mundo estendendo-se à sua frente. Sem pensar duas vezes, ele arrancou.

O carro acelerava, desafiando curvas, enquanto o homem, pulsando sonhos e desejando Joana, com os dedos presos ao volante e mente febril de ideias, entendia cada vez mais que a existência era a coisa mais fabulosa que poderia ter acontecido com ele e com todos os demais.

E assim, sob a bênção de Deus, Alex foi ao encontro da eternidade.

# EPÍLOGO

*Rio de Janeiro, Brasil*
*29 de janeiro de 2002*
*Botafogo em direção a Copacabana, 20h*

*Hey, if God will send his angels*
*And if God will send a sign*
*And if God will send his angels*
*Would everything be alright?*

Mais uma vez, o cantor soava nos alto-falantes.

Não estava emperrado. Era o refrão, que avançava delicadamente num crescendo reflexivo e triste sobre o que aconteceria se Deus finalmente enviasse à terra Seus anjos.

Alex sabia a resposta.

Seus lábios acompanhavam a canção num sussurro, com a música brincando em seus lábios e o fazendo sorrir. O acompanhamento do homem, por sua vez, alegrou o taxista.

O olhar de Alex Dütres vagava pelas ruas verdejantes e mal iluminadas do Rio de Janeiro em direção à Copacabana, em direção ao futuro.

Após sua partida de Vicenza, depois de converter anjos em um teatro dedicado a deuses pagãos, Alex dirigiu apressado para Veneza, e a primeira coisa que fez quando chegou à cidade foi ligar para Joana. Seu desejo era que a mulher fosse encontrá-lo na cidade italiana para ambos findarem a narrativa romanesca que ele havia escrito em sua mente naquelas semanas intensas e inacreditáveis de seres celestes, juízos finais e silêncios divinos.

Entretanto, a ligação não foi completada nem na primeira, nem na segunda, nem na terceira tentativa. No dia seguinte, o número do apartamento em Berlim apenas chamava.

Um aperto estranho comprimia o coração de Alex, temendo que alguma eventualidade pudesse ter acontecido com a mulher que o havia acompanhado naquela divina comédia moderna. Mas não se tratava apenas disso: Joana era a mulher que havia se tornado para ele santuário, porto, mar e fortaleza, farol noturno e bússola existencial.

Pelas balsas e canais de Veneza, o homem carregou o pequeno tesouro de Emanuel Illians dedicado a Jó, o tesouro de bronze que havia sensibilizado miríades de anjos a reverem sua posição de espera por um Deus que havia enfrentado a morte, deixando às espécies humana e angélica a responsabilidade de crescerem e tornarem aquele planeta um lugar melhor.

Dois dias depois, quando sua preocupação dava lugar, minuto a minuto, a um atroz desalento, Alex recebeu uma ligação distante de Joana. Não apenas algo em seu tom de voz havia se alterado, como também havia estranhos barulhos ao fundo que indicavam um lugar diferente da Berlim que ele conhecera em seu apartamento e durante seus passeios com ela.

Joana havia deixado a capital alemã e voltado ao Brasil.

Segundo ela, para pensar na vida, resolver pendências, buscar suas próprias respostas, compreender como ela seguiria naquele estranho mundo que havia se revelado à sua percepção através das visões sagradas e profanas que Alex lhe contara.

Um tanto confuso, o homem se perguntou se deveria ir ao encontro dela ou voltar para Berlim, para devolver a peça de Illians ao banco e à coleção de profetas.

De forma objetiva, Joana disse que a peça era dele, que era um presente, e que dali em diante ele deveria decidir o que fazer com ela.

Antes de Alex esboçar qualquer resposta, recusa ou proposta, Joana continuou falando, explicando-lhe com um tom de voz emocionado, porém firme, que precisava ficar sozinha, que o amava e que havia também empreendido uma grande aventura com ele por meio daquelas narrativas, mas que agora precisava ficar com seus deuses e fantasmas.

"Eu te amo, Alex, mas preciso que você me compreenda e me dê o espaço que preciso para sonhar minha vida novamente. Por favor, me entenda, e, se puder, me espere."

No hotel, Alex desligou, sem saber o que pensar daquela ligação.

Ele vagou pela Sereníssima durante dias, um tanto perdido, às vezes com o Jó sofredor e combatente a tiracolo, às vezes sem nada, buscando saídas e espaços dentro de si, por vezes chorando a ausência da mulher que havia transformado sua vida.

Era-lhe estranho aquele silêncio, pois toda a sua jornada pelo céu e pelo inferno de Samael e Barachiel haviam sido vividos e compreendidos com a ajuda de Joana, através do amor que ambos haviam descoberto, um amor profundo que havia alterado a vida dos dois.

Mas agora Alex estava novamente sozinho, tendo de trilhar por si só o caminho de suas reflexões e anseios. Foi no sexto dia de sua peregrinação, diante do silêncio de Joana e de seus antigos amigos angelicais, que Alex, transpassado de profunda tristeza, decidiu voltar para casa.

O homem pousou em São Paulo no início de dezembro. Agora, sem turbulências ou anjos sentados a seu lado, ele voltava àquele feroz mar de concreto, avenidas e prédios.

Nas primeiras vezes em que Alex saiu de casa, as ruas estavam tomadas de gente que ia e vinha de seus lares e trabalhos, de suas escolas e bares, numa vida que a Alex parecia cada vez mais incompreensível. O que significava uma revelação? O que uma prova da existência divina faria com um homem que no final das contas precisava voltar à sua existência, agora tendo a certeza de que havia mais entre o céu e a terra do que julgavam nossas religiões, ciências e dogmas? Como voltar à vida depois de tudo que ele vivera, ouvira, testemunhara, amara?

E que vida haveria depois de Barachiel e Samael? Depois do silêncio definitivo de Deus? Depois do amor e do desejo que ele encontrara na sombra do abraço de Joana?

A lembrança da mulher continuava doendo como uma ferida aberta, uma chaga deixada pelo aguilhão da descrença, quando o corpo suspenso é baixado e deixado ao léu, aos pés da cruz de um coração feito em pedaços.

E, obviamente, agora ele tinha o *Jó* de Illians como um lembrete de sua dor.

A estátua foi deixada na mesa de centro de sua biblioteca. Na mesma mesa em que uma inequívoca nota fora repousada por um visitante angélico antes de seu encontro.

*Caro Alex*

*Desculpe pela invasão. Vim visitá-lo, mas temo ter chegado tarde demais, ou então cedo demais, ou mesmo na hora exata. Nunca há como saber.*

*Nos vemos em breve. Nas alturas.*

*No ontem ou no amanhã...*

*Barachiel*

E agora, sobre aquela mesa, Alex fitava o *Jó*, sabendo que a obra também lhe revelaria as respostas que havia proposto aos anjos. Era seu desejo que aquela obra o tirasse de casa, o devolvesse à vida, o arrancasse dos braços enrijecidos da complacência, que a peça insuflasse novamente paixão e interesse na terra devastada do seu coração, que o projetasse ao mundo, aos seus habitantes e aos novos caminhos que seriam necessários a ele para continuar.

Sim, era isso que ele, Alex, faria. Amanhã ou depois.

Como era fácil aconselhar os outros e como era difícil conduzir seu próprio corpo pela estreita e tortuosa sina da existência humana.

Mas, pouco a pouco, combatendo cada hora como uma batalha campal, sozinho, mas não solitário, Alex aprendeu a fazer isso. E o fez através da escrita.

Ele já havia escrito para Joana em Lisboa, detalhando o encontro que tivera com o demônio em Sintra. Agora, após voltar ao relato feito no pequeno caderno, ele deveria também registrar o que tinha acontecido antes e o que tinha acontecido depois.

Agora não para Joana. Não para algum amigo. Não para outra pessoa, por mais que sua narrativa pudesse, em algum momento, chegar a outros olhos e sensibilidades.

Mas ali, naquele momento de dúvida e desespero, Alex precisava fazer aquele registro unicamente para si próprio, para encontrar nas palavras e nas frases uma cura que a memória, filha do sonho e da ilusão, não lhe trazia. E Alex o fez, escrevendo com ardor e devoção.

Foi no dia em que terminou a narrativa, o manuscrito de sua jornada espiritual e terrena, que ele finalmente saiu de casa e voltou às suas caminhadas, às suas leituras, ao seu mundo de contatos de arte, a reuniões com colecionadores de obras barrocas, especialistas em história europeia e pesquisadores de religiões e culturas antigas.

Foi numa dessas reuniões que Alex entendeu o que deveria fazer a seguir.

Havia uma missão clara à frente: contar ainda outra história, ou ao menos uma versão editada dela, sobre Emanuel Illians. Sim, seria dele a responsabilidade de trazer a biografia de Illians ao mundo, para que sua arte, sua angústia e sua beleza fossem vistas e compreendidas, como a obra de um santo, como a arte de um mestre, como o louvor de um artista que encarou a luz e as trevas e voltou para compartilhar as respostas que encontrara.

E assim, imerso em trabalho e reflexão, o ano findou e o próximo iniciou.

Alex não se sentia mais só, embora continuasse na espera diária de notícias deles, dos anjos que sua mente agora ameaçava transmutar em sonho, não fossem o recado de Barachiel e a foto de seus pais, dois lembretes que ele trazia sempre consigo, no bolso dos casacos ou no interior da pasta de trabalho. Mas ainda mais do que a espera por notícias deles, Alex esperava por notícias dela, orando com frequência para ouvir sua voz.

A ligação de Joana Strauss chegou no dia 14 de janeiro.

Passadas as frases iniciais, a princípio, um tanto formais, mas amorosas na sequência, a conversa terminava com ela perguntando a Alex se ele poderia encontrá-la no Rio de Janeiro.

A resposta foi rápida.

Para ele, não haveria vida longe de Joana. Assim como não haveria vida para ela longe dele, e Alex sabia disso.

E agora, ali estava ele, dentro do táxi, ouvindo aquela canção que ele conhecia de cor e sentindo em seu coração que o arco de sua história estava próximo do fim, ou então de um reinício, como são todos os dias humanos: novos princípios de vidas possíveis, de milagres urgentes, de portentos de cura e compaixão, novos gênesis de renascimento e aprimoramento, não vindos dos céus, dos anjos ou de Deus, e sim do milagre supremo da criação, das ações, dos corpos e dos corações de seres humanos.

Alex trazia consigo o *Manuscrito Illians*, seu livro sobre a vida e a obra do gênio que mudara sua própria existência, assim como fizera no passado e faria no futuro com outras tantas existências, como apenas a arte pode fazer, nunca o dogma.

E, junto dele, Alex trazia outro manuscrito, devidamente guardado em uma escura pasta de couro. Era um manuscrito longo, de mais de duzentas páginas, que ele dedicara a Joana e intitulara *Serpentes & Serafins*.

*Nobody else here baby*
*No one else here to blame*
*No one to point the finger*
*It's just you and me and the rain*

O cantor continuava sua litania no rádio do carro que avançava.

Alex sorriu, sabendo que ele tinha razão, sentindo o carro parar.

O homem pagou o motorista e então saiu para a noite da praia carioca, com os canhões de luz iluminando atrás dele um Cristo de pedra que oferecia um caloroso abraço.

Abaixo, o filho pródigo, depois de viajar o mundo, retornava à casa de seu pai.

Voltando-se ao Cristo Deus, ao Deus de Todos, Alex foi inundado por um sentimento de gratidão, pois havia recuperado a capacidade de orar sem nada pedir e a tudo agradecer.

Ao longe, estrelas cintilavam sobre a cidade maravilhosa. Luzes e explosões secas desviaram por breves instantes a atenção de Alex do Cristo para o emaranhado de casas e prédios que definiam aquela geografia. O mundo seguia sendo o mundo, e as pessoas, pessoas.

Mas Alex não era mais o mesmo. Agora, ele abraçava em seu pequeno coração apaixonado o projeto definidor de tornar aquele monumental experimento cósmico um pouco mais suportável, um pouco mais belo, um pouco mais humano.

O homem observou o mar revolto e deu quatro passos em direção à areia.

Sem dar-se conta, ele apertou a alça da bolsa de mão quando a viu.

Joana estava na praia, de frente para o mar, com os cabelos vermelhos sendo levados pelo impetuoso vento da noite do Rio.

Alex tirou os sapatos, pois não macularia a areia da praia com a poeira da rua.

De pés descalços, foi até ela.

E Joana, sabendo dentro de si que Alex havia chegado, virou-se para receber seu beijo.

O rosto da mulher se iluminou num sorriso majestoso.

"Estou pronta, *cowboy*. E você?"

Alex sorriu e lhe deu um segundo beijo.

Seus dedos se entrelaçaram e ambos assentiram seus votos, na comunicação silenciosa do "nós" que os definia, um "nós" que não necessitava de palavras para concretizar seu destino.

E assim, no Éden daquela praia, no paraíso daquele planeta, o homem e a mulher seguiram suas sinas, sabendo que tinham diante de si o amor e a vida.

**ENÉIAS TAVARES** é escritor e professor de Literatura Clássica, com especialização acadêmica nos livros iluminados de William Blake e na tragédia de William Shakespeare. Publicou pela DarkSide® Books os romances *Parthenon Místico* e *Lição de Anatomia*, ambos integrando o universo da série Brasiliana Steampunk. Também para a Caveira, organizou e prefaciou *O Retrato de Dorian Gray*, *A Máquina do Tempo*, *O Rei de Amarelo* e *O Grande Deus Pã*. Além de consultor editorial para a marca Sociedade Secreta, atua como diretor do ORC Studio de Economia Criativa e da Editora da UFSM. Mais de sua produção em eneiastavares.com.br.

**VASSILIOS BAYIOKOS** é um artista nova-iorquino, nativo do Brooklyn, conhecido por sua atuação em direção de arte, design gráfico e ilustração digital. Com anos de experiência no mercado, ele esteve envolvido em projetos para agências de publicidade, mercado digital e estúdios artísticos, criando artes inspiradas nos universos Marvel, DC, Star Trek e Star Wars, que oferecem uma reflexão sobre cultura pop e entretenimento. Buscando inspiração na fantasia, ficção científica e horror, ele atualmente trabalha com imagens inspiradas em anjos, demônios, fadas e arcanos do tarot. Mais de sua produção pode ser encontrada em vass-creative.com.

"It's quiet and there's no one around
Just the bang and the clatter
As an angel runs to ground
Just the bang and the clatter
As an angel hits the ground."

— U2, *STAY (FAR AWAY, SO CLOSE!)* —

DARKSIDEBOOKS.COM

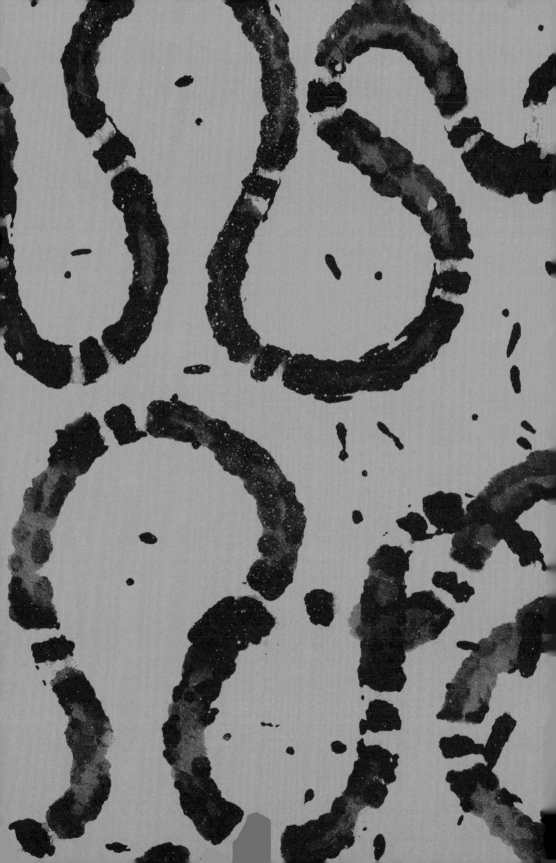